摇曳的炊烟

石阶◎著

成都时代出版社
CHENGDU TIMES PRESS

图书在版编目（CIP）数据

摇曳的炊烟 / 石阶著 . – 成都：成都时代出版社，2022.1

ISBN 978-7-5464-2942-7

Ⅰ . ①摇… Ⅱ . ①石… Ⅲ . ①散文集–中国–当代 Ⅳ . ① I267

中国版本图书馆 CIP 数据核字（2021）第 231438 号

摇曳的炊烟

YAOYE DE CHUIYAN

石阶　著

出 品 人　达海
责任编辑　兰晓蓥蓥
责任校对　蒲迪
封面设计　胡梦茵
封面题字　石宝霞
责任印制　车夫

出版发行　成都时代出版社
电　　话　（028）86619530（编辑部）
　　　　　（028）86615250（发行部）
网　　址　www.chengdusd.com
印　　刷　成都市兴雅致印务有限责任公司
开　　本　880mm × 1230mm　1/32
印　　张　8.5
字　　数　215千
版　　次　2022年1月第1版
印　　次　2022年1月第1次印刷
书　　号　ISBN 978-7-5464-2942-7
定　　价　49.80元

心安之处即家乡

（自序）

五岁那年，父亲把我送到了外婆家，我与姐姐在此重逢。远离了军队家属院，耳旁不再有军号声，置身于乡间田园听到鸡鸣犬吠，看到牧牛披霞而归。

“秋收”是我听到的第一个农事词汇。

小童们说“秋收”时俯身兴奋地围观着什么，我凑上去，顿时成了小童群体中的一员。

看着黑、红两种蚂蚁秩序井然地往各自的窝里搬运食物，我第一次听说蚂蚁也有好坏。小伙伴们认为红蚂蚁是好蚂蚁，黑蚂蚁是坏蚂蚁。围观蚂蚁搬食的同时，他们凭着情感好恶，如同拉偏架一样，不断在黑蚂蚁前行的路线上制造障碍。

整整一个下午，我都和小朋友们在一起，热衷于参与这两窝蚂蚁的“秋收冬藏”。

曾经尘封了一大块记忆，成年后五岁前的事情几乎成了我大脑里的一段空白，这之后我尝试把十三岁以前的事情也尘封起来，其结果仅仅是尽量少去触碰。对于不愿记起的事情，只得交给时间，让那些苦涩的片段在时间的长河里慢慢淡化。然而，压抑了多年的思乡情结，最终在一个很不经意的点上爆发，几乎淡忘了的往事扑面而来，使我完全失去了再次躲闪的可能性。

调整好直面那段人生的心态，我也就渐渐从曾经的困苦里咀嚼出了越来越真切的快乐，并且从中品味出身在故乡时内心里有过的踏实，以及故乡自然环境的美好。

故乡之美，不只在于山峦平川、小溪河流、树木花草，更有一种浓得化不开的思乡情结参与其中。于是，故乡、童年，水乳交融，乡情如昨的感觉在我心里油然而生。回望在故乡经历的点点滴滴，似乎自己是在当年那些不受约束的懵懂时光中，蜕变出了想象和感知的能力，从寂寞中净化出了心灵上的些许通透。

屈指算来，我离开故乡已半个世纪。尘封的往事、思乡的情结，如同经年陈酿出的杜康，“柔润芳香，回味悠长”。

我的童年可以归为不幸。然而，我又是如此幸运。洛河流域厚重的文化渊源和久远的乡间传说，使我受到了乡土文化的浸润。中原大地上的高天、沃土，故乡人的纯朴、善良，使我无忧无虑地度过了一个还算多彩的童年，可谓“失之东隅，收之桑榆”。

此时，童真和饥饿早已远去，往事却并不会如烟随风消散。回味乡村生活，仿佛故乡人的音容笑貌清晰如昨，又仿佛再现了村庄里的炊烟摇曳。

2021 年 4 月于雀鸣居

目录

Contents

第一章

亲情

第二章

乡情

第三章

乡趣

第四章

回望

第一章

亲情

采撷青涩果实，串起昨日回忆。

晴空秋韵

“千里晴空，万里无云。”这是在课堂上听老师念的什么文章中的句子。我觉得写文章的那个人看不到千里万里，并且这空洞夸张的文字使我觉得这是骗人的“狗皮膏药”!

清晨，外婆对着天空一阵打量，确信当天无雨又无风，才用三块青砖在院子里架起一口精致的小药锅。

外婆要熬膏药了，两个月以来，她一直在物色这个“天碧空，人闲情”时的天人合一状态。今天，对于外婆来说，做的将是一整天烟熏火燎的苦差事。

说起膏药，会令人想起狗皮膏药，并且对卖狗皮膏药这事儿一脸不屑地龇龇牙。

庙会上那些脑门儿上贴着膏药的小丑，再就是游方串巷脸上贴着膏药的术士，他们让尘世泛滥了“狗皮膏药”，也使得所有的膏药都背上了“狗皮”这个贬义词，捎带着把膏药的名声败坏到臭不可闻。不管怎样，膏药能治病。正因如此，它才能历经磨难，顽强地坚持到今天。

外婆熬的“宋氏膏药”不甚张扬，却是酒香不怕巷子深，求膏药者时有上门，而且有些人还是远道慕名而来。

外婆熬制膏药，是传承了我外公的手艺。

“宋氏膏药”用在暗疮、明伤方面效果奇佳，对于手指尖、脚后跟上的干燥、裂口那更是药到病除。

怪哉！说起膏药，我有些走火入魔，就像是真要向谁兜售“宋氏膏药”，真的要把自己当成个卖狗皮膏药的推销商吗？

“君子，有所为，有所不为。”我不是君子，也不做小人，绝对是什么都不做的“无为”。外婆曾经对我寄予厚望，我的无为使“宋氏膏药”失了传、绝了迹。此时，更不可能向什么人推销外婆的“宋氏膏药”。

无为如此，后悔如此，罪过也如此。

不经意间，看到小腿上生疮时留下的旧疤痕，我猛然想起了外婆，想起了外婆的膏药，外婆熬膏药时的情景竟然清晰如昨。思路由点连成了线，线上又结着疙瘩、记着事。

祖传秘制膏药历来只在家族中单传，如果我“有为”地继承了这门绝技，一定不敢接着写下去。好在我从来就没有记全过那三十几味药的名字和用量，也不至于此后有谁会如法炮制“宋氏膏药”。

“千里晴空”只是文章里说的，我曾怀疑过。此时我看了看天，蓝天上果然是碧空如洗，不现一丝云彩。如果有风呢？没有云彩作参照，一定不容易对是否有风做出判断，外婆认为不会有风，就一定不会有。

舅舅把一张八仙桌、一条长条凳搬到了院子里，一放下就急急忙忙地上学去了。

我和姐姐去抬了一小桶井水。

熬膏药用的水很讲究，要用“木杠不离肩，桶底儿不沾地”的井水，这样的水叫作“无底水”。

外婆说过，用无底水熬膏药，才能治无底的病。我和姐姐在做这件事的时候也很认真，小桶从水井里绞上来之后，我们就先把抬水杠穿到桶提手里去，抬稳了桶才解开井绳上的铁环扣，将水抬回家。只有进行了这样的操作，抬回来的这桶井水才是无底水，才能成为熬膏药用的药引子。

外婆舀够了水，姐姐放下桶就急忙上学去了。

我随时可以旷课。

我跟着姐姐进教室两年了，但学校的花名册上还没写我的名字，我想和姐姐在一起的时候，可以随时坐到姐姐身边去。不想到学校的时候，我可以不去，学校成了我能自由出入的“绰然堂”。

外婆不让我早早地学习认字，怕的是坏了脑子或者伤了眼睛，却让我早早地当了她的学徒。

由童女儿抬回来的“无底水”制作的膏药，治疗疮、伤、手脚开裂等更有疗效。

虽说外婆不识字，在她说出“无底病”的时候，那神情和她这一生中说其他道理时一样，会把“无底”的意思延伸至无穷。世上的事本来就互为因果，追溯起来因又成了果。有人生了疮，疮就是果。为什么会生疮，什么就成了因。

我小腿上长疮的时候问过外婆为什么我会长疮，外婆说是我从外地回来，水土不服。我问为什么会水土不服，外婆说一方水土养一方人。我又问那些一直住在村里的，他们怎么也会水土不服？外婆说农村有粪毒、太阳毒。我接着问城里也有粪也有太阳啊？只是问的因，就已经够绕了，把这些因又作为果接着追因，会派生出多少问题出来，还真难说清楚。假如那天我一直追问下去，也许能问到十万个为什么，直问到先有蛋还是先有鸡。

“有底人生，无底病！”外婆说的这个我并不懂，听出来这是一个结束语的意思，我识相地停止了发问，我和外婆之间从来就有这个默契，她不想接着说下去的时候，我也绝不会再追问。

外婆捧出瓦罐放到了八仙桌上，凝神定志地端坐了一会儿才缓缓解开了瓦罐的封口，一件件地掏出里面的东西，有各种药材，还有用油纸包着的小秤。

小秤，通体雪白的骨质秤杆上，稀疏地排列着若干金黄色小点，小点又是聚聚散散、神神秘秘，被细细红丝绳连接到骨质秤杆上的秤盘很薄、很圆，在晴朗的晨光中，秤盘显现出诱人的紫铜色。

我凑近了那杆秤。“别动！”外婆的语气不算强硬，却透着坚决，在我听来算是一声断喝。

我缩回了手，心里头却是一百个不高兴。

如果那时外婆能让我把玩一会儿那杆精美的小秤，我一定会答应接受这份祖传的手艺。

秋天，晴朗的早晨。

洁净的小药锅、清洌洌的井水、不沾泥土的洁净柴草，就连小院也是早上认真地洒扫过，砖铺的引道上没有泥点，黄土地的地面上也没有杂物、浮尘。

外婆再次神思邈远地打量了天空，这才气定神闲地对那些草药称钱、分两。

我望着外婆，认为她很神秘，感觉着此时她的灵魂是游走在巫、神与医道之间，而不是她说的“天人合一”。

制药人一定是对熬膏药这件事怀揣着敬畏与虔诚。

我不知道外婆对这一天是择日还是撞日，我起床后就看到外婆不只是把小院洒扫得洁净，她把自己也收拾得很洁净，花白的头发沾水梳理过，脑后的发髻收拢在黑色网套里，一支银簪穿过黑网套，把饱满的发团服帖地连缀到了脑后。

“无底水”只是药引子的一部分，外婆往锅里投放草药时，嘴里还念念有词地说着什么，仿佛她的膏药需要更多的引子，需要外婆付出十二分的虔诚。

外婆竭力地、心无旁骛地做着这些。

此时此刻，膏药成了她的整个世界。

柔柔的小火苗从早上烧到上午。

我接替了烧火的差事，一点点往锅下添着柴火。

小锅里的药引子从满锅蒸发到小半锅，满院子弥漫着异样的香气。外婆再次一脸肃穆地用小秤分着药材，她手上这把做工精巧的十六两老秤，比一钱更少的分量也能称量出来。

外婆把贵重的药材称量好了，这才把锅里的药渣滤了出去，示意我把火烧旺一点。

“秋天，说晴天就晴住了，一眼就能看个准儿。”外婆说完，微笑着看了看天，这是她烧起药锅后，对我说的第一句话。

天气晴朗得着实可爱，可爱到像是生出了无数只温暖的手，能抚摸到人的心，如果不是这样的好天气给我带来的好心情，早晨外婆呵斥的那声“别动！”我会因此记恨她两天。

“为什么不在灶房里熬药？”

“灶房有塔灰，万一掉到药锅里一星半点，会改了药性，膏药是给人治病的，人命最金贵，不能有半点马虎。”外婆说完停了一会儿，接着又说：“咱深秋才熬膏药，你说是为啥？”

我不吭声。我知道外婆一定有现成的答案，而我，却真的不知道这答案是什么。

外婆起身去了趟后院，回来之后又认真地净了净手。

刚才滤出来的那些草药渣已经被热气烘干了，锅里的药引子也少得快现锅底了。

外婆往锅里倒了小半瓶芝麻油，又加了几勺蜂糖。

天空依然晴朗得无云无风。

我往锅下添着细柴，外婆拿起骨质扁签缓缓地搅动着锅里的黏稠物，空气中弥漫着药香，我和外婆在晴朗的碧空下共同熬制着膏药，我们配合默契。

芝麻油不见了，蜂糖也不见了，它们和所有的药引子一起与药物混合成了更为黏稠的糊状。

外婆虔诚地往小锅里抖进贵重药材，每展开一张包药材的方形黄表纸，把药下进锅后，都会从容地把那张包装纸在锅的上方摆动十几个来回。

我认识这些药，牛黄、冰片、麝香、雄黄、朱砂、神砂、大烟土……

我不单是认识这些药材，还知道每一样药是怎么到我们家来的。

大烟土是自己家的，这个东西没地方买，外婆有半碗大烟土，一直就封藏在她床头的墙洞里，有些管控药材是求膏药的人自愿去买了送过来的。

外婆足不出户，来者是不是肯去买某种药材，好像在她心里都明镜似的了然。这种人来求膏药的时候，外婆会拿出几乎空着的药锅给人家看，还边从药锅的底子上铲着膏药边说："快没了，要的人多嘞，就差着一味药配不来，眼瞅着要接济不上了。"

来人会感动地说："老人家，你可不能断了膏药，缺啥你说。"

外婆就在这种情景中攒下某种名贵药材。

外婆在贵重药材上是取之于病人、用之于病人。外婆从不收膏药钱，也没能力往膏药上贴太多的钱。有些药材就算她愿意花钱，也许不一定能买得来。

太阳下山了，天空的蓝色已经暗淡，可还是能让人察觉到晴朗的痕迹。

锅里的东西鼓起一个个黑亮亮的气泡，锅下的火已经很弱，锅内的气泡还不断地膨胀成黑亮的小气球，爆开时吐出的白雾带着阵阵清香飘散在空气中。

眼看大功告成，外婆侧过脸，这才说："秋天，鸦雀都下了地，它们不到村里寻食，就不会有鸟粪掉到药锅里。甭说是鸦雀粪，就连风刮进一片树叶，也会坏了这一锅膏药。不添柴了，把药渣扔进火里烧烧就够了。"

我知道为什么熬膏药的最后步骤是烧药渣，外婆曾说过这样能增加药性，也能防止秘方泄露。我们不在药锅边说话，也是怕万一有唾液飞到锅里会坏了药性。

"憨憨，你还没到能称斤分两的时候。"外婆这么说，像是对不准我玩那杆小秤的解释，又像是表达着些许的歉意。外婆没让我动她那杆精致的小药秤，使我觉得在外婆的心目中我没有她的膏药重要。我心里憋着这股劲，思绪定格在了外婆说的那句"别动！"时的语气上。

我没吭声，也由此失去了对学习熬制膏药的兴趣。

长期以来，我觉得外婆就像那杆小秤，再细微的分量，在她心里头都明镜儿似的清清楚楚。原来外婆的智慧也有疏忽之处，那就是人心。

近了黄昏，家雀还在院里跳跃着，家燕已悄然归窝，几片枯叶从香椿树上飘然而下。

深秋的这个最为晴朗的一天里，我和外婆只为同一件事尽心尽力，我们有过心灵相通，有过行为上的默契，也在某个安宁祥和的片段里，时间定格了我们在熬制膏药的行为里，有过的共同的虔诚。

原载《攀枝花文学》

白　馍

馍，尤其是白馍，如果在饥饿中见到这东西，就像眼睛也有嗅觉，能看到馍的香味。

生活在冬小麦产区，虽然从冬天到初夏，田野里所见的是一眼望不到边的小麦，但白面馍却是要逢年过节，或是有红、白喜事的时候才能吃到。

乡村人重亲情，八竿子打不着的亲戚们也相互帮衬、礼尚往来。

女人绝不会独自去走亲戚，同样是送礼，多带上一个人，就多带上一张嘴，相比之下少带一张嘴的自认会吃亏。男人们串门一般不带小孩子，男宾的饭桌上有酒，几杯酒喝进肚子，也就不算吃亏。

外婆也走亲戚，按说她是要吃亏的，姨和舅舅们早已过了拽着母亲衣襟撒娇的年龄，姐姐也不再是牵在手上或抱在怀里的小孩子。外婆不愿吃这个亏，串亲戚时就带着我。

刚回到老家时，我就跟着外婆去串亲戚，我长大了一些还是这样，近两次我发现，自己是女宾席上个子最高的小孩儿。

外婆走亲戚常带着我，她不像别人那样在亲戚面前说“孩子撂家里没人照看”，而是说“腿脚不利落，出门总得有把扶手”。事实上，我还真的是外婆的拐杖。

我和姐姐差一岁半，就是这一岁半的差距，多少次跟着外婆去吃席的机会都与姐姐擦肩而过。

外婆带我去走亲戚，也许是看我有个好饭量，一顿饭总要比外婆多吃一碗，有白馍的时候，我能比外婆多吃两个。

那是一个春天。

一写到食物，好像总是写与春天有关的事。

春天里的饥饿，不只是缘于粮食上的“青黄不接”，还由于在生机勃发的大环境下，我们的活动量大幅增加。春暖花开、明媚阳光与饥饿感形成巨大反差。试想，如果饥饿发生在冬天，天和地、小院和屋瓦，随处都一色的皑白，我们在屋里屋外都缩着身子，把两手深深地抄进棉袄袖里，对饥饿的敏感度一定会下降，甚至于把饥饿感融入寒冷的感觉里去。

春天，万物复苏，我们跑跑跳跳一刻也不愿闲下来，这时候的饥饿才是不加任何掩饰的饥饿，这时候我们对饥饿的体会纯粹而真切。

这次随外婆到东边村去吃满月席，确实是在开春后的某一天。

临出门，外婆站在院里看了看天，回屋把棉袄换成了夹袄，簇新的青布夹袄上，脊背和袖子处还有着清晰的折痕。系盘扣的时候，外婆用指甲费力掐着，才把小布疙瘩盘扣塞进了扣眼。穿中式衣服和穿新布鞋一样，头几次穿总要费些劲，布鞋越穿越松，布扣眼越扣越大。

我站在门口等着外婆，心里想的是亲戚家的白馍。

国道上少有行人，也没有车辆。五里平路，我先是在外婆身边跑前跑后，还没走出两里我就成了外婆的拐杖。

外婆是仔细梳洗过的，穿了簇新的夹袄，挪动着三寸金莲慢步轻摆。

能衬出外婆姿色的东西不只是那件青布新袄，还有外婆挎着的那只细密洁白的柳篮。

柳篮和竹篮在外形上几乎相同，作用却有着天壤之别，竹篮只能挎到地里去装点什么，算是农具，柳篮却是精致而娇小的器物。

端午节前后，割一刀猪肉、炸几根油条放进柳篮，揪一片泡桐树叶往篮口一盖，就成了女儿回娘家时的厚礼。

吃满月酒的时候，两升小米盛进柳篮，三尺红布对折起来搭住篮口，也算是一份厚礼。

柳篮不是农具，自然不会家家都备着柳篮，用的时候要去借，村里总有那么几只柳篮，哪家的柳篮底儿平，哪家的柳篮底儿凸，哪家的柳篮腰粗，乡亲都心里有数。借柳篮最好是借那种盛上两升小米，篮口就能冒着尖儿的凸底儿柳篮，同样是两升小米，谁家的篮口上的红布托起来了，一眼看去就觉得是厚道人家送的厚重礼。

外婆很讲“排场”，至少那天我觉得是这样。

我走在外婆右边，却总要探着头瞅瞅她左胳膊弯上挎的柳篮。这只柳篮很新，内底上一定用毛笔写着篮子主人家的姓氏，篮子外面白净得像是才剥去了青皮儿的嫩柳条。没下过水的红洋布平整、光鲜，搭在篮口好一会儿了，红布还是那么平整。

外婆借到了一只很能给人挣面子的柳篮，我跟在外婆身边，觉得自己蹭上这顿白馍，该是多么理直气壮。

外婆“拄”着我，带着她的“排场”走了五里地。近村口时她停了下来，让我捧着柳篮，红布也搭到了我肩上，她用手把一路被颠紧的小米拢了拢，金灿灿的小米在篮里又冒起了尖。

外婆是不会让我挎这只篮子的，担心我不小心撒了小米，也怕我把小米颠得太紧实。一平篮小米颠不上几下就能往下沉，缩不了半寸也能下去三分。

对我来说，吃馍是最要紧的事，外婆这点不信任根本就算不了什么。

我是外婆的拐杖，外婆是我的依仗，依靠着她，一年之中我总能到亲戚家吃两三回白馍。

进了寨门，我偏着头又看了看柳篮，红洋布还被小米撑着冒起了尖，就和在村外整理那会儿没有什么两样。

外婆走得稳，不会颠摇了柳篮。

我看到了亲戚家大门上的大红对联，在这种事情上我有些经验，过春节时贴的对联不可能完整到现在，小闺女们早就把对联上边边角角、没字的地方撕下来去染红脸蛋红嘴唇了。亲戚家不只对联完整着，门口还有人频繁地跑进走出，家里不办大事不可能会有这番热闹气象。

外婆“拄”着我，带着她自身的“排场”朝着红对联走去，刚进院门就被主人家迎接住了，主人家接过了这份厚道人家的厚重礼。

客主几句寒暄还没结束，先到的客人们就搭上了腔，满院子欢声笑语。

我以为外婆的厚礼引起了这番热情，接下来我发现，所有新进门的客人都会受到如此的热情接待。尽管这样，我还是再次发现了外婆的英明之处。有不少妇女还穿着棉袄，看上去不仅显得臃肿，经过一阵热闹之后，她们就开始频频擦汗。在这群灰头土脸的女人堆里，就显出了外婆的干净利落，她在这群女人面前犹如鹤立鸡群般的闪亮。

客人到得差不多了，小月娃娘舅家的人还没到，院子里就有了总擦桌子不上菜的意思。我丢下和别人拉着家常的外婆，离开空桌子到门外溜达。

两手空空的感觉一定很难受，要想掩饰两手空空，最好是把手抄进裤子口袋。

我穿的是蓝色斜纹布改良西裤，裤腿两侧都有裤缝，两侧也有开在裤缝上的口袋，裤腰上有裤袢儿，而且裤腰和裤腿是由同一块面料剪裁而成。这就与中式裤子完全区别开了。

中式裤子多以青色为主，裤腰为白色，即便裤腰与裤腿同色，腰上接的布料也会薄些，裤腿外侧没有接缝，也断然不会有裤缝上的口袋。

家乡人把西式裤加以改良，也不知是哪位聪明人的主意。所谓改良，成果是这种裤子在外观上与西裤的区别并不明显，改良后的女式裤子穿起来方便多了，前后相同，今天坐在屁股底下的地方，明天就可以成为前裆，裤缝上的口袋是右边朝前，左边朝后。裤子不是屁股和膝盖处容易破吗？这种改良西裤在打补丁前就已经是一条裤子能穿出两条裤子的寿命来。男式改良西裤会麻烦些，要么做成穿橡筋的松紧裤，要么过段时间把开口由前挪到后。

我身上是姐姐套棉裤时的裤子，比较宽松，右手很顺畅地插在裤子口袋里，左手边虽然不太顺畅，空手插进空口袋时，也还不至于真正的反背起一只手。

东村的寨墙有些年代了，不太残缺的地方还有两丈来高，被风雨侵蚀得严重的地方已经不太像寨墙，而像隆起脊背的长条土堆，只是那土质与田里的土不同，无论经过了多少岁月的风雨侵蚀，还是能看出修寨墙的时候取的是白土。家乡人把白土叫作“观音土”，人被饥饿折磨到极限的时候，观音土能成短期的救命食物。我偷偷尝过，观音土不香、不臭，只是略带一点点碱味。

我在寨口悠闲地转着，想象着夏天到来时，寨墙内的闷热。

小月娃娘舅家的人来了，寨门口顿时就热闹了起来。

提篮、箱笼、挑担排成了行，坐月子人的吃食，小孩子的穿戴、铺的、盖的，由单到棉一应俱全。这队人夸张地表达着礼物的重荷，看上去近似于迎亲队伍一般喜庆。

好东西肯定都是摆在明面上的，就连小孩子过两年才能穿的单鞋、棉鞋也是摆在明面上，至于箱笼里装的什么，只能让人猜。估计没什么值得夸耀的物件，哪家送礼也不会拿着香粉往屁股上抹。就是摆在明面上的小孩儿的衣被，说不定也有几件是借过来充充门面，等客走人散后再悄拿回去还给人家。

过日子尽可以俭省，办大事的时候却得铺张开面子。不管是婚礼时的陪嫁，还是吃满月酒的娘舅礼，借些东西装门面的事早就习以为常，大到缝纫机、自行车、软缎被面；小到婴儿披风、童鞋、童帽，都可以从亲戚、邻里处借来风光一番。不说别的，我娘留下的那台“蝴蝶牌”缝纫机就多次被借出去，几乎都是充当“陪嫁”，陪送过村里半数以上的大姑娘出嫁。

小月娃娘舅家的队伍进了门，顿时引起一阵不小的欢呼，我好奇地想知道箱笼里装的是什么。菜上来了，外婆给我递了个眼色，我的心思才从箱笼上回到了眼前。

女宾席上的孩子们占到了半数以上。四张条凳八个人的位置，女宾席上可能会有十二只碗、十二双筷子，热腾腾的白蒸馍刚在桌上露面，所有人的手都伸了过去。请客吃饭这样的雅致事情，在女宾席上完全雅致不起来。

我先抓了两个馍放在自己碗旁边凉着，就开始抢着夹肉，盘子里再也找不出肉的时候就开始吃菜。外婆斯文地吃着，却在我腰上悄悄捅了一下。我看到已经有人在往口袋里塞馍，自然明白了外婆的意思，就毫不声张地把面前的两个白馍硬塞进了裤子口袋。

新一轮白馍上来的时候，我才沾点菜碟底的油汤吃了两个。娘舅家抬进院的箱笼还在月母子房里，院里的光景大有曲终人散的意思，我赶忙又从桌上抓了两个白馍强塞进了裤子口袋。

袋口那么小，刚才已经在每个口袋里塞了一个馍，好在新馍有弹性，后塞进去的白馍在口袋边露着头，总算也在口袋里放稳当了。

接下来是等着吃喜蛋，这是满月席上不可或缺的程序。等了好一会儿，红鸡蛋依然没有露面。

院子里一阵乱腾，说要走的客人并没有抬脚就走，主人家尽力说着客套话，却并没有真正要留谁的意思。大人们礼让着、客套着，孩子们却乱成了一锅粥。

两个女人托着盘子开始打发客人了。托盘有些陈旧，枣红色土漆已显斑驳，盘里的东西却是异常鲜亮，一只只大红的小纸卷由一根根红丝线拴着，这是要往来客孩子脖子上套的压喜钱，带两个孩子的可以得到两份，没带孩子来的就一份也没有。一根红线套到了我的脖子上，胸前就有了红纸卷，这根红线我不稀罕，我想得到的是红纸卷里的钱。

“回吧！”我悄悄地催了外婆一句。

既然有了得到红包的喜悦，也就忘了没吃上红鸡蛋的失落，何况我心里已经在盘算着自己的事了。我觉得第一件事，是回村途中得设法逃离外婆的视线，在外婆没收我脖子上的红线之前检查一下红纸卷，有可能的话就先抽出一毛，给外婆剩一毛。第二件事，是先给姐姐两个白馍，剩下两个才让姨和舅舅们沾沾光。

主人家送客是一家家的送，客人认了自家拿来的篮子，主人家要放几个白馍作为回礼，客人要假意地嫌主人回的礼太厚，执意要把篮子里的白馍再放回去。主人、客人拉拉扯扯一阵之后，放进篮里的六个白馍就只剩下了两个，临要出门的时候，主人家会撵上来强硬地再放两个白馍在客人的柳篮里。这个时候客人往往已经到了大门口，脸上一副盛情难却的表情，再三地朝着站在门口的主人挥着手说：“回吧，今儿这事办得真不赖。”

“真不赖”是客人对主人家办事规格所做的最高评价。没等女主人多享受一下这个“真不赖”，身后又有人说笑着要辞行了。

我觉得外婆的屁股够沉，我催了三遍“回吧！”也没见她起身。

眼看着女主人送走了一家又一家客人，外婆才从稳坐泰山的客人堆里站了起来。

回家的路还是那五里地，不比来路更远或更近，出了村我才发现不大可能尽快逃离外婆的视线，来时的五里路，加上坐了一阵子条凳，外婆的尖脚算是受了累，这会儿柳篮里只有一点回礼，我肩上却感到了外婆分派过来的责任。

我知道小脚女人高凳坐久了脚会难受，坐在蒲团上，要么微微盘起腿，要么两腿直伸着在脚踝处做个交叉。纺线、缝补的时候她们总是这么坐，骨断筋折的十只脚趾头，只有这么坐着血流才能通畅一些。外婆走得慢，我又心里急，忍不住说："叫你早点走，咋不走？"

外婆说："做事都有个轻重缓急，人家要送远处的客人先走，咱近些，多等会儿也没啥。"

远离了那个村，我突然担心起来，生怕外婆想起我脖子上挂的红包。我就稍加快了步子，让外婆跟得有些吃力，没过多一会儿，我还是忍不住问："咋没见端红鸡蛋出来？"

"兴许是娘舅家拿的少。"外婆说着，压住我肩膀停下歇了一会儿，接着说："事主家送走了客人，一会儿还得酬谢给他家帮忙的人，还不得给人家送两个红鸡蛋？就像咱，借了别人家的篮子去串亲戚，难道一会儿还能还个空篮回去？"

借来的这只礼篮还是用红布搭盖着篮口，这已经不再是我们来时的那块三尺红布，回礼的这一尺红布搭盖着四个馍。还人家柳篮儿的时候，当然不好意思送还一个空篮子，回去后能留在自己家的也就只剩下两个馍。家里的缝纫机和两床锦缎被面也多次借出去过，别人归还这些东西时也带着几个白面馍。

停下脚步小歇了一会儿，我们就继续前行了，外婆边走边说："这家人不厚道，白玉米面掺得太多。"

春天，眼前是望不到头的小麦庄稼，小麦面却是我们肠胃里的稀罕物。

等到了深秋，这片田野上便是等待收获的玉米，比黄玉米低产些的白玉米，多半会被磨成面，在必要的时候掺进小麦面里蒸成待客的白馍。

今天在席桌上只顾着吃，至于是不是掺了太多的玉米面，我没吃出来，饥饿之中白土都能当馍吃，何况这只是往小麦面里掺了些白玉米面。

我裤子口袋里这四个馍如果带回了家，姐姐就吃不上几口。五里地，如果由着我连蹦带跳，走起来也不算太远，但肩上扛着外婆的手，走起来就有些乏味。我们一步步地丈量着脚下的这段国道，我已经听到了学校里的钟声，我们走得还是很慢，就像总也进不了自己的村庄似的。

我和外婆是从村子东头进的村，学校也在村的东边，一进村我就像大梦初醒般赶紧打起了精神，取下脖子上套着的红包，讨好地对外婆说："这个先拿回去，我想姐姐。"

外婆并没阻挠，我也没给她机会阻挠，话音刚落，我把红线系着的红包放到了外婆手里。瞎子见钱都会眼开，何况外婆是个明眼人。

"我想姐姐"这句话不是我的意思，是我替馍说的。白馍里掺了太多的玉米面，我没吃出来，估计姐姐也不一定吃得出来。

每一天都是些细碎的日子，只有春天，总是会在每一天给饥饿留出时间。

二舅和姐姐是最吃不下红薯的两个人，二舅天天叫喊"吃红薯，犁心"，姐姐不吭声，却把碗里的红薯串到筷子上，趁着家里人不注意的时候，全数落到了我的大碗里。

姐姐闷头喝着米汤，听二舅说"吃红薯，犁心"的时候，姐姐会悄悄瞅二舅一眼。

偶尔大舅对二舅打趣说："心里有几头牛拉犁？"二舅总会白大舅一眼，说："没有牛啥事，就觉得心里一直在翻腾。"

姐姐悄悄对我说："那劲儿，说痒不是，说痛也不是，胃里翻腾着要冒辣热气。”

大舅笑着对二舅说：“弟还真能，这阵儿肚子里能装下一副犁，过两年就能当宰相，肚里能过大船了。”

二舅不理会大舅的挖苦，喝干了碗里的米汤，看着剩在碗底的几块红薯发愁。外婆说他俩是“一个槽里拴不住两头叫驴”。实际上，二舅只是空叫一阵，并没有指向什么人，他抱怨的内容无非是粥薄、汤稀。大舅却是话里话外常拿二舅寻开心。

大舅肚子里有点学问，二舅肚子不大，但心胸还算宽广，他们俩凑在一起，即使凑不成个宰相，肯定也会比现在完美些，偏偏他俩不常往一块凑，时常表现得井水不犯河水的样子。

从属相上说，我和姐姐该是鸡狗不和，事实上我们从不争吵，她有口好吃的东西会惦着我，我有了好吃的东西也会想到姐姐。

离开外婆的视线，我就朝学校方向飞跑起来，裤子口袋里的白馍比我的双腿摆动得更加有力。我想起电影里穿马裤的女人，觉得自己这会儿真像穿着马裤，只可惜被馍撑起来的裤子并不对称，右边口袋偏前，左边口袋偏后，像是没把马裤提正的样子。

“报告！”我在教室门口大喊了一声，再次想象着自己是穿着骑马装。

老师被吓了一跳，同学们都扭脸盯着我。

本来用不着报告，老师往黑板上写字的时候，我可以溜进教室。我在这个班里当编制内、计划外学生已经有两年了，我可以随时自由地出入教室。刚才跑急了，又想着自己的骑马装，竟忘了自己是有着充分自由的学生，到教室门口莫名其妙地喊了声“报告！”

老师没说“进来”或者“站外边”，看到是我进了教室，她就转身继续在黑板上写字。

我凑到姐姐面前，气还没喘匀就一边掏着裤子口袋，一边说：“姐姐，馍。”

这是几个最不争气的白馍，在饭桌上的时候它们明明是软和的，这阵子就硬得失去了弹性，任凭我怎么努力，也无法把手指插进口袋，把白馍囫囵个儿地掏出来。

急得我冒出了句粗话，心里也着实发了狠，不管是不是还能囫囵个儿，几只手指头连抓带挠把右边口袋里的馍都掏出来堆到了姐姐面前的课桌上。

这是怎样的一堆好东西啊？有着粮食的香味，吃的时候还不用掰不用啃，我掏出的两个白馍，这会已经成了塞到嘴里就能下咽的碎渣。

“姐姐，快吃！”

姐姐看着面前的一堆馍渣不吭声，整个教室里也没有别的声响，好像老师和同学们的呼吸都屏住了。

在几十双眼睛的注视之下，我兴奋地又对姐姐说：“姐姐，吃吧，白馍！”

教室里出奇的安静，而我却在这种安静中嗅到了山雨欲来风满楼的紧张。

“马裤”的右边已经瘪下去了，我才体会到自己不是穿着马裤、不是骑着马，而是骑了虎！骑虎才会这么难下。

谁要说“小孩儿没有自尊心”那就错了。我当时的感觉是如果地上有缝，我不会顾及缝的那头是什么，只想立刻毫不犹豫地一头扎进去。

教室里还是静着，可能每个人都在尽力压制住自己的笑神经，一旦有谁领个头，教室里就会爆发出哄堂大笑。我静等着这阵耻笑爆发，因为除此之外我没有别的路可以选择。

突然，姐姐站起来喊道："报告！"她这声"报告"震得我耳朵嗡嗡作响。

老师抬了抬手，示意姐姐说下去。

姐姐大声说："我请个假，现在送妹妹回去。"

没等老师表态，姐姐已经从容地拉着我的手往外走。

我们出教室不一会儿，姐姐压着声说："你，真能丢人现眼。"就在这时，我听到教室里传出来了哄堂大笑。姐姐把我送回家后又返回了学校。

回到家，我对着案板又抠出来了一堆馍渣。

外婆拉着风箱，回头说："不厚道，白玉米面掺得太多。"

我愤愤地说："这种亲戚，真恶心人！"

外婆赶紧制止道："甭说这话，那是俺娘家嫂子的侄子家。"

我算领教了白玉米面掺多会是什么样子，这样的白馍完全不像小麦面馍那样热的时候松软，凉了之后也还有些弹性。小麦面里掺太多白玉米面之后，蒸出来的白馍看着和全小麦面没啥区别，趁热的时候馍也松软，凉下来之后又硬又没有弹性，受到挤压就成了一把碎渣。

吃了八竿打不着的亲戚家一顿满月筵席，姐姐课桌上有了堆馍渣，灶房里的案板上也有一堆馍渣，我心里却没半点成就感。

放学的钟声停下不一会儿，二舅就到家了。他一回来就奔向了馍渣。

那天姐姐回来得比较晚，吃晚饭的时候姐姐只喝了点薄粥，外婆凑过去摸了摸姐姐的额头，说：“也没发烧啊，怎么才吃这么一点？”

二舅狠狠地瞪了我一眼。

二舅和我姐姐一个班，今天我在课堂上丢人现眼的这一幕，他是亲眼所见。我恨不得地上裂道缝的时候，也许他那时恨不得一口活吞了我。

那天黄昏，家家户户都蹲在大门外喝着薄粥的时候，我堆到姐姐课桌上的馍成了全村人的笑谈。姐姐悄悄对我说：“等同学都走了，我才把馍渣填到了嘴里，还差点噎着。”

我恼怒地说：“掺那么多玉米面待客，真能恶心人！”

孩子们在成长的过程中都会留下一些好笑的事情娱乐乡邻。放课桌上一堆馍渣这件事，是我留在家乡的又一笑语，乡邻们说笑起来，和善得如同自己面前真的摆着白馍。

原载《攀枝花作家》

阴阳无界

有模糊记忆时，我和娘已阴阳冥隔一载有余。

娘患了急病，送医途中生命戛然而止。外婆带着我姨和我舅们哭得天昏地暗。我不知是被大人掐了屁股才哭过几声，或是呼天抢地地喊着娘。那时候我将近四岁。

民间曾传“小白菜，泪汪汪，三岁那年死了娘”的歌谣，我比小白菜幸运。

记忆空白，伤痛弥合。

我习惯于一块布头、两只臭鞋的摆弄着。有时，我后悔当初没认真地看娘两眼，把娘那也许漂亮的模样多装一点在脑子里。有时又想，现在这样也好，我不用因想她、念她而打扰了她的安宁。

外婆很少把她的那双尖脚挪出大门之外，她在有意识地躲避乡邻同情的眼神，哪怕是旁人三两句追忆，都会引出外婆大把的眼泪。

外婆不出门，悠长的呻吟声却能翻墙越院钻到邻人的耳朵里去。

外婆的伤痛与我无关，没了娘，我依然是村里村外疯跑着。“真是没心没肺的憨闺女！”外婆这么说时语气重重的，眼神里又分明带着鼓励。

“没娘的孩子”我时常这样提醒着自己。可深沉、悲伤之类的表情，我挖空心思还是装不出来。当真没心没肺吗？我有些讨厌自己了。

冬夜总是来得很早，去得很迟。

晚饭，总是在昏暗煤油灯下，以粗茶淡饭填饱肚子。

多梦的睡眠永远无法长过漆黑的夜。

晨昏中，我望着窗户的方向，窗棂子模糊得若有若无。昼夜更替还有个漫长的过程。离起床的时间还早，于是我又合上眼进入梦境。

脚边，一眼清泉“咕嘟嘟”地翻滚着永无穷尽的水花，泉水清澈而凉爽。水流打着漩带动脚下细沙，脚心像是被一只无形的手轻轻地挠着，痒痒的使人想笑。沙里似乎有什么东西在闪动，定睛细看竟是一枚硬币，接着发现一枚又一枚硬币在水光里忽隐忽现，我欣喜地捡着伍分、贰分、壹分的硬币，直到饥饿把我唤醒。

这样的梦夜夜重复。我既奇怪又懊恼，奇怪着梦里为什么总有那么多硬币，懊恼着没在梦里用硬币买糖，同时想到若是在梦里买了糖吃，也许醒来时能舔到嘴角上残留的一丝丝甜。

然而，梦里总有捡不完的硬币，醒来还是两手空空。

渐渐地，窗棂分割出的方格清晰起来。

“唉——”伴随一声长长的叹息，外婆醒来了。

清晨，外婆总是用这样的方式告别长夜，无奈的叹息声总是那么悠长。

醒来，对于外婆来说好像不是告别长夜开始新的一天，却像很不情愿与冥界的亲人生离。相比接受明朗朗的白昼，似乎外婆更愿意沉浸于幽幽的暗夜。陷进睡眠中，外婆听不到我们喊饿，也不会有我们几个孩子向她讨要书钱、本子钱；睡眠中，外婆可以在梦境里与外公和我娘团聚。

外婆从不对我们提起逝去的亲人，只是独自眷恋着黑夜。仿佛只有在黑夜里，才能使她找到心灵的归处和慰藉。

告别了梦中的硬币，我向外婆吐露了梦中的遗憾。

“憨憨，梦里的钱再多也花不出去。那是你前世的后人为你烧的纸钱，他们不知道你已经投胎成人。”听到外婆这样说，尽管知道这是老人的迷信思想，但我还是由此陷入了对生死轮回这类事的想象里，让逝去的至亲在想象中复活。

怀念之情如一缕光波，瞬间把我对娘深切的感情怀念做了传递。

黄昏，站在屋檐之下，我望着天边仅存的晚霞沉入苍茫暮色，盼着黑夜快来。

我已经从小朋友那里学会了“过家家”游戏，什么角色只有你认为是真的，才能把假戏演绎得饶有趣味。我思念母亲，就假装此时母亲以另一种方式活着，哪怕明知道这是自欺，也依然陶醉于这样的想象，深信母亲会乘着黑夜而来。

睡觉前，我理好厚厚的土布棉被，用被子掖紧自己瘦弱的肩头，把身子贴靠着土墙，在床外侧留出了空空的大半边位置，把另半条被子展了又展，铺平了的这半条被子是留着给娘的。

恍惚中，我好像触摸到娘温暖柔软的肌肤，嗅到了娘身上淡淡的体香。这种感觉很温暖，温暖得我舍不得睡着，或者说是舍不得醒来。

鸡叫前，我光着小脚丫摸黑下了床，踩着冰凉的地面悄悄地挪开重重的门闩，轻轻地拉开了房门，我希望娘从开着的门缝间轻盈地飘舞而去。也许在我打开房门的瞬间，娘宽松的衣袖触碰过我蓬乱的头发、裸露的瘦肩。

黑暗中，我朝着天空的深邃之处挥着手，轻轻道了声：“娘，走好！”

我得快乐地活着，为了我，也为了娘。

原载《青海湖》

苦涩的山槐花

“山槐花快成熟了。”村里人的话语里充满对采槐花的期待。

乡邻看着高大的槐树，想的却是渠沟边的山槐。那里密密实实的山槐根能固土，防止大雨冲坏渠沿，防止淤泥填堵渠道。以我儿时的感觉，渠那边的山槐，就像给大山结起了一道坚实的篱笆，能防饿狼从山上下来。

风干了的榆树钱儿，飘飘洒洒地满世界飞舞。村庄里进入了桃花红、李花白的浓妆时候，田里的麦苗儿已经返青。接下来村里的槐树就在这晴朗的暖风季节里，开出了成串成串的花朵，继而才会是渠边山槐的闪亮登场。

村里人端着大碗、喝着粥，话题就没离开过渠沟边的山槐花。

山槐置身山根背阴处，花期就晚了那么几天，村里的槐树伟岸得令人生畏，村人觊觎村里的槐花，却把采收槐花的热情转移到渠边的山槐花上。山槐花与村里大槐树开的花，在使用方式上并无差别，同样可以成为舀进碗里的食物。

“山槐花快成熟了。”这句话经由不同的人说了出来，重复了很多遍之后，好像这种企盼成了无形的催花剂。

仿佛在一夜之间，深绿色的花蕾齐刷刷地绽出了嫩白的花瓣，远看是一条白色长龙，走近了才觉得这一串串槐花极像仲春时节的紫藤，只是没有哪里的紫藤会如我们的山槐花这般壮观，有这般沁人心脾的清香。

山槐花开了，村里、村外、田野、河滩，处处都弥漫着槐花淡淡的清香，引得乡邻们成群结队往渠沟边跑，招得野蜂儿从四面八方嗡嗡地往渠边飞。

初春，田野处处都透着水灵灵的绿色，山槐花在此时开放得如火如荼。面对这醉人景色，我们心里感受的不是景，是吃食。一串串、一片片能吃的山槐花，是我们可以用来果腹的食物。

山槐花的吃法能像吃榆树钱儿那样，拌进粗粮里蒸着吃，吃起来却不像蒸榆树钱儿那么黏。捋回来的山槐花，先下进开水锅里烫烫，晾晒成干菜，收进瓦罐里存两三年也不会坏。

这是阳春三月里的一个星期六，学校在星期六下午没课，田野里自然少不了学生们的身影。姨和舅去捋槐花，姐姐想悄悄地跟着却被外婆叫住了。

山槐花不能生吃，就成不了孩子们的最爱。先不说山根是不是有狼，仅从山槐花不能生吃这一点来说，我觉得捋槐花就该是大人们的事。采收山槐花的季节里，农户们就特别的繁忙与兴奋，三五结队在村庄与南山根往返，半大孩子们也只得跟随其中。我对捋山槐花的事毫不动心，也不愿跑那么远的路，何况我一向比较喜欢寻找当即可食的东西。

姐姐没去成南山根，就一直嘟着嘴生闷气。

外婆察觉到姐姐最近经常挠头，就戴上老花镜烧起了热水，说要用皂荚水给姐姐洗头。

姐姐不再嘟嘴了，还自动自觉地搬了高凳、矮凳放到了院里的宽敞处。

暖暖的春阳洒进了院子，四周静谧，鸡不鸣、狗不叫，就连学校里按时敲响的大钟也噤了声。外婆坐高凳，姐姐坐矮凳，姐姐把头凑在外婆面前，任由外婆给她捋了虱子又篦虮子。

我听说第一场春雨落到头上，头发里就会长出虱子。我不知道姐姐是不是淋了第一场春雨才头上长了虱子，这会儿竟然得到外婆对她的特别关照。

娟儿来了。她挎着只空篮，到家来约姐姐和她一起去捋山槐花。没等娟儿和姐姐搭上话，外婆就抢着说："咱今儿有事，哪儿也不去。"

娟儿没说一定要去，也没说不去，她坐在门槛上等着。

外婆继续使用着篦子。

姐姐一直没和娟儿照面，也许姐姐以为娟儿走了，也许姐姐觉得捋虱子的场面被同学撞上是件没面子的事吧，她一直没吭声。

我平时算是个话痨，但这也要分跟什么人说话，在大人面前我不爱说话，郁闷的时候也不大爱吭声，那天下午我毫无来由的郁闷了，也许是和姐姐争风，如果我头上也长了那些东西，靠在外婆腿上的该是我。再者说，我心里也很不待见娟儿，在今天这种都往南山根去的日子里她能落了单，也怪她的坏性子。以往大家去挖野菜的时候，见别人面前有棵肥壮的野菜，她又来不及奔过去抢到手里，就会奔过去用脚乱划拉一气，把好端端的野菜踩踏成谁也要不成的碎渣。

外婆好像特别有耐心，先是在姐姐头上篦了一阵，又用细线把篦齿缠成了几组，每一组篦齿都更密实了，更密实的篦子能篦下结在头发上的虮子，她做着这些事情，不时朝门口的娟儿扫一眼。

我就觉得可以直接让娟儿走，外婆却磨不开这个面子，偏偏娟儿也没有要走开的意思。

娟儿就一直在门槛上静静地坐着。

太阳已经偏西了，院子里已经没了多少暖意，外婆又用白眼朝娟儿扫了扫，觉得实在不得不停下手上的活了，她深深叹了口气，这才起身进了灶房。不一会儿姐姐拿着个小篮子悄悄地溜了出去，和娟儿一起走了。

太阳已经西沉，蜂儿也已归巢，山脚下的槐花已经带了些寒气。

舅舅回来了，我姐姐没回来。姨回来了，我姐姐还是没回来，我突然很想马上看到姐姐。

黄昏到来时，姐姐回来了。

她手提一篮底山槐花，脚上剩着一只鞋，脸红如关公，两眼直勾勾的呆愣，谁和她说话她也不出声，谁对着她喊她也不应。

陆陆续续有村人往外婆家来，他们是姐姐被狼撵事件的目击者。

国道是宽阔平整的双车道，平原地区，视野开阔，狼在姐姐身后撵了两里地，目击者不下数十人。从众多目击者的讲述中，我们知道了姐姐被狼撵的具体情节。那些人讲述出来的情节，甚至比事情发生的整个过程本身还要多几倍。

家乡人爱听说书，讲述能力都非常强，不仅仅有还原现场的能力，更有夸张、虚构的能力。姐姐被撵的过程被演绎成了很多个版本。不变的事实是姐姐被狼追撵的时间持续得最长。

靠近最东边的山脚下，姐姐和娟儿正捋着槐花，姐姐抬眼发现渠对面不远处有狼，她俩的选择只有跑，狼跟着追了过来。姐姐和娟儿跑上了国道，正好与一个妇女汇合了，那个邻村女人怀里抱着一个孩子，身边还跟着一个孩子。狼愣了愣神，选择了那个妇女身边的小孩儿。几个人在前面一路狂奔，狼在后面狂撵不舍。

南山根还有些人，他们离国道也就四五百米，彼此看得见、也叫得应，就是帮不上忙，只好“哦喔——”地叫喊着，像是给姐姐他们壮胆，也如同给狼助威。

饿狼累了，它几次扑向那小孩儿，却一次也没扑咬成功。狼又开始转向我姐姐，姐姐的鞋跑掉了一只，狼停下来嗅那只布鞋，姐姐跑了几步也意识到鞋掉了，回头找鞋，狼再次向姐姐发起了追击。

姐姐一定觉得狼离她太近了，把篮子抛了起来，顿时扬起半丈高山槐花的飞瀑，好似仙女散花，狼这一辈子肯定没见过有人在它面前扬起过什么东西，被眼前这一幕惊得再次愣住。

姐姐捡起篮子又跑，狼又接着撵。

娟儿比姐姐大两岁，比姐姐腿长，跑得也更快，狼在我姐姐和那小孩儿之间选择了两次，最终盯着我姐姐穷追不舍。

终于，有几个男人从南山根那边往国道上跑过来，狼撵我姐姐，从山根跑过来的人撵狼，快到村边时，狼才没敢再往前靠近。

这是目击者的讲述，我们听了一阵，才明白为什么姐姐提回来的只有一篮底的山槐花，也明白了姐姐怎么会少穿了一只鞋。

“傻闺女，那时候咋还想着鞋的事，掉了就掉了吧。”

“傻闺女，还回头捡篮，不要了能咋的？”

“幸好那狼也饿得跑不动，要是碰上有劲的狼，闺女哪能跑得过狼。”

目击者们讲述之后又发表了一通议论，姐姐站在那里还是一声不吭，朝她问什么，她也毫无反应。

姐姐依然红着一张关公脸，双眼发直、呆若木鸡。

外婆在院子里搜寻了一圈，发现了那一篮底山槐花，指着篮大声对我说："憨，把那东西倒了，倒圈里喂猪！"

我捡起篮子，希望外婆这话并不当真。

外婆看着我姐姐，又喊："把槐花倒到猪圈去，咱不吃这东西！"

外婆是在对姐姐打心理战，如果姐姐能意识到要把她冒着生命危险弄来的槐花倒掉，她一定会反对这么做，可姐姐却依然不吭声，她对要倒掉山槐花的事没做出任何反应。

我把竹篮提到了猪圈边，沉在竹篮底的槐花此时已蓬松了些，一朵朵花完整得像是正在盛开的茉莉。我舍不得倒掉这些花，却还是把篮子举过头顶之后来了个篮底儿朝天。撒下来的鲜花吓得猪崽儿连着后退了几步，它嗅着花香判断出那是可食之物，才哼唧着把嘴凑到了山槐花上。我看看小猪，再看看我姐姐，却没从姐姐的神态里找到一点变化的迹象。

一直折腾了好几天，姐姐才恢复过来。

事后，姐姐悄悄对我说："狼眼睛里的颜色不是红，也不是绿，狼狠狠瞪着的时候，两只眼珠都白得瘆人。"

我不知道姐姐遇到的是只瞎眼狼，还是她当时被吓得出现了错觉，经过了姐姐被狼撵这件事情之后，外婆家没再吃过山槐花。

原载《攀枝花文学》

洛河北岸

每个家庭都有自己的故事，而外婆家的故事却过于简单了些。

外婆足不出户，膝下是一群不知忧愁的孩子，家庭生活单调到仿佛只有我们自己和每天的一日三餐。

不经意间，另外的人际关系添加到了我的生活里。

这天，一个红鼻头老者站在院门外叫喊了几声，外婆抓了把灶坑灰走到大门口，由左至右撒了一条灰线，这才把来者让进院子。

来人是我爹的二叔，我得叫他二爷爷。

他这次登门，不是接我们到那边生活，而是来报丧，太奶奶睡前吹灯时，把胸口里那点热气和体力一块吹了出去，可谓真正的寿终正寝。

二爷爷坐在院里，他对外婆说了些必须接我和姐姐过河去的理由。我爷爷是家中长子，我爹是长房长孙，我和姐姐不是男丁，却是长房里的后人，给太奶奶送葬的孝子贤孙的哭丧队伍里，自然不能让长房的后人缺位。我爷爷早就过世了，爹在千里之外的军营里，姐姐就成了能够代表长房这边的不二人选，我得陪着姐姐同行，这个时候我和姐姐才知道，洛河对岸的某个村庄才是我们该叫作老家的地方。

外婆起身进屋，不一会儿就找了两件不是黑衣，也不是白衣，此时却权可替代孝衣的家织布衣裳，这是两件没穿熟的家织土布衣服。家织土布是可以越洗越白的，成色新些的家织土布厚而硬，看上去是那种与观音土同色的泥土白。

初夏节气，一眼望不到边的冬小麦已经灌满了浆，等再晒几个风和日丽的艳阳之后就准备开镰收割。

河沿上有风，不是很强劲的那种呼呼嚎叫的北风或南风，这种暖风柔和得让人不太会去留意风向，只看见田野里有一搭无一搭地翻着微微麦浪，燕雀儿在麦穗上空忽隐忽现，偶尔也会有几只小麻雀在近前突兀地腾空而起。小鸟们叽叽喳喳的吵闹声，远远近近交响和鸣。

一步三回头，望着慢慢退向远方的村子，我心里的不舍已经渐次浓厚，总觉得接受了河对岸的家，再回到外婆所在的村庄时，我就会成为寄人篱下的外人；承认河对岸的那个家，就是对外婆家的背叛。

"姐姐，我走不动了。"

"才出村，还没走一里地远。"姐姐说着看了看我，接着也扭头看着村子，眼里流露出的也是依依不舍的神情。

我和姐姐手拉手地站在狭窄的田间小路，看看走在前方的二爷爷，再回头看看外婆家所在的村子。

姐姐没吭声，我也没再说话，我觉得姐姐心里的想法一定和我想的一样，好像一走近河对岸的家，我们就成了随波而去的浮萍。

二爷爷回头催促说："快点走，过河不远就到家了！"

试想二爷爷此时的心情，他早上一醒来就发现自己的老母亲咽了气，身为当家男人，他却只能先把悲伤放在一边。他要办的事还很多，只是过河来报丧就耽搁了这大半上午，此时他心里一定是焦急的，看到我们姐妹不肯迈步，不由得皱起了眉头。

姐姐站在我旁边，说："我妹妹还小，走不了那么远。"

二爷爷苦着脸拐回来蹲到我前面，示意要背我。看着他亮光光的头顶，想起他红彤彤的鼻头，我心里猛然地抽紧了一下，好像二爷爷身上发了酵的油汗已经沾到了我身上。

二爷爷突然说："打发人去发了电报，也不知你们爹啥时候能赶回家来。"

"河对岸那个村子曾是爹爹的家。"我从二爷爷的话里明白了这层意思，脑海里瞬间浮起一个温暖的片段。爹返回部队前带我到过河对岸，爹满脸微笑地坐在太奶奶面前，太奶奶慈祥得像尊佛。

找到了对那个家的感觉，更期待见到爹，我却依然和二爷爷僵持着。听到姐姐说要背我，二爷爷铁青着脸对姐姐说："她背你还差不多。"

二爷爷坚持着，我也不让步。

让谁背，不让谁背，这本来就不是体重的事。对于我来说，二爷爷几乎算个陌生人，姐姐就不同了，尽管姐姐比我瘦，个子也没比我高多少，只因她比我大一岁半，这就足以构成让她背我的理由。

近于成熟的小麦朝小路合拢着，大有要淹没小路的趋势。

我抱着姐姐的脖子，姐姐提着我的两条腿，这就算姐姐背起了我，没想到姐姐刚起步就连着趔趄，惊得近处的小鸟扑棱着翅膀逃开了。

下了河沿，就是河滩上的沙石河床，有路也是那种松软的、细沙里夹裹着鹅卵石的地面。在这里，是路不是路的区别就在于路面上水草多少。

我和姐姐一起离开了外婆的视线，姐姐就是大人。姐姐背着我行走得很艰难，我知道她泪点很低，自然就猜得到她这会脸上的汗水里已经掺和了泪水。

姐姐不再提我的腿，而是反手搂着我的腰，半背半拖着又前行了一截，我才放过了姐姐。

河床很宽，河道也很宽，若在汛期，浑浊的河水大有吞食一切的气势。现在是仲春涸水季节，清澈的水流毫无声息地泛着微微波光。

我们在柳林里穿行，没看到渡船的时候，就像小路永远也走不到头似的，近了渡船才听到水花儿拍打船帮的“哗哗”声。

从河对面上岸，爬上护堤陡坡，回头能看到柳林，视线还能越过河道和柳林看到外婆家村庄的轮廓，只是村外的树木就缩得很小了，小到不及我近处的一蓬蒿草。

姐姐拉着我往前走，我还是一步三回头，二爷爷不时地停下来等上一会儿，我们跟上来，他又往前走。他一路上并没说什么，我觉得自己和二爷爷之间的隔膜已经形成，他看不惯我对姐姐耍赖，我厌恶他的酒糟鼻子。

进到那个本该成为故乡的村子，我才觉得血脉是很神奇的东西，早上醒来时还不知道自己与这里有任何关系，进了村就有了回家的感觉，这种感觉没什么依据，却觉得见到村里的每个人，都能从他们脸上看到关切和善意。尽管二爷爷家正在办理白事，但邻人见了我和姐姐，他们脸上都带着笑容来打招呼。一个和二爷爷几乎同龄的老人笑着说：“二位姑奶奶回来了？”

天呐！我当时差点没笑出来，回到家乡的感觉，却更加实在了些。

太奶奶躺在凉床上，面部表情安详得如同正做着甜蜜的梦。

从房梁上吊了根绳子，绳头上拴着把大蒲扇和一根木棒，一个年轻女人握着木棒推拉着大蒲扇，给凉床上的太奶奶驱赶蚊蝇、扇风打凉。

一个小脚女人凑过来指了指年轻女人，小声对我们说：“这是你们的二姑。”

二姑回头朝我们浅笑了一下，算是打过了招呼。

接下来是大姑，还有二叔、三叔、四叔、大姑夫、二婶、三婶，人多得我都没法记住。最后一个登场的是我的奶奶，奶奶看了一眼凉床上的太奶奶，又淡淡地打量了我和我姐姐。逝者人走茶凉了，我和我姐姐是生者，在奶奶眼里我和姐姐也像是杯没有热乎气的凉茶。

一口气见了这么多家里人之后，我才觉得太奶奶这场丧事，使我有机会回到爹生活过的村子，而且又是以如此隆重的方式登场，突然得恍若梦境一般失掉了真实感受。我想象着如果这会儿爹回来了，我在洛河岸的这个村子里就会更加有底气些。

奶奶家与太奶奶家斜对门，奶奶家也该是我爹的家。

奶奶待在她自己房间里没出来，二叔和二婶却对我和姐姐很和善。

我觉得二叔长得很壮实，与此形成反差的是二婶长得十分文弱。二婶半眯着薄薄的单眼皮，嘴角总是稍稍地上翘着，露出牙的时候像是在笑，闭紧嘴的时候如同承受着隐隐的牙痛。

二叔牵着我和姐姐进了屋，二婶就忙不迭地摆上了饭菜。平常日子却要用到饭桌，在这一点上，奶奶家与我外婆家就很不相同，外婆家平时不摆饭桌，而是一人端一个大碗到门外蹲着吃饭。

大姑端着些饭菜送到奶奶房里去了，奶奶和大姑吃的什么我不知道，二婶和二叔却是连着端出几碗饭菜招待我和姐姐。

“难得回来，多吃点。”二叔微笑着，一边说一边往我碗里夹了一大筷子葱花蛋，接着低声对二婶说：“娘这回气得可不轻！”

二婶也压着声说：“奶奶也是，临了丢下这么两句，搁谁头上，心里也不大自在。”

我和姐姐面对着葱花煎鸡蛋、绿豆芽拌粉条，嘴里就顾不上说什么，也听不明白二叔和二婶议的是什么事儿。

“以我看啊，咱娘是要自己把自己气出个好歹。”二婶对二叔说着这话，往我和姐姐的碗里夹了些菜。

我们这边撂下了碗筷，也没见大姑从奶奶房里出来。二叔悄悄对我和姐姐说：“叔带你们到地里看看，下个月接你们回来吃甜瓜。”

自打我和姐姐踏进这个村子，无论是二爷爷家那边，还是二叔家这边，他们说的都是“你们回来”，这不是一种营造宾至如归的客套，从他们的话语中，让我们感到这里才是真正的家，我们住在外婆家该算作是客人。

意识到在家乡自己是作客，客居外婆家却没把自己当外人，我心里就别扭了一会儿，跟着二叔出了村才渐渐放下了这种感觉。

我喜欢田野，更沉迷泥土特有的那种芬芳。河这边的庄稼和外婆家那边不同，洛河北岸的土地，比南岸肥沃。

外婆家那边靠近南山，土里含着太多沙石，虽然也是平原，土地却要贫瘠很多。河这边是真正的淤积平原，泥土里时而露出一些贝类的残片，细腻的土质黄里透着黑。

仅仅隔着一条洛河，两岸的农作物就很有差异。河这边冬小麦很少，这一季主要的作物是大蒜，蒜薹被收购之后，大蒜长成后也要被收购。二叔所说的瓜地，这会儿还是大蒜地，瓜秧子套在蒜地里，起出去几棵蒜苗，就能点一窝瓜。瓜秧此时还在蒜地里委屈着，起完了大蒜，瓜秧子才能统治这片土地，甜瓜、西瓜会在这片土地上反客为主。

瓜不像别的作物，种瓜种豆的俗语只说对了一半，瓜要“安”，瓜秧上的第一朵花下有了瓜胎，就在瓜秧的两片叶子之后往瓜秧上壅些土，秧子上会有须根扎进土里，不仅稳固住了瓜秧，更给下一截瓜秧提供了养分。收瓜的时候顺着瓜秧就能看到哪个是“一茬瓜”、哪个是“二茬瓜”。一茬瓜早成，二茬瓜最甜，头两茬瓜是能成为商品的作物，之后的瓜算是落秧瓜，卖不出好价钱，就分给社员自己吃。

二叔无师自通地学会了“安瓜”。他一边给我们念着瓜经，一边干着活，我和姐姐盯着二叔的瓜铲，他翻出来一星半点带着闪光的东西，我们就赶紧拾起来看看，我自己拾的贝壳自己揣着，姐姐拾到完整的贝壳也会给我。

我们脚下是松软的土地，才被撕抽过蒜薹的蒜地里还弥漫着浓浓的大蒜香味。藏匿在蒜地里的瓜秧上已经开出了花朵，下个月二婶会接我们回来吃甜瓜。我想着下次回来，这里会有瓜棚，蒜地成了瓜地。我心里企盼着瓜熟的季节，早忘了太奶奶还躺在那张凉床上。

晚饭，大姑端了饭菜去了奶奶房里。

我不知道奶奶为何事生气，她没对我和姐姐表现出亲近，我们也没想往她面前凑。

晚饭后，二叔到太奶奶身边守孝去了，二婶留下来照顾我和姐姐。

这个村子离洛河很近，村庄外也多些沟渠，湿润的空气加重了室内的闷热，刚入夜蛙鸣声就噪成了一片。

二婶坐床边给我们摇着扇子。“跑一天也累了，快睡吧。”二婶的语气很轻、很柔，嘴角微微向上翘着。

我闭上眼睛，还是能感受到二婶的注视，她扇起来的风并没有多少凉爽，但我能感受到二婶手里的大蒲扇一直在我们身体上方挥动着，她轻轻擦了一下我额头上的汗，小声地说：“不是扇风，婶给你赶会儿蚊子，咱这边村子蚊子多。”

“太奶奶也怕蚊子咬？”我问。

“你咋恁憨，这会儿说那事上去了。”二婶说着停止了给我们打扇。她侧对着油灯的光亮，我能看到她的嘴角，看不清她的眼神，却感觉得到她的眼神一定像她的语气一样，也是那样的柔和。

“哎——”二婶轻叹了一声，接着说：“要是你们的娘还活着，那该多好！咱这个村没谁不说她好，那可真是个热心肠的好人！我和她好得像是亲姐妹，见了你们俩……”

二婶的语气里带着哭腔，却留着半截话没再说下去。我姐姐没吭声，却把我的手握得更紧了些。而我，心里想念的却是外婆。二婶起身到院里站了一小会儿，就又回到刚才的位置坐下来，倾着身子在我耳朵边轻声地说：“还不知道你们的爹啥时候能回来，你太奶奶走的也真不是时候，念了一辈子佛、吃了半辈子斋，竟然走在这‘五黄六月’里头。在家里多放几天都不敢。”

“咋着？”我问。

“怕那个了。”

二婶把话说到了这份上，纵然我是憨憨，也听出来是怕太奶奶的身体出了味。都说“有福之人六月生，无福之人六月死”，如此看来太奶奶算是无福之人了。我由太奶奶那双尖脚想到了外婆，太奶奶活到九十多的高寿都还不算是有福之人，外婆会不会也是无福之人呢？我从来就没敢把外婆往死亡这件事上闪过念头，这会儿却想到了这个，心里头就像真的失去了外婆一样难受。我先闭着眼装睡，这个可怕的念头却在黑暗里更加清晰，直到泪水流到了耳朵边，我才哭出了声。姐姐赶紧说“有啥委屈跟姐姐说啊，咱不哭。”

我没敢说为什么哭，想到外婆也会死在“五黄六月”里，这就够让我伤心了，万一我是乌鸦嘴，说出来日后又应验了，那就算是我把外婆咒死了，而我又是那么害怕失去外婆。

姐姐坐起来抱着我哄我，坐在姐姐细瘦的腿上我还是哭声不止，二婶哄着让我别哭我也不听，只是不管不顾地大哭。

突然听到奶奶在窗下骂：“深更半夜不关灯睡觉，号丧呢？”

二婶小声说：“刚才还好好的，这会儿不知是咋了。”

我哭着说：“睡不着，我想要铁蚕沙枕头。”

我恨不得马上回到外婆身边，却知道这是不可能的事，只好给二婶出了这么道难题。

二婶凑过来轻声地说：“乖！不哭，天亮了咱托人去把枕头抱来。”

我哭着说：“现在就要。”

二婶迟疑了一会儿，叹着气离开了房间。

我知道她不可能去外婆家抱枕头，两个村之间不单是隔着条河，更可怕的是还隔着柳河滩，而且外婆做的两个铁蚕沙枕头，是这方圆百里少有的东西，二婶也无法找到一个替代品。

外婆为了做铁蚕沙枕头，特意养过一回蓖麻蚕，晾干的蚕屎乌黑、坚硬，还带着些金属光泽，看上去就像坚硬的铁沙，外婆收集起蚕屎填充了一大一小两个铁蚕沙枕头，说是枕着能够明目醒脑。

我从来就有这个坏脾气，想哭的时候张开嘴就哭，想收住哭的时候总要给自己找个台阶下，这回哭开了头，又没有台阶可下，之所以这会坚持着要铁蚕沙枕头，只是想把二婶支开。

夏天，逝者不能久停，太奶奶却已停放三四天了。

“她一辈子吃斋念佛，肯定是成了仙。”村里人这么议论着。

大姑搀着奶奶来了，奶奶一进大院就哭喊着：“我说他的良心早喂了狗，你们不信。这回中了，到底知道他不回来了。”我得知，奶奶骂的“他”不是别人，而是我爹。我悄悄瞟了奶奶一眼，不由得对这场丧事也变得旁观起来。

奶奶一路连哭带骂走得跌跌撞撞，她这种悲伤来得突然，表现也很夸张，进灵堂后大有扑到太奶奶身上的架势，我还没反应过来，看热闹的孩子们就先笑出了声。奶奶立刻冷下脸，回头对孩子们狠狠地骂了句：“笑什么，都滚一边去！”

汇款电报到了，我爹用电汇寄回来了丧葬费，也告知了工作太忙不能回来。

爹忙得不能回来奔丧，奶奶从斜对门的院里跑过来之后，就张罗着要主事了，二爷爷几次要表达自己的主张，都被奶奶拦着没让他说。

二爷爷送我和姐姐回外婆家，这一路我和姐姐都不怎么吭声，二爷爷就有一句没一句的自己说，他可能考虑到我和姐姐代表的是长房这边，他作为太奶奶的次子，有必要向长房这边做些交代。

原来太奶奶人生倒计时的头两天，很郑重地对二爷爷说："娘不中了，这回一定要等着大孙子回来张罗后事，要当着全村人的面还他一个公道！"太奶奶在临终前都毫无病痛，睡到半夜还探着身点亮了油灯，自己起来上了厕所，这才大声对睡在外屋的二爷爷说："娘要走了，人家牵着高头大马来接娘了。"

二爷爷半夜里被叫醒，心里是一百个不耐烦，大声说："这说的是个啥，睡你的觉吧！"

"娘真的要走了！"太奶奶说完自己吹灭了床头的灯。

灯灭了。睡在另一头的姑姑感觉到太奶奶没有蜷缩进被窝，就叫了两声"奶奶"，但没有回应。二爷爷似乎觉察到什么，赶紧从外屋奔过来点上了灯，这才知道情况正如太奶奶说的那样，太奶奶吹灯时吹出了胸膛里最后一口气，太奶奶真的走了。

我爷爷是客死异乡。奶奶没和太奶奶生活在一起，太奶奶过世，奶奶就摆出了长房媳妇的身份，要过来做这个主，无非是想：别让外人笑话了，事要办得体面些；太奶奶的口粮在二爷爷这边，办事的花费就该二爷爷这边出大头。

二爷爷坚持要执行太奶奶的生前遗愿，想要等到我爹回来主事。斜对着门的两家人为这件事顶上了牛，把从前有过的积怨也翻腾了出来。

二爷爷边走边说，像是背书，也像是有点不吐不快的意思。我和姐姐听懂了些，更多的是听不懂，突然介入一大堆家事中，不要说是孩子，就算成人面对这突如其来的纷繁关系，也一定会被搅得晕了头。

洛河南岸这边住的是外婆、舅舅和姨，我一直是把这边当成自己家。这趟过河让我感受到了另一种滋味，一种并不熟悉却又亲切的感觉。

我和姐姐离开外婆家的村子七天，却像是离开了很久。

回到外婆身边没几天，我就有些想念二叔、二婶了，盼着二叔种的甜瓜早点成熟，到那个时候我和姐姐过河去吃了甜瓜，也带些回来给外婆。

投　井

外婆拉着姐姐，硬把姐姐拖上了井台，两个人一起坐在了井口上，两双脚在井圈子里晃悠着，就这状态，无论是真要跳井，还是在认真地吓唬姐姐，首先被吓傻的竟然是我。

外婆拉着我姐姐要一起投井。

寻死还有比这个更狠的招数吗？没有！

寻短见还要拉上外孙女一起死吗？不可能的事！

然而，这件事情还真的在我面前发生了。

外婆在这七口之家中有着毫无争议的权威，外婆家一向都很和谐。

二姨已经出嫁，户口上已经不属于我们这个七口之家。三姨和大舅的年龄介于大人和孩子之间，他们在邻村上初中，心里想的是去外面的世界。三姨盼望着要么自己被招工，要么远嫁到城里去，她心大，自然不把我们放在眼里，不要说我和姐姐，就连和她一起去邻村上学的大舅跟在身边，她也是爱搭不理。

四姨的户口在外婆家，人却在我姨外婆家，姨外婆是我外婆的亲妹妹。四姨住在姨外婆家，每年回来两次。夏粮和秋粮下来，她就得回来背两次口粮。四姨和我们生活的这个大家庭既少交情，也无感情。如果她不是回来拿口粮，我估计童年时期自己都不会见到这位四姨。

大舅是外婆连着生养了四个女孩之后的第一个男丁，曾经被家里宝贝过一段时期，二舅的出生及我和姐姐到外婆家之后，大舅的地位不再那么尊贵了。他除了拿二舅寻点开心之外，平时并不多言语。

二舅嘴馋、身瘦，是不带病态却骨瘦如柴的那种瘦。他和我姐姐是同班同学，两个人在学校谁也不搭理谁，二舅在家也从不找任何人的茬。

姐姐一直都很懂事，何况比她年长的都是长辈，比她年纪小的也就只有我一个，姐姐没胆量惹长辈生气，更不舍得欺负我。

我在家里年纪最小，没有能力找别人的茬，在外婆面前我又是最为乖巧的存在，除了贪吃、贪玩，我并无其他缺点。

七口之家，彼此之间从没闹过矛盾。我们一家是真正的贫穷并快乐着的一群小人物。外婆是我们当之无愧的首领，她能把家里的贫穷关在小院之内，把和睦的人际关系建立在家庭之中，也能把她的乐善好施之举发扬到家门以外的十里八乡。

向来都是一团和气的家庭，突然出了大事，外婆要拉我姐姐去跳井，这件事在吃中午饭之前，就已经埋下了伏笔。

今天上午姐姐回来就在外婆面前哭过，她只在外婆能看到她的时候才哭，背着外婆时姐姐对我说："就是要好好闹一回，再不拿钱买纸缝作业本，我就不去上学，看她能把我咋的。"

中午饭姐姐就没吃，一般老人都怕孩子们不吃饭，可外婆却只白了我姐姐一眼。

姐姐饿着肚子，并没争取到她想要的四分钱，或者是一个鸡蛋。

代销店里白纸三分五一张，单买就是四分钱一张，一个鸡蛋也能换一张白纸，学生们的作业本都是用白纸裁了缝制的，小字本、作文本打成方格，算术本打成横条线。我觉得姐姐太讲规矩了，如果是我遇到了这种情况，一定会盯上鸡窝，不等鸡下蛋后“咯咯哒”地叫着张扬就悄悄地先把鸡蛋拿走，然而姐姐不会这么做，我也不敢替她这么做。

姐姐饿着肚子也没争取到一张白纸，万不得已之下想到以不去上学来要挟外婆。

外婆摇晃着姐姐的作业本说：“看看，这一面还空着。”

姐姐赶紧说：“以前用的是铅笔，反面正面都能写，现在用的是钢笔。”

外婆愣着想了想，突然说：“你舅跟你一个班级，上学就没你这么费本子。”

“二舅他根本就不咋交作业。”姐姐说着这话，嘴角上掠过一丝不屑。

“皇帝爱长子，百姓疼幺儿。”外婆是真正的老百姓，我二舅是外婆真正的幺儿，姐姐对二舅在学校的表现的不屑，很显然让外婆觉得失了面子。外婆冷下脸，过了好一会儿才说：“你舅身体不结实，你咋能跟他攀比学习的事儿！”

二舅听到自己被牵连进了话题，心里也有些不满，白了我姐姐一眼就匆匆出了门。

学校的预备钟响了，姐姐还没有往学校去的意思。我突然感觉到，姐姐和外婆之间的关系正在往紧张上发展，有些替姐姐担心了。虽然学校的钟声响了，但我断然不会离开姐姐独自去上学。我拉了拉姐姐的衣袖，低声说：“打预备钟了，咱上学去吧。”

“张老师不批改我的作业，这都好几天了，他说正反两面都写字，看不清楚就没法批改。”姐姐说话时背对着外婆，那语气也不像是在对我解释，外婆却异常坚定地说：“胡说，他可是戴着近视眼镜嘞，咋会看不清楚！”

姐姐那个年级的数学老师是近视眼，他是村小唯一的公办老师，也是村里唯一连走路都戴着眼镜的人。他刚被派进我们学校就得到了一个“四眼”的绰号，他教书教得好，就有人说“四眼老师教得真不赖”。我们姐俩背地里也说过“四眼老师”，现在就不再说了。去年我爹带回来的女军人也戴眼镜，而且镜片比老师的那副更厚些。我和姐姐从心里接受了新妈妈，就没再把戴眼镜的人叫作“四眼”。

姐姐认真学习的态度，以及优异的学习成绩，受老师表扬已经成了习惯，可这两天因为作业本的问题她被老师拒判作业，姐姐心里感到既失面子又很无奈。

姐姐和外婆还僵持着，上课的钟声响了，这是继悠长的预备钟响过之后，再次响起的钟声。上课钟“当当、当当……”的短促两连击，上课的钟声在我听来并不算什么，但对于姐姐来说，就像敲在她的心里。

从当一年级学生至今，几年来姐姐从不旷课、逃学，连迟到都没有过。这会儿她人还在自己家院子里，学校已经敲响了上课的钟声。外婆听着钟声，说：“还不赶着紧儿去！”

姐姐在情急之下才想起来该接着哭，嘴一咧，眼泪还真的下来了。她抹了一把泪，大声说：“不去！没有作业本，我就不去上学！”

“不上学，我咋给‘外边那两人’交代！老师要真说了不改你作业这话，现在你带我去一趟，我去找他对质。”外婆说着就要拉姐姐到学校去见张老师。

姐姐躲闪着不被抓住，外婆就更生气了。

姐姐跑，外婆追。

外婆追在姐姐身后到处撵的时候，我还开心地看了一阵热闹，即使不给姐姐喊“加油”，我也知道姐姐一定会是赢家。何况我觉得正义在姐姐这一方，“民”心也在姐姐这一方，我从不在外婆面前顶撞什么，心里却为外婆刚才说“外边那两人”时的语气感到别扭。外婆竟然因为我姐姐不屑二舅在学校里的表现，在提到我爸妈的时候就冷着脸说“外边那两人”。

外婆本能地护着我二舅，我本能地护着我姐姐。此时，仿佛一直以来被我视为亲密无间的血缘亲情，突然间无声地撕开了一道裂痕。

大门、二门都敞开着，姐姐却没有伺机往外跑，在院里兜了好一阵，可能姐姐不愿意再和外婆这样周旋下去，这才跑出了家门。

也就在那一天，外婆失去了往日的平和心态，在本该收场的时候，外婆却不依不饶地追在我姐姐身后到了街上。我看到姐姐并没拼尽全力奔跑，姐姐害怕外婆摔倒，就在外婆前方跑得几步一回头。

姐姐领着外婆中街、南街、北街，跑了个遍，外婆没撵上姐姐，却总觉得有撵上的可能。姐姐在外婆前面也就三五步远，才使外婆拼着让三寸金莲受苦的劲儿，也不放弃追赶。

小半晌过去了，外婆还没逮住姐姐，就大声说：“你再不停住，我死给你看！”

外婆说着就要奔上井台，姐姐赶紧去拉外婆，自己却被外婆拉住再难逃开。

姐姐和外婆坐在井口，脚下井深有两丈半，清冽的井水也有八尺多深。

村里有过投井的事，投井人送了命这是人命关天的大事，这件事之后就得大家凑钱淘井，很长一段时间大家只能舍近求远，到村子另一头的那口井去抬水吃。

“我投井去!”是女人撒泼时的口头语；“抱你家孩子下井!”是怪对方把自己逼到了无路可退。外婆要拉姐姐一起投井，说明姐姐把外婆逼上了绝路，也表示着外婆对姐姐不上学这件事是那么痛恨。

农忙时节，青壮劳力都下地了，围观的人凑过来不少，无非是些老女人和学龄前的小孩子，谁也没有能力下井救人，如果外婆拉我姐姐跳下井，可真的是两条人命就这么完了。

外婆一只手攀着辘轳把，一只手搂着姐姐的肩，一再追问：“你去不去上学?”

姐姐两手抓着井绳，神色呆愣着，和上次被狼撵后没什么两样，脸涨得彤红，傻瞪着眼什么话也不说。

我凑到井边拉着外婆，求她别跳，她给我使了个眼色，大声说：“跳不跳都在你姐姐一句话上，她不答应去上学，就得一起跳下去!”

我拉着外婆的袄后襟哭喊着“不要跳井，我不让你们跳井”，却没有理会到外婆的言外之意，更没有领会到她使的眼色。

外婆再次对姐姐吼道：“言语一声，你到底去不去上学?”

姐姐还是不吭声。

我以为姐姐会大声哭，可她在险境面前不但没哭，还一直木讷着脸一言不发。姐姐不当着外人流泪，即使遇到伤心的事，也只会背着别人自己躲一边默默流泪。我见过她流泪，那次送爸妈上了车，姐姐就站在路边，看着远去的车影泪流满面，连累我抹了些口水在眼角，假造了我们同处这个伤别离环境，我也在为爸妈远行而伤心难过的情景。我不是情感丰富的性格，我的哭声和眼泪似乎总以道具的方式存在着。而这会儿看到外婆拉着我姐姐一起坐在井沿上，我是真的被吓哭了。

青石砌成的井台高出地面两尺多，为的是起风时不至于把烂纸、干粪刮到水井里。

今天，这两尺多高的井台成了外婆和我们姐妹俩的舞台，十几个老妇人和小孩子站在井台下面叫喊着，却没有一个人敢去靠近。

外婆一而再地提示我该拉的是姐姐，我脑子里说不上是懵懂还是惊惧，丝毫也没领会到外婆的暗示，拉住外婆的袄后襟只是恸哭。

围观的人有些喊着："想开点，千万别往下跳！"有些着急地喊："别跳！别跳啊！"

青石板高井台上，外婆和姐姐还是坐在井口湿滑的井沿上，我蹲在外婆身后。我不敢往井口看，也不敢再往前边凑。

我们听从大人吩咐去打井水，往井绳上系上小桶扔到井里，再漫不经心地摇着辘轳，一圈、两圈地摇着，直到辘轳上的井绳缠绕两层之后，小水桶才会升出井口。在这期间我们不害怕，黑洞洞的井口影随着大人允许我们到井边而不显得可怕。在其余的时间里，情况就不是这样。大人说："不许上井台，掉下去了会被淹死！"没受大人指派，我们是不敢靠近井台的。

大人们的话有魔力，大人们也很功利。让孩子刷洗尿片的时候就允许孩子到河边去，支使孩子打水的时候也允许孩子到井边去，仿佛那些危险和每家的大人们有约定，有了大人们的允许，去危险的地方也就不危险了。

我大声哭着，双手紧紧攥着外婆的衣襟，想象如果没有外婆和姐姐，我今后怎么办。

姐姐在井口坐着，神情像掉了魂一般呆傻，任凭外婆接连追问，她依然一声不吭。

外婆用胳膊肘拐了拐我，带着哭腔说："憨憨，咋不知道劝你姐姐？"

外婆时常带着笑容说我是"憨憨"，今天她带着哭腔叫我"憨憨"，想必我真是憨得不轻。

终于明白了外婆的意思，我转而拉住姐姐的袄后襟，连哭带说地对姐姐喊："姐姐，咱回吧，咱不跳井，俺不让你跳井。"

姐姐不再发愣，泪珠子顺着腮帮滑了下来，无声地往水井里滴落，我知道，姐姐这会儿示弱完全是为了我。事情到了这种状态，我深深地感觉到了自己和姐姐一起住在外婆家是寄人篱下。

姐姐把脚收上了井台，外婆说："你俩先回吧，俺再坐一会儿。"

我牵着姐姐的手下了井台，回头看到外婆还坐在井口。

外婆的身影是那么孤独，晃眼看像是放在井台上的黑色铁皮桶。所不同的是她这会儿低着头，双肩连连地抽动着，攀在辘轳把上的两只手已经松弛。我以为外婆会伸手把垂在井口的双腿提上来。然而，外婆没有这么做，她还定定地坐在井台上，像时常眷恋黑夜那样，留恋着黑洞洞的井口。

不知道外婆在想些什么，乡村里的女人都过得不容易，何况外婆是一个寡妇，一个没能摆脱封建束缚的小脚老妪。她每天面对的是我们这群吃长饭的半大孩子。我们这几个不识世事艰辛的年少学生，吃了饭只知道要笔、要本子，也许外婆心里的苦楚，早就到了难以承受的极限，而我们却对此浑然不觉。

井台下，围着的老人家急切地喊："她大婶，你千万别往窄处想啊！"

我和姐姐这时才如梦初醒，赶紧返身跑上井台，一起紧紧地拉住了外婆。

外婆默默地抱出陶罐，从攒着换盐的鸡蛋里拿出一个，颤巍巍地递给了我姐姐。

外婆照常洗衣、做饭，却比以前沉默了许多。

一件起因很小的事，解决之后却留着难以平息的余波。姨和舅舅们恨我姐姐恨得咬牙切齿，都怪罪我姐姐太犟，害他们差点失去母亲。

既然爱屋能及乌，大概恨屋也会及乌吧？姨和舅舅们恨我姐姐的犟脾气，就捎带着恨我姐姐，顺便也朝我翻两下白眼。

事后想想，不就三分五一张的白纸吗？一件如此不起眼的小事，家里的和睦气氛被打破了，这种僵局能持续多久还很难说，人与人之间的亲情关系原来会有如此脆弱的时候。

我郁闷了几天，接下来就渐渐习惯了。

内心宽敞、岁月无痕。我心里再次除了吃就是玩。贪吃、爱玩是我心灵的两道防火墙，不管处在什么样的环境里，这两道防火墙都能避免外界事物对我内心造成的伤害，闲言、碎语、白眼我都不会放在心上，生存本能就是这样，在有些环境下，性格里的任何矫情都会显得奢侈。

姐姐失落一段时间后，最终内心的空落处被我完全占满了。她对我说：“能够自由自在地活着就好，何况外婆还尽力地照看着我们的衣食冷暖。”

姐姐向外婆妥协了。经过了这场风波，我觉得姐姐长大了不少，好像突然之间，她在我面前就像一个可以依靠的成年人。

古巴糖

隔壁的代销点里就有古巴糖。

我喜欢吃糖，发现有人卖古巴糖，我还凑近些闻了闻。“古巴”，这对当时的村民来讲是一个极为陌生的词，在很长一段时间后，人们才逐渐知道，它代表一个遥远的国度。

代销点有古巴国生产的砂糖，而我必须得有钱，要不然这个新的发现就失去了意义。

我身上没有钱，不用翻口袋我也知道自己身上一文不名，要想买糖吃，就得从家里“拿”钱。

外婆的钱在她枕头下的手绢里裹着，这个钱不能拿，里边别说少一、两毛，就是少了两分、三分，外婆也绝对心知肚明。

除了外婆，家里第二有钱的人是我大舅，他卖药材积攒学费的事，早已是家里公开的秘密，他藏钱的地方却无人知晓。他惹恼过外婆一回，外婆就说让二舅把大舅的钱找出来，二舅几乎是掘地掀瓦，也没找到大舅藏的钱。

暑假将要结束，大舅才享受起真正的假期，我断定如果不是攒够了学费，他不会在大白天里叼着根麦秸悠闲地看小说。村里能借到小说不容易，我估计有些书本来就是家里存的旧书。

大舅对看书的事情很着迷，捧起书本就摆出一副不思茶饭只看书的架子，谁说点什么他也充耳不闻。

此时，大舅的房间门半开着，他却没在房间里，院里凉快，也亮堂。大舅坐在院里看小说的时候，总喜欢背靠着鸡窝的矮墙。外婆说过叫他离鸡窝远点。

大舅不吸烟，不管是旱烟还是纸烟他都不沾边。他看书的时候喜欢嘴里叼着根麦秸，装出成年男人的深沉。他着迷地看着《三侠五义》，院子里却有我这样一个不侠无义的小人窥视着他的一举一动。

二舅没找出大舅藏的钱那会儿，我想到过钱就在大舅身上，现在看来这个判断不准确，最起码现在大舅身上不会藏着钱。他这会儿光着膀子，穿着条粗布短裤，就是想把钱藏身上，也没有揣钱的口袋。我突然想到大舅说过“有人进来，就把书塞进鸡窝”，也许他把钱藏到了鸡窝里。

大舅还是痴迷地盯着书，遇到开心的时候，他就拿开那根麦秸，腾出嘴无声地笑上一阵，而后又把麦秸塞到嘴角叼着继续看书。

他不离开院子，我就靠近不了鸡窝。

外婆纺着线，她摇出了数不清的圆圈，就是没摇出一丝凉爽。我想着入秋天凉之后，长在外婆额头、脖子、前胸、后背上的痱子，会从连片的红疹变成米粒大小的白点。外婆呻吟着痱子的恼人，连片的痱子炸开之后，连着抓挠几天就会有像头皮屑一样的东西从长过痱子的地方脱落下来，长过痱子的地方就在这种难忍的反复痒痛中慢慢地褪下一层皮，露出新长出的一层皮肤。

外婆坐的地方能通点风就好了，就不至于年年夏天长痱子，进入“秋老虎”这一最为闷热的阶段，痱子就成了团，一层叠着一层。我打量着堂屋，分析着后山墙上不能开窗户的原因。山墙的外边是后院，那是全家人上厕所的地方，有扇窗户朝后院开着就太不像话了。都说痱子是急出来的，我很少见外婆着急，就觉得她的痱子是被热出来的。我觉得如果自己这会儿也长出痱子，就一定是急出来的。

大舅还在院里坐着，背靠着鸡窝的边墙，嘴里叼着的麦秸像支永远燃不到头的纸烟。

我胡乱打量着房顶、山墙，眼睛突然被一个东西吸引住了，在靠近后山墙的横梁柱上放着一个铁皮盒，那是装过那种叫“洋煮黑”的黑色染料的铁皮盒。去年秋天外婆用完了染料，我还玩过这个铁盒子，没几天这个盒子就不见了。

事情到了这会儿，我一下子明白过来，二舅只是在大舅住的厢房里找，谁也不会想到大舅把钱藏到了堂屋，而且是在房子的大横梁上。

外婆做饭去了，大舅也出了院门，我的机会终于来了，我兴奋得心里突突地跳。

我钻到梯子空里，手肩并用地忙了一小会儿，就把梯子挪到了靠近铁盒的地方，接下来的事情简单得易如反掌。

铁盒里有一把硬币，这是我不敢动的东西。大舅有开学前把硬币换成毛票、大票的习惯，这把硬币说不准被他数过多遍，一定惦记着开学前再去代销点换毛票，如果我动用了硬币，肯定很快会被他知道。五块的大票只有一张，我就是有上山打虎的胆，也不敢动这张大票子。一块、两块的我也不敢动，这几张大票子在舅舅心里定然有数。我快速地抽了两张一毛的纸币后赶紧盖好铁盒。

梯子归于原处，铁盒还在老位置，我觉得自己把这件事做得毫无破绽。

急于把两毛钱花出去，我却没想过买下两毛钱古巴糖的分量。两毛钱的古巴糖在秤盘上的时候看着还不多，被我捧在手里的时候，竟然是那么大的一个黄纸包，害得我揣进口袋里怕化了，撂在什么地方又怕被谁发现。我捧着一大包古巴糖，想找个暂时存放之处还真不是件容易的事。

家乡人最讨厌的就是谁的手脚不干净，不然怎么总把来路不正的东西都说成带着“贼腥味”。我自以为聪明的忙乎了半下午，这会儿发现自己到底还是憨憨。

吃酒席的时候往口袋里揣馍，那叫“拿”，充其量叫“连吃带拿”，这种拿不算太丢人；地边的瓜、路旁的果，小孩子们摘了也就摘了，而对个人财物小偷小摸的举动，就会受到乡邻们的鄙视，哪个孩子身上沾了这种恶习，不被家长打得喊爹叫娘家长绝不会停手。

我偷拿了大舅的钱，这件事不能让别人知道，更不敢让姐姐知道。姐姐在我面前比外婆更像家长，我这种偷东西的行为如果被姐姐发现，她一定不会轻饶了我，就算她能陪着我哭，也会用荆条“指教”到我先哭着认错再说。

这么热的天，别说揣到身上，就是多捧上一会儿，古巴国生产的这种铁锈红一般的砂糖也能变成稀糖糊渗透到黄纸外边来。

我唯一的办法就是赶紧把糖吃完，只有把糖都装进肚子里，才能让偷钱的事变得神不知鬼不觉。

我喜欢吃糖，没糖吃的时候，就觉得唯有吃糖才是人生最大的幸福。此时此刻，捧着这包古巴糖，才突然觉得幸福消受起来很不容易。

我躲在自己家后院先是狼吞虎咽了一阵，喉咙里干渴得发了黏，胃里已经冒着酸，有几只绿头苍蝇围着我的糖纸包打转。我想痛痛快快地打个饱嗝，喉咙里发着黏，这会儿连饱嗝也打不出来。我把剩下的糖包起来塞到了柴草里，连舔带抹收拾干净了嘴皮子和手指头，这才取下了后门上的搭扣。

“做啥，去趟后院要这么长时间？”

“拉肚子嘞。”

外婆拉着风箱，接着说：“快没啥烧的了。”

抱柴火一般都是我的事，我没吭声，从半人高的大缸里舀了瓢水灌进肚子，把瓢丢回到缸盖上，这才说：“我这就去抱柴火。”

藏在柴堆里的古巴糖应该是安全的，怕就怕有个例外，万一老鼠把纸包拖出来还无所谓，只怕大舅发现丢了钱，肯定会把两件事情联系起来。如果大舅到隔壁问问我们家谁去买了糖，我这一下午的努力就不只是换来一顿打骂，还会从此背上小偷的恶名。

我往灶房里送了两趟柴火，回头一发狠，把剩下的糖吃了个干净不说，还把包糖的黄纸揉成团丢进了粪坑。

一想到把这件事处理得不留痕迹，我一口气又喝了半瓢凉水，还痛痛快快打了几个酸饱嗝，这才体会出了心里头的十二万分惬意。

开学前，大舅还是发现少了钱。

外婆朝大舅指的地方扫了一眼，说：“你放恁高，谁够得着。”

大舅说是我二舅拿了，外婆说：“天热，这些日子他就没在这屋转悠过。”

外婆替二舅撇清了嫌疑，我担心大舅会怀疑姐姐，果然他就说到了我姐姐。

外婆摇了摇头，说：“她压根不是那样的人。”

大舅用怀疑的目光在二舅和我姐姐之间扫视了几个来回，却没往我三姨那边打量。我三姨比大舅年长三四岁，三姨从不乱花钱，也从不参与我们这些破事。外婆家是男女分开排的顺序，如果按着出生的顺序排，三姨是大舅的三姐。大舅没有道理怀疑他自己的姐姐，他却很确定自己的染料盒里少了二毛钱。

没有谁会想到是我，他们一定认为我还搬不动那架笨重的木梯子。

外婆说是大舅自己记错了，大舅不承认自己会记错，却也没再追问下去。

这是我第一次偷了数额较大的钱，不是买纸、笔，为的是一捧古巴糖。

一捧野酸枣

学校开学正是农忙时节，老师帮着农忙，高年级学生也被赶进了庄稼地。

我们一年级新生按时开了学，想念的还是校门外的热闹。

李老师想要我们有点课堂秩序，但几乎不太可能，我们心里就像长了草一样荒着。还不具备教学经验的李老师，看到像一群冲撞栅栏的羊群一样嚷嚷吵闹的我们，他一时束手无策。

高年级学生返校了，他们像村里的年轻人一样，个个都穿上了村人剪裁自制的“绿军装”。

年轻人喜欢绿军装，买不来军装，就买白布自己在家染染，求人家照着军装的式样做。一块白布染坏了，那点有限的布票支撑不起买回第二块白布，这才有了眼前绿得五花八门的“绿军装”。

学生们集合起来，远看像是绿色的海洋，近看绿得花里胡哨。深绿、草绿、嫩绿，军装做得合不合身先放到一边不说，仅这乱七八糟的绿，让人看了就忍俊不禁。尽管如此，我们低年级学生依然会眼巴巴盯着，羡慕得心里痒痒。

学校确实是学习的地方。我们和四年级学生共用一间教室、一张大黑板。这样一来我们连认字的事都省了，我上学没两个月，高年级能背的文章我也达到了可以背诵的程度。

深秋，一个艳阳午后，老师让我们到操场朝阳的地方背书。

我们享受着阳光，突然意识到这是高年级的一节算术课，放我们出教室是为不让我们扰乱高年级的教学。心里有了自己被嫌弃的怨气，我们跑出了学校大门，在学校附近玩耍着，等待这节课结束的钟声。

“看，谁来了？”不知是谁喊了一声。

两个身着绿军装的军人提着人造革提包，肩上还挎着和军装一样颜色的挎包，一男一女两个军人肩并着肩朝村里走来，而且他们穿的军装正规到还有领章、帽徽。

人还没到跟前，我已经猜到是爸爸妈妈回来了。

前几天家里就接到了爹写来的信，说近期会带着他新娶的爱人一起回来看看，现在还真就回来了。

爹探下腰，一胳膊就把我抱了起来。在这一刻，我心里的幸福感达到了失真的程度，内心狂跳着，想说点什么，又激动得什么话也说不出来。

爹高高兴兴地和乡亲们打着招呼，外婆迎到了大门口，看着我说“多大了，还让爸爸携着”。外婆是见过世面的人，知道外地人把父母亲叫“爸爸妈妈”，前几天接到信，就眼含泪花向我叮嘱了两遍。我失去娘已经有几年了，突然间从今往后我有了妈。

外婆接过了大提包打开拉锁，抓了几把糖分发着，打发走了跟进院来的孩子们。

这些年，爹回乡探亲时总会给街坊四邻的孩子们准备几把水果糖。我爹可以一两年忘了我和姐姐，回来时却没忘了给街坊邻居的孩子们带糖。

乡村人爱凑热闹，我爹带了女军人回来，这是村里的大新闻。

我在村里这几年偶尔能看到男军人，除了从电影里，现实中就没看到过真正的女军人。

刚才跟进家门的是孩子们，外婆用两把水果糖打发他们出了院子，不一会儿这些孩子的大人就过来串门了，突然间外婆家这小院充满了欢声笑语。

女军人说话很少，脸上却一直挂着微笑。我看着她鼻梁上架着的眼镜，心里想着，戴眼镜的斯文人，符合我对文化人的想象。她是我的继母，爹来信说过这件事，还寄回来一张两人的军装照。从信里我得知爹身边的女军人是工程技术干部。

我们收到爹写来的信没几天，家里就收到一个包裹，是女军人给姐姐和我织的粉红色毛背心。如果寄回来的是件草绿色毛背心该多好啊！我们都喜欢绿色，看到粉红色毛背心就觉得颜色过于鲜亮，鲜亮得我都不知道自己是舍不得穿，还是一定要做出“不爱红装爱武装”的样子。

趁着院里人多，我悄悄打量跟着爹回来的女军人，一时很难在心里给她找个合适的定位。我三岁多就失去了娘，记事后就一直是个没娘的孩子，突然间有了妈妈，这感觉说不清是温暖还是新奇。

身边的小同学们开心地吃着我爹带回来的糖，目光中对我透出了几分羡慕和巴结，突然间我觉得自己脸上有光、心里有底，“我没有娘，我有妈”这么想着，寄人篱下的小憋屈顿时消失得无影无踪。

爹回来探亲，哪怕只是小住两三天，在这短短的两三天里，我都会觉得自己腰直、胆壮，豪横得就像外婆家的小院装不下我这瘦小的身躯。这次更不一样了，今后我还有军人妈妈撑腰。

我凑不近大人们的圈子，却又不舍得离开爹妈，正闲得无聊，突然闻到了一阵香味。

爹妈带回来一只香味四溢的“扒鸡”，外婆用筐箩把扒鸡扣到了案板上，说要等到我二姨夫来了全家人一起吃。

大人在院里说着话，我每次进屋都掀开筐箩，伸手摸到扒鸡就抠下一大块肉。反复几次之后我吃饱了，这才跑到外面去疯玩，直到家里人扯着嗓子喊的时候，我才慢悠悠地回家。

外婆责怪二舅，说他把扒鸡吃得只剩下了一副骨头架，二舅犟着说他没动扒鸡。

眼前的事实已经摆在这里，一只扒鸡，竟然只剩下了一副骨架。听着外婆和二舅的对话，我心里有些恍惚，不相信自己只解了个馋，就吃光了一只鸡上的肉；看到二舅连连喊冤时，好像二舅真的是受了冤枉，我觉得可能二舅真的没动那只扒鸡。

我心里明白，却一直不去理会。家里人都知道我是刚被喊叫回来的，偷吃扒鸡的事自然没谁会怀疑到我身上。

一顿好好的团圆饭，一桌佳肴，却因为扒鸡被偷吃成了骨架，增添了笑料。

一家人边吃边说笑着，还是把疑点集中在了二舅身上，二舅是这个家里最瘦的人，但在大家的印象里他喊饿喊得最积极，也是家里最为嘴馋的人，这会儿无论他有多少张嘴也无法为自己申冤。

看着家人对二舅打趣，我真有些犯糊涂，不知道二舅是否也对那只扒鸡下过手。也许我和二舅都是在黑暗中，伸手把扒鸡的肉抠到了各自嘴里，也许仅仅是我一个人就吃光了扒鸡身上的肉。

清晨，学校预备钟响起了。

爹妈回来也就只待三天，我做不到这种时候还能乖乖的到校早读。出门转了一圈就回到家，看到爹提着半桶水站在院里，我兴奋地叫了一声爹，希望爹还像刚回来时那样把我抱起来。没想到爹问我为什么上学要早退，我一时回答不上来。

“上学了还不像个学生样，跪下！”爹说着，就往脸盆里倒进了水。

我跪下了。

爹回东屋拿出了洗漱用品，顺手带上了门。

爹刷牙后开始洗头洗脸，院子里飘着浓浓的牙膏和香皂的气味。外婆站在灶房门口，很显然已经看到了我正在被罚跪，她犹豫着叹了口气，表现出为难的样子。我跪在泡桐树下，望着眼前的爹，突然觉得爹像陌生人，委屈之情难以抑制，突然放声大哭起来。

外婆牵起了我，小声抱怨说：“当着俺的面，别让憨憨受这屈。”

爹赶紧说：“我心里有数，洗了脸就会让她起来。”

我的哭声吵醒了妈妈，妈妈拿着自己的洗漱用品出了屋，到我面前轻言细语哄了两句，我竟然顺从地听了妈妈的指挥，乖乖地伸长了脖、弯下腰，让妈妈给我洗头发。

妈妈是外乡人，也算是初次登门的客人。我没有向妈妈表示心意的东西，下午放了学，带着几个小伙伴跑到了南山脚下，从荆棘中采摘了些野酸枣。

一捧野酸枣，我笃定妈妈没吃过这样的枣子。果真也是这样，妈妈吃了两粒，微笑着说："没吃过，甜甜酸酸的口味，很好吃。"

我赶紧说："明天放了学还去摘。"

爹妈高高兴兴回来，又高高兴兴出发。

爹妈请假一回，到外婆家来小住几天就得走，去探望另一个家庭。妈妈对我说："那边也有你的姥爷、姥姥，还有舅舅、姨。"我猜得出"姥爷、姥姥"和"外爷、外婆"指的是同样的人，只是不同称呼，而且从妈妈说话时亲切的语气里，我也能感觉到妈妈是在说自己的娘家人。爹另有了老丈人和丈母娘，我有了妈妈，虽然还是天各一方，但我心里空缺着的这份母爱，似乎得到了填补。

我的生活回归了常态，心里却多装了一个人。

一张五元大票

外婆生了四个女儿之后，才有了两个儿子。

四姨，是我外婆所生的最小的女儿，她一岁时被我姨婆抱养了，姨婆是我外婆的亲妹妹，那边有两个儿子没有女儿，亲姐妹之间的情感信任，就拿骨肉分离来做了人情赠予。

姨婆家的生活条件要好些，那家人曾拥有过较多的肥沃土地。出于这个原因，四姨在面临升中学的节骨眼上把户口迁了回来。

四姨的目标是将来考高中或者上中专，她迁了户口回来，对于我外婆这个家来说并不增加负担，却给队里增添了一个军属照顾对象。四姨没在这个村子里播种、收割过，但到了分粮的时候，她会骑着自行车从姨婆家那个村子出发，到外婆这边的村子里搭载走她自己的那份口粮。

这次四姨回来，口粮还没分到手，她就住下来等。

两个村离得有十几里地，四姨骑着自行车来的，没分到粮食可以明天再来，但她决定留下来等着，也许是想与这个家里的人增进些感情，偏偏她在这里没谁拿她当家里人。

晚饭后外婆数落了四姨一阵，怪她没学做家务，也怪她穿衣打扮没农村人的样。四姨一直没敢顶嘴，听到外婆说上床歇着，她才如释重负般直了直腰。

四姨是农村里少有的住校读书的女子，她从外婆所在的队里分口粮，上学的费用由养父母提供，四姨在养父母面前一直就被视若掌上明珠。她在我外婆面前早就失去了被宠爱的资格，她每次回来拿口粮，外婆看到她心里就不舒服。

我们一家人一直是看着外婆的脸色长大的，外婆不待见我四姨，我也就跟着看不上四姨。

四姨和我盖的同一条被子，天刚有点亮光的时候我醒了，想着梦境里那些不能用来买糖吃的硬币，突然意识到四姨的口袋里也许有零钱，而她的衣裤就在我的枕头旁边。

我悄悄地摸到四姨裤子口袋底有纸一样的东西，我断定是钱。我继续摸黑扯开了缝在口袋中间的隔线，掏出来的果然是张纸币，屋里的光线很暗，暗得看不出纸币的面值。

我摸黑到了后院，晨曦中对那张纸币仔细辨认了一番，手里拿的是五元面值的大票，还真吓了自己一跳。

“天啊！五块钱，这能买下多大一堆糖啊！”我内心为此狂喜着，捧着那张“伍圆”大钞，仿佛看到花花绿绿的糖果在我面前晃。终于定住神，发现自己的口水都快流到下巴上了。

五块钱的大面值，我就是有胆量拿出去买糖，也没人敢从孩子手里收这张大票。

回到床上又躺了一会儿，我终于做出了一个决定。起床时，我拿着那张大票子对外婆说：“看，这是啥？”

四姨被我外婆推醒了，她从我外婆手中认领了这五元大票。

外婆冷着脸数落道：“咋不小心点，这么大的票子也不好好收着，幸好是让憨憨捡了，要是掉到外面，谁能还给你！”

四姨说是缝在裤子口袋里的，外婆半信半疑地看了四姨一眼，接着说："就你那点针线活，能缝住个啥？没见你缝出过像样的针脚。"

四姨一脸委屈，却也不敢再争辩。

我估计外婆对这件事已经在心里有了正确判断，她却没有怪我的意思，而是接着又白了四姨一眼。

九岁的女孩，按说已经过了"七嫌、八不爱"的年龄，我却在九岁这一年对吃糖有着偏执的喜爱。外婆说过几回"从小偷针，长大偷金。憨憨，咱可不能学坏。"但她却不追究那只母鸡叫唤一阵，没留下鸡蛋在窝里的事，对我的行为也睁只眼闭只眼，舅舅和姨们不知道我悄悄拿鸡蛋去换糖的事，就连姐姐也不知道。

这个清晨，外婆甘愿让自己的小女儿受冤枉，也来维护我的面子，这让我体会出了外婆的良苦用心，我觉得是时候改正错误了。

下午，四姨分到了自己那份口粮。

四姨推着自行车，车杠上担着两团黄豆，车后架上压着一袋能辗小米的谷子。我在她身后默默地跟着，近了公路，四姨苦涩地笑了笑，小声说："村里人都说我和你娘长得很像，你觉得像吗？"

"不知道，我不记得娘长啥样。"我说着看了看远处。

四姨叹了口气，接着说："你还是憨憨，那阵你也不算太小了，咋会没一点记性。"

沉默了片刻，四姨低声说："我知道吃这平均口粮有些理亏，像我这个年龄的闺女们都干农活了，我还在上学，这次拿了五块钱回来，又没法交给队里。"

我帮着四姨用力把车推上了公路护坡，我不想听四姨顺着这个话题说下去，淡淡地说："过两天你还得回来一趟，我听说快要分玉米和红小豆了。"

可能我天生就是务农的材料，还没成为劳动力却对农事很感兴趣，端着大碗蹲在大门外吃饭的时候，听乡邻们聊着闲话，就能感知到庄稼地里的农事进程。

我不知道四姨明天会不会来，她已经骑着车缓缓加速了，留给我的只是个背影。

回村的路上，我才想起顶着压力上学的不只是四姨，三姨和大舅因为上学，在村里也是躲着人走路。突然间，我想探寻书本里究竟有什么东西，令姨和舅舅们如此上心。

第二年，四姨回来时已经长成了俊俏的大姑娘。

外婆正眼看了一下四姨，随即就背过身去抹起了泪。四姨悄悄塞给我一把水果糖。似乎我拿她五块钱的事，她猜到我是想买糖吃，我们会意地对望了一眼，她笑着，我也笑了。

四姨考上了卫校，这次来是迁走户口和粮食关系。

村里人见到长大成熟的四姨，都说四姨像她的大姐——我的娘，再加上外婆见了她就想到早逝的大女儿，我觉得四姨一定很像我娘。外婆有多爱我娘呢？就算我试图偷拿四姨的五块钱，外婆也只是怪四姨粗心，这是爱屋及乌吧。

夏日午后

我记得，那是一个夏日午后。

蝉鸣声此起彼伏，除此之外好像世间万物都找到了纳凉的去处，就连整天叽喳吵闹的这群家雀，也跑到泡桐树的大叶片下躲荫凉了，我不喜欢午睡，姐姐陪着我，是怕我跑出去晒了太阳中暑。

姐姐比我大一岁半，在我面前她却像个大人。

我和姐姐没有娘，我们有妈。妈妈是我爸在外乡娶的女人。

在爹身边出现了这个女人后，我和姐姐就改变了对爹的称呼，我们叫爹为“爸爸”。爸妈偶尔回来看看我们，我和姐姐就能享受两三天有爸妈的幸福日子。

童年里的大部分时间，是外婆尽可能多地照顾着我们俩姐妹，但弥补不了我们缺失的父爱、母爱。我们因缺失父爱、母爱而心性敏感，只要看到外婆对舅舅们好些，我们就会觉得自己是外人，在这个家里就是寄人篱下。

姐就是姐，妹就是妹。仅仅这一岁半，就是我无论如何也撵不上的距离，这与一顿能吃下几碗饭无关，与能不能吃下一大满碗红薯无关，与胖或瘦也毫无关联。我不但撵不上和姐姐之间这一岁半的差距，而且还推着她、逼着她尽快地成长。

我闭着眼憨哭的时候，姐姐会哄着我。等我稍懂点事的时候，姐姐已经能模仿大人的举动给我梳头、补衣服、钉扣子。

乡下女孩十一二岁都会开始学着做点什么，那是在娘眼皮底下慢慢学，纳不动鞋底的时候就先学纳鞋帮，够不着织机的时候就先学纺线。姐姐看到树荫下别人家母女共守着一个针线筐，消着夏暑做着针线活，姐姐就羡慕得目不转睛地看着。

爸妈没在身边，姐姐觉得自己在妹妹面前是担负着爸和妈的双重责任。姐姐还是那么又黑又瘦，十一二岁的年纪里，她却想着要尽快学会做针线活，在给我钉过几回扣子之后，就异想天开地张罗着给我做鞋。

我和姐姐失去了娘，外婆像娘一样给我们洗衣做饭，却不像邻家妇女那样，教导成长中的我们学做家务和针线活。外婆不让我和姐姐学做纺线、织布、纳鞋帮的事，外婆只让我们好好读书识字。

我对学不学做针线活还无所谓，姐姐却是想学得很。邻家大姑娘、小媳妇们剪鞋样儿的时候，姐姐就往跟前凑，还真的用报纸仿照着剪了一双鞋样儿回来。

烈日当空，泡桐树叶投下了大半院子的阴影，却也抵挡不了那一阵阵的闷热，蝉儿更加奋力地鸣叫着，把天气的闷热搅扰成了人们心里的燥热。

那是一个夏天里最为炎热的午后。

正放着暑假，姨和舅舅们好像比上学的时候还忙些，一丢下饭碗就不见了踪影，掏鸟窝、偷瓜、和闺中密友说私房话，反正他们都有自己的事儿。一向精神头十足的外婆也熬不住酷暑，洗了锅碗就回屋睡下了。我想去捡麦穗，姐姐说啥也不让我出去，偌大的院子里，只有我和姐姐在树荫下的凉床上坐着，显得百无聊赖。

“姐姐给你做鞋。”姐姐突然冒了这么一句话。我只是笑了笑。我不知道姐姐是真会做鞋还是随便说说。

她没等我吭声就溜到屋里把外婆的针线笸箩端了出来，随即又找了本废书。拆开书本的订书针，纸张的大小就翻了倍，姐姐在大纸上比着鞋样儿剪了起来。

姐姐忙着这些的时候，我躺下来看着姐姐，眼前却有些恍惚，好像那几张废纸变成了花布，为我忙乎着的小女人不是姐姐，而是娘。

蝉儿还在树上“知了……知了……”地叫着，我心里却不再那么燥热。

姐姐比着纸鞋样儿剪了两只鞋底和两只鞋面。她边往纸底上缝着纸鞋面，边悄声说：“先做双试试，要是合脚，姐姐就偷偷给你做双真正的布鞋，还给你做双冬天的棉鞋。”

我没观察过女人怎么做鞋，却觉得姐姐这会已经做得像模像样了。她半低着头飞针走线，细线从纸上拉过时发出了轻微的噗啦声，如同有着催眠的魔力。我眼皮有些沉重，好像突然间蝉鸣声远去了似的，我有些恍惚，在这恍惚中记忆混同了梦境、现实混同了虚幻。

我感觉自己张着尚未冒出乳牙的小嘴，戴着大红兜肚在凉席上爬来爬去，凉席的另半截铺着碎花洋布，娘正剪着红蓝碎花洋布，帮谁家姑娘做着嫁衣。我和娘都在荫凉里，那是一片很幽静的荫凉，娘忙着她的事，我也不能闲着，就从凉席角上抓起黄色皮软尺塞了些在嘴里嚼着。

娘拉下皮尺，顺手在我背上拍了一巴掌，冷冷地说“这儿你也敢来，快回去!”这是很重的一巴掌，我连疼带吓，还有委屈，憋了好一会儿才哭出了声。

“妹妹快醒醒，醒醒啊！”

姐姐的摇晃让我回到了现实，她问：“怎么了？”

“我做了个梦，梦到娘打我。”

“娘长啥样？”

我擦着泪说：“没看太清楚，隐隐约约的，觉得有点像隔墙豹子他娘。”

姐姐苦笑了一下，说：“别胡说，姐姐还记得些，咱娘可比豹子他娘好看。”

我回味着那情景，心想：“虽然豹子的娘长得不算好看，却有着中年女人那种慈祥，如果有这样的娘在身边……”

没等我想下去，姐姐就神秘地笑了笑，小声说：“快试试，姐姐给你做了鞋。”

我小心地把脚往纸鞋里探，姐姐怕我把鞋扯破，帮着我一点点把“鞋”往脚上套。

“啪”的一声，我和姐姐的身体都震了一下。

外婆黑青着脸对姐姐说：“胆大包着天了，啥都敢往憨憨脚上穿！”

姐姐意识到刚才挨了一大巴掌，心里的委屈顿里爆发出来，偏着头、瞪着眼冲外婆嚷嚷着：“我说给妹做双鞋，你就拦着不让。”

“好好上学，你们早晚是买鞋穿的人，哪用你学着做鞋？再者说，俺还能亏了她鞋穿？”外婆说着就朝姐姐走近了一步，指着我脚接着说：“看你给憨憨穿的是啥，这是活人能穿的鞋？”

外婆真是被气坏了，说起话来像是放着连珠炮一样，没给姐姐留出半点怼嘴的机会。

猛然间姐姐愣住不敢吭声了，她不是怕外婆，她是被自己刚才的行为吓着了。她一心想着给我做双鞋，却忘了乡俗里的忌讳。

姐姐用求救的眼神看着外婆，希望她指点迷津。

我和姐姐一起看着外婆，感觉化解噩运的办法就在外婆的舌头下压着。

外婆避开了做鞋的事，把话题绕到了上次姐姐为了要个新作业本怄气不肯上学的事儿上，她盯着姐姐说："上回没打你，你越来越无法无天了，就你这硬犟脾气，嫁出去不到三天就会被打回来。缺了娘，咱也不能少了管教。"

我不知道自己是不是会被一双纸鞋连累得大祸临头，外婆这会儿对姐姐大声呵斥，使我觉得我和姐姐是如此的相依为命，本能地把身体往姐姐旁边挪了挪。

外婆放缓了语气又接着说："买本子的事，俺不是心痛那几分钱或一个鸡蛋。现在不教你们俭省，等上了班、挣点钱，也是挣一个能花两个。往后，勤俭过日子这种事，还能等着让外人教你们俩？"

姐姐还是不吭声，她想听的是纸鞋的事该怎么办，外婆却接着说："你们的爸妈都在外面当着军官嘞，你们咋能在这农村里苦一辈子？旁人学做鞋你们也跟着眼红，往后还不知道谁眼红谁。俺这就是照看你们几年，只要不出啥事，就算给你们爸妈有个好交代，替人家照看孩子担不起责任嘞。"

见姐姐挨了巴掌还受数落，我心里有些为姐姐打抱不平，看着外婆说："不心痛那钱，那就给我买把削笔刀嘛。"

外婆叹了口气，接着又说："不买刀，是怕你削了手指头。替旁人带小娃子，这不是件容易事儿，要是有个啥闪失，咋得了？"

外婆不是个爱唠叨的人，今天绕出来这么一大堆话，我听着心里都有些急了，低着头小声说："怕闪失，咋还拉姐姐去跳井？"

外婆苦涩地笑了笑，说："你还真是个憨憨，那天就是吓吓她，还能真的拉着她跳了井？"

我还以为是自己把她们从井台上拉回来的，没想到外婆并没有真往下跳的打算，看来是我夸大了自己在那件事情中所起的作用，没有我的哭闹，外婆也不会拉上我姐姐投井，外婆也没被姐姐逼到要投井的份上。我不由地想到，如果姨和舅舅们听到外婆这句话就好了，最起码他们不会再这么恨我姐姐。

外婆瞅着我，接着说："说你憨，你还真是个憨憨，若不是为了把你们照看成人，俺早丢下这眼前苦熬的日子了。"

平时外婆说话讲究避讳，不是被逼急了，她绝不会说出这样的心里话。此时我突然觉得，姐姐还是姐姐，外婆才更像我娘，我一下子扑到外婆怀里哭了起来。

外婆也坐了下来，搂住我，小声哄着说："憨憨，甭哭。"

一张小凉床坐着我们仨，姨和舅舅们没回来，家里也只有我们仨。

蝉儿还"知了……知了……"地叫着，我看到外婆的额头和脖子上都有红色的小麻点，再热上几天，这些小红点就能连成片，成为不挠就解不了痒、挠着还会痛的痱子。外婆搂着我，又接着说了姐姐一阵。大概意思还是说姐姐性格太倔强，不趁小改改长大了会吃亏。我再次觉得，舅舅没在家的时候，外婆就像我和姐姐的娘。

我乖巧的时候外婆说我是"憨憨"，我犯错的时候外婆也说我是"憨憨"。"憨憨"这两个字被外婆用在我身上就显得特别平常。她却从没有像指教姐姐那样教育过我，需要挥大巴掌的时候，也是一巴掌落在姐姐身上。可能外婆觉得我是块不可雕的朽木，懒得在我身上费口舌，或者是她觉得先指教了我姐姐，姐姐会接下来引领我。

外婆忽略了一点，她忽略了姐姐只比我大一岁半，姐姐也是个懵懵懂懂的小姑娘。

我觉得，“纸鞋事件”之后，姐姐在我面前就更像个大人了。姐姐这么迅速变得成熟，不只是生活本身在姐姐的成长中施加着大把的肥料，我也在逼着她去承担大人的角色。

回想起来，有那么一个蝉儿鸣叫不止的炎热午后，姐姐像小女人那样精心地缝制着一双“鞋”，还计划着要给我做布鞋、棉鞋。这场面很像孩子们玩的过家家，却承载了远比玩过家家游戏多得多的东西。

细水长流

乡村，不乏小脚女人，但在比外婆年轻些的女人里，小脚女人却少见。

陪外婆串亲戚的时候曾见到过姨婆，她是我外婆的亲妹妹，姐俩只差三岁，姨婆却是甩着两只大脚屋里院外走进跑出，和现在的家庭妇女没什么两样。那是缠足之后又放开的“解放脚”，脚趾会有些变形，还好没影响到后续生长。

外婆感叹说：“我七八岁时脚就已经被缠成了。要是早两年就赶上解放小脚，俺也不至于受这些罪，也不会一辈子都离不开这裹脚布。”

外婆三岁开始缠脚，到七八岁才算得上是缠成了。如此推算，解放小脚的时间大概在外婆八岁那年，有偏差也是在两年以内。只可惜我推理一阵，却并不清楚“解放小脚”的新风尚是哪年刮到外婆家门口的，外婆不愿说自己的年龄，我也没想起来打听。

那些年，外婆足不出户，没到田地里经风历霜，也很少被烈阳灼烤，肤色就比一般的农妇白净细腻，看上去就显得年轻，也就是乡邻们说的“憨憨的外婆，面嫩”。

外婆四十多岁守寡。守寡的女人一般不下地，也不串门，把口舌是非关到了大门以外，也把风霜雨雪隔在了门外。她比左邻右舍的小脚女人脸白、体瘦，白净的女人往往会显得比实际年龄小。她是瘦弱的小女人，这是我成年以后的看法，曾经比外婆矮很多的那些日子里，我觉得她只是脸白面嫩，而不是娇小。

“三寸金莲”，听上去不错，十个脚趾蜷缩在长长的青裹布里羞于见人，却连“聋子的耳朵”都比不了。试想身体的全部重心都在脚后跟上，站立靠脚后跟使劲，行走靠左右脚后跟交替发力，委屈着脚尖、辛苦着脚后跟，而走路时两只胳膊微微张开和上身的稍稍后仰，这样的姿态看似端庄、悠闲，事实上是为了掌握平衡。我说没见外婆在院子里快步走过，外婆说：“在自家院子里还急三忙四，这样的女人一定是杆没星秤。”被冠以“没星秤”的女人是笨拙的，心里没数才会丢东忘西，顾了这头顾不了那头，操持家务也会手忙脚乱。外婆从容地安排家务，尽管不怎么迈出大门，门里门外的事也都在她心里放着，外婆是杆“有星秤”。

我意识到外婆的智慧，就是由她从容的步态开始的，那时候我六岁，在接下来的几年里，我在她面前总是对她言听计从。

我在村里村外疯玩，到了吃饭的时候需要外婆站门口扯着嗓子喊，这种时候舅舅和姨们会恨得牙根痒，外婆却说：“该玩就玩，该学的时候才会学。”

当多数女孩子们都学着剪鞋样、纺棉花的时候，我却一样也沾不上边。外婆在外人面前说：“俺家憨憨不用学，女大自然巧。”在家里就是另一种说法。她很笃定地认为我早晚是吃公家饭的人，抱着饭盒上食堂买饭吃，拿着钱买衣、买鞋穿，这是外婆对我将来生活状态的想象。

外婆足不出户，也不认得多少字，她心里那杆秤的定盘星却很准。秋粮刚下来的时候我们家的粥不会比别人家的粥厚，最为缺粮的春荒里，外婆不用出去拆借，也能按时使灶房屋顶上的炊烟升起。

春荒——这个几乎要被遗忘的字眼，当年却真实的存在过。

家乡曾经年年都会有段青黄不接时的春荒，小麦还没抽穗，杨柳絮儿漫天漫地地飞舞，顶着寒气破土的早春野菜几乎被挖绝，即使这些野菜躲过了我们的刀铲，到这会儿也会老得无法再称其为菜。

粮食作物还绿油着、毯子似的铺满了大地，嫩树芽儿吸收了太阳，长成了苦味十足的大叶片。

刚抽穗的麦子尚不成为粮，却能把野菜遮蔽得停止了生长，树叶已经老得无法吃。社员家的大锅里没有野菜支撑，就显出了粮食的严重短缺，春荒就这样如期而来，这时候是真正的青黄不接。

春荒，荒的不是田野。

青黄不接的春荒是最难熬的日子，外婆却绝不会提着小木升四处借粮度春荒。她做饭的时候常说的是“有粮，要当没粮的日子过”。这句话在每年的春荒中得到验证。

外婆舀了米，总会从米舀子里抓一把放回米缸，“细水长流”地把春荒的事，平摊到了三百六十五个日子里的一日三餐。

当春荒到来时，有人偷偷买黑市粮，更多的家庭是女人们提着小木升四处拆借。外婆不会这样，经年累月以不变应万变地往大铁锅里注入“细水”。春荒到来时，她不支使我们去挖野菜，也不差遣我们去借粮。

乡村是祥和的，乡民是纯朴的。但纯朴的民风里，有时也会夹杂小小的口舌之争。今天这家的猪啃了那家的树，明天那家的狗撵了这家的鸡。正所谓“骂人无好口，打人无好手”。往往在这种时候，一向以简约著称的家乡方言，就在简约中渗透着刻薄。“缺娘、少老子指教”这句话，我和姐姐怕听，舅舅和姨们也怕听。然而，这又是骂人的开场语，如同唱戏人的叫板那样不可或缺。

被骂的人，如果父母尚且在人世，骂人者的本意除了骂人，还有要打人、要代为管教一番的意思。如果碰巧被骂者父母缺失，这句“缺娘、少老子指教”就透着土呛呛的恶毒。

我们家从不和邻里发生任何形式的摩擦，更受不起“缺娘、少老子指教”这句话。舅舅和姨们没有爹，我和姐姐没有娘。

“不是是非人，甭近是非事”。外婆自己是这么做的，也常对我们这么教导。

外婆像只老母鸡，除了让我们上学，还让我们到地里觅点能下锅的野菜、烧火的柴，其他时间她都让我们待在她身边。

三伏盛夏，我们会搬一张凉床、几只小凳放到院子里，全家人围坐在月光下，等着室内的暑气散去。寒冷的冬天，夜会来得格外早，刚就着暮色喝下薄粥，天就黑得伸手难辨五指。外婆会在堂屋中间拢上一盆火，全家人围着火盆说些笑话，或者说说各自在学校里、书本中长的见闻。在我们大笑不止的时候，外婆也跟着笑，偶尔在冷场的时候，她也会讲一些善恶有报的民间故事，无论故事中的主人翁是鬼、是怪、是人、是妖，其结束语永远是一成不变的“善有善报，恶有恶报”。

“你善，别人也对你善。房檐滴水照旧窝！上辈人善，下辈人会跟着学。”

外婆不识几个字，她却把“房檐滴水照旧窝”这句俗语，从上行下效延伸到了上下纵横的为人处世之道。

寒来暑往的季节里，被外婆投进大锅的瓜瓜菜菜应着季节变化，地里有，锅里就有，不变的是粮食要细水长流。

“咱家没壮劳力，粥薄就是多两泡尿。”外婆说这话的时候嘴角挂着无奈，眼神里却透着希望。我们家七口人中就有六个学生，每个人不都是她眼睛里的希望吗?“一茬庄稼，一茬人。”外婆这么说的时候，似乎也无奈着眼前这茬庄稼缺少肥料。

三伏天，农家小院里的一张小凉床。

数九天，堂屋里的一只炭火盆。

一年三百六十五天，一日三餐“细水长流”，顿顿是菜多米少的薄粥。外婆给我们做的就是这些，具体而平凡，揉碎了丢进记忆里很难再觅踪影。反而是她在不经意间说出的那些富于哲理的话语，如影随形一般跟随着姨、舅、姐和我。

外婆识字不多，养育着我们这群学生的那些日子里，我们从没觉得她是个文盲。

外婆在外人眼里不是软柿子，在家人眼里更不是没见识。

日子好起来之后，有时候我们也会说起曾经的饥饿，外婆就会笑着重复那句“小时候受苦不算啥，老到走不动的时候受苦，那才是真的心寒。”

我四姨考上了卫校，我三姨和两个舅舅中学毕业就成了回乡青年，踏踏实实地走进了庄稼地，我和姐姐也离开了老家。

外婆老了，老到拐杖不离手的时候依然保持着腰板笔挺，老到满口假牙的时候，更是总把微笑挂在脸上。

她会对别人说：“这口牙是新闺女带俺去镶的。”

外婆说的“新闺女”，村里人都能听明白。虽然外婆到我爸家来只是小住了几个月，我的继母竟然花钱带外婆去镶了满口牙。外婆吃东西时有了好牙口，当着我继母的面她没说什么感激的话，背地里却把我继母说成了她的“新闺女”。

我两个姨先后都在村小当过民办教师，我二舅还当了两任村党支部书记。

看着我们都长大成人了，外婆就考虑起了自己的归宿，提出让我和姐姐给她买一副寿材。她这样做也是要给外人看，让乡邻知道外婆没有白白照看我们一场。那时候我和姐姐还是学徒工，每月工资只有二十来块钱，三年学徒结束之后又过了两年，我和姐姐才攒够了外婆所要的三百块钱。

舅舅收到了一张三百元的汇款单，第二天就张罗着买木料、请木匠。

开工给外婆做寿材那天，二舅在大门外放了一串两千头的鞭炮，张扬得全村没有人不知道这件事。

我和姐姐出的钱，舅舅出面张罗，一副厚厚的泡桐木寿材做好之后，外婆说：“借着这事，给后辈们扬个好名声。”

两个姨，两个舅，还有姐姐和我，外婆独自照看大了我们六个孩子，也幸亏有着那份拥军优属照顾的平均口粮，也得亏有外婆在艰苦中磨炼出的生活智慧。

不再需要外婆独当一面之后，外婆脸上的笑纹就更多了。

第二章

乡情

采撷青涩果实，串起昨日回忆。

榆树钱儿

从土里刨食的村民，实际上有很多时候眼睛也盯着树，尤其当树上有可吃的东西时。

严冬过后，捎来第一缕春天信息的不是桃花的红、李花的白，也不是泡桐树花的紫，而是很朴素的带着淡淡嫩绿的榆树钱儿。

男人们找个背风的地方蹲着，悠闲地叼着旱烟，看女人和孩子们忙碌着。捋榆钱儿的一般是半大孩子，沸腾起来的，却是整个村庄。

“榆钱儿成熟了！”妇女们说着这话，就能想到自己家的瓦罐。备置年货后没舍得倒进猪食槽的麦麸，留到这会儿就能派上大用场。孩子们爬到树上捋榆钱儿，当家女人会从瓦罐里舀出麦麸，等着一会儿拌进榆树钱儿，给家里蒸上一大笼时令美食。

捋榆钱儿的时节，会爬树的男孩子们把镰刀和面袋别进腰里就往门外走。女孩子们一般不爬树，她们早早准备了长竿，用纳鞋底的长线把镰刀把子牢牢绑到长竿上，采榆钱儿的时候，用长竿顶端的镰刀把长满榆钱儿的细枝割得落满一地。女孩子们这样操作，是一种比爬上树更直接、更有效的采集方式，但也是一种被男孩子们恨得咬牙切齿的行为。

男孩子们总觉得自己是留在村里的根，女孩子们是早晚要泼出去的水，小女人是在用掠夺式的方式捋榆钱儿，完全不顾及来年的事。“小女人，早晚是要外嫁，只有她们才会这么不顾及榆树的死活”，男孩子们这么想着，就在榆树钱儿成熟了的这几天里对女孩子们怒目相向，完全忘了平日里在她们面前的讨好卖乖。

村里那些爬不了树、举不稳竿的小孩子此时也没闲着，他们会忙着跑去占树。

“这棵树俺家占住了！”最先被占住的总是枝条密、榆钱儿多的榆树。晚来的会往别人占住的树上打量一眼，跑着去抢占另一棵榆树。

爬到树上的总是先捋把榆钱儿塞进嘴里嚼着，这才丢下两枝榆钱儿，让守在树下的孩子们吃。

开春之后，山里背阴处还残存着积雪，墙院边、田坎下的背阴处也还残存着积雪，似乎有了南山的遮挡，家乡这片土地上回春的步伐总要慢些。孩子们在严冬里堆的雪人、造的雪桥，现在已经残破得不成样子了，留下的雪堆经过日消夜冻之后，原本白得刺目的雪块失去了人或桥的最初形象，却有了晶莹剔透的冰的质感。

春寒料峭中，榆树上一夜之间绽开了一树榆钱儿。放眼望去，带着宿霜、迎着朝阳的榆钱儿密密匝匝地挂满了枝头，压得细枝如同垂柳一般，妩媚地弯曲着。

榆钱儿不是庄稼，却是春天里的第一口新鲜食物。

采集榆钱儿时，孩子们总要先饱了口福才肯把捋下的榆钱儿装进篮子里、布袋里。从风霜里绽放出来的榆钱儿很洁净，嚼在嘴里清脆、微甜，回味是凉丝丝的余香。

“不能多吃啊！会胀气、会拉不出屎。”尽管大人们年年如此提醒，孩子们却从来不会少吃。

每当捋榆钱儿的时候，我才跟二舅亲近些。见他捋了一大把榆钱儿塞进嘴里，我顾不上是不是会噎着他，就指着他头顶上方一串最密匝的榆钱儿喊：“二舅，我要那串！”

他仰脸望着天，神情中流露出的是不加理会，仿佛身边发出的任何声音都会打扰到他品尝美食的惬意。而我，在树下更是奋力地蹦跳着叫喊：“二舅，我就要你头顶上的那一串！”

二舅鼓胀着腮帮子，信手钩下一串榆钱儿丢到我兜起的棉袄襟上。我吃着的不是想要的那串榆钱儿，却不能再在树下多耽搁，便飞跑着去占下一棵榆树。

榆钱儿与麦麸和玉米面搭配起来上锅蒸熟，这是最为合理的做法，吃的时候再拌上葱花、蒜泥和盐，如果能再奢侈些，就会滴进几滴棉籽油。熟吃时清香味还在，只是不再有脆甜的口感，生吃和熟吃的最大不同是，蒸熟的榆钱儿能舀进碗里正儿八经地当饭吃，不用再背着大人往嘴里塞。

榆树钱儿成熟了的那几天，家家都不再只是喝薄粥。

吃过榆钱儿没几天，接下来就等着吃杨柳树的嫩叶儿，继而是山槐花。

杨柳叶、山槐花和榆钱儿一样，也是拌进粗粮细糠上大锅蒸了才能吃，捋杨柳叶也和捋榆钱儿一样，还是半大孩子们担当主力军，不同的是，杨柳叶不能生吃，而且上大蒸锅以前还必须得经过两三天的清水浸泡，去除了苦味才能上锅。捋杨柳叶时，“主力军”是沉默的，虽然小孩子们也跟着帮忙，兴奋的程度却无法和捋榆树钱儿时相比。

吃过榆树钱儿、杨柳的嫩叶芽之后，我们又把眼睛盯着地上，野菜又成了能丢进大锅里的食物，山槐花可以蒸着吃，只是它比榆树钱儿、杨柳叶儿来得晚些。山槐花和杨柳叶一样，也不能生吃。再往后还有枣子、柿子可以吃。

我们的乡村就是这样，能吃的东西很多，却没有一样东西会像榆钱儿那样，在每年成熟的时候带给孩子们快乐，那是家家户户的快乐，也是大人和孩子们共同的快乐。

榆钱儿是榆树的花，也是榆树的种。单个儿看，每片榆钱儿只比燕麦片稍大那么两圈，却少有长成一片两片的，它们总是密密匝匝地挤满枝头，柳丝般的枝条膨胀成小擀面杖一般粗细，捋一枝就是结结实实的一大把。

春深之后，那些能够从孩子们的手指缝里逃生的榆钱儿老了，老到了枯黄、干透。到那时，它们会像蝴蝶般随风飘散。经过几日夏日酷暑，接迎几场暴雨拍打，榆钱儿就展现出了作为种子的功用，落脚之处就是家，生发出小小的榆树苗。

榆钱儿的生命力惊人般顽强，不仅能在肥沃的田间地头上扎根生长，就连墙头、砖缝和房顶灰瓦缝里，也会冒出些榆树嫩苗。

当到了随处可见榆树苗的时候，村人就忘记了榆钱儿的好，仿佛榆钱儿冒苗生发得不是地方，就一定会带来祸起萧墙的恶果。

家长要赶在小榆树苗在房瓦的缝隙里站稳脚跟之前，支使孩子们轻手轻脚地爬上房去，把细小的榆树苗连根拔掉，一根根小树苗，就这样变成了孩子们手里一把把的枯草。

“榆树苗若在瓦缝里扎了根，到秋天房子会漏雨。”大人们是这么说的，我们虽没见过，却完全相信。在很多事情上，小孩儿对大人的话是盲从的，当然也包括不让榆树苗在瓦缝里扎根。

榆树生长得很慢，小苗儿的时候猪和牛是它们的天敌。家畜吃榆树叶，也啃食榆树皮，好在家乡人不把榆木当成烧柴和建材。榆树苗一旦从牛舌、猪嘴的啃食中活下来，在今后的几十年、上百年里，每个春天都会有挂满枝条的榆树钱儿。

村里人不播种榆树，也不会给榆树浇水施肥，只在开春时看着冰碴从树枝上脱落，而后是盈满枝头的榆树钱儿。

“榆钱儿成熟了！”这是开春时人们的第一个喜悦。这欢笑声，在采食榆钱儿时从人们的心里溢到了小村之外。

原载《攀枝花文学》

外婆的智慧

人们常说："吃五谷，生百病。"

我想，如果人只吃一种谷物，生的病会不会就是百病中的五分之一呢？显然，没有谁能做到只吃一种粮食，也鲜有人真正地被百病缠身。

村里人偶尔有头痛脑热，能忍则忍，忍三五天不见好转时才会求医问药。乡村没有公费医疗，没有保险报销，乡下人生病的时候总是从最初级的祛病方式入手，尽量做到少花钱或者不花钱。乡村中流传着一些疗病的偏方，几乎每个村都会有那么一两个略懂偏方应用的能人。

外婆不给求医者看病，只给他们抓药。

她不认识《本草纲目》上的字，也写不出药方，却能准确无误地说出很多药材的名称。遇到求药者上门，家里有的那些根根草草她就直接给了，缺少了哪味，只要她说出那味药名，别人到药房里也一定能买到。

"穷生病，富长疮。"她对长了疮的人这么说。

"吃五谷，生百病。再者说，'富生病，穷长疮。'"这也是外婆对生病的人常说的宽心话。

这两句话她经常对前来问药的人这么说，却从没有说反了的时候。先给病人宽心，再给病人抓药，她的药就具备了某种特别的疗效。

那是一个阴天的午后，有个中年男人走进了外婆家的院子。顺应着天色，那人也阴沉着一张胡子拉碴的长脸。

“啥病？”外婆问。

“没病。”

外婆狐疑地看着他，想不起自己家有这么一号亲戚，也不觉得这人面熟。

“治不治都是死，娘还是要让俺到这儿瞧瞧。”

“进屋坐会儿，婶子给你烧碗茶喝。”

外婆一定是想过把语气放轻松点，说出来的话除了客套，听不出有热情的成分。

“不了。”

黑衣人面色阴郁地站着，身前身后并没有其余的东西附着。我围着这个中年男人转了两圈，陡然发现他身前身后的地上都没有人影。

我回到外婆身边还觉得害怕，把头往外婆身上贴了贴，看着那个男人时，我觉得他身上太干净了，干净到了有形无影的地步。

“到底咋的？”外婆说着把手搭到了我肩上。

外婆不能长久站立，在这种状态里我即使不害怕什么，也会凑过去充当她的临时拐杖。

中年男人突然说：“半个月前吧。”

我下意识地再次往他脚边看看，地上还是没有暗影，又看了看我和外婆脚边，也是没影。

我抬头看看天，积雨云厚厚地压着头顶，如同恐惧感压着我的心。空气中有股浓浓的尘土气息，分明没有风，没有一丝丝儿的风，尘土的气息却是越加浓厚。

中年男人也抬头看了看天。

“雨要来了。”来人说着阴郁地笑了笑。他看出来大雨将至，院子里不是久留之地，却并没抓紧时间说明来意，可能他的故事很长，也可能是有不能说的隐情。

一阵沉默之后，外婆对我说：“憨憨，去寻个草帽让他拿着，还真是要下雨了。”

“俺娘让来的，俺又不能不听。”来人说着，神情幽幽地坐下来，又犹豫了一会儿，才说：“半个月前我去拾柴火，从土堆上拽了两根小干枝儿，回家当晚就觉得大手指不得劲。”

外婆见他停下来不往下说了，才低声说：“俺只有药。”外婆这句话明显要让那人去另找高明。外婆不是土郎中，像外婆自己说的那样，她只抓药。

院里能看到阴沉着的天，屋里深处的光线暗得几乎到了该点灯的时候，看样子一场阵雨很快就要来了。那个人起身像是要走，跨出堂屋门之后却慢慢地坐到了门槛上，说：“不中用，请了两回，俺还是天天夜里发烧。”

中年男人脸朝外坐到了门口，把我和外婆堵在了屋里，他不离开，我们想从堂屋出来都难。

沉默了好一会儿，中年男人也没起身走。外婆也没吭声，也许是她不喜欢对着陌生人的后脊梁说话，也许是她不想把这么缥缈的、不着边际的谈话进行下去。我感觉到外婆不待见他，就真想替外婆把那个人撵走。

中年男人再次站了起来，背对着我们，接着说：“神仙也救不了俺。这回，一定是活不成了。”

外婆把来人送到了二门外，才淡淡地问了句：“这会儿有哪儿不舒服？”

中年男人把一直抄在黑夹袄袖子里的手抽了出来，外婆凑近看了看，嗔怪地撇了撇嘴，接着说：“生疮，就说生疮。害病，就说害病，瞧你绕得这个远儿。”

中年男人阴沉着脸，看了看天，才说：“手指头这点小事，咋会害得俺夜里胡话连篇儿？”

“疔疮嘞。”外婆说完，加重了语气又说：“发高烧说胡话！”

外婆给他贴膏药的时候，我凑上去看了看。那人的手指上有个红红的鼓包，一条藏在肉皮子下的红线从长疮处延伸过了手腕。

“千万别自己揭膏药，也别碰那个疮。”外婆说着，钻进漆黑的堂屋深处摸出一个小纸包，在灶房里待了一会儿，就端着碗金黄金黄的热水递给了中年人，示意他喝下去。

中年人喝着水，外婆又说：“喝这苦药祛祛毒火，要是挺一晚上明天还发烧，你就去医院吧。别想太多，过三天你再来换贴膏药。”

那个人刚要离开，突然停住脚步，说：“真奇怪！这会儿手上凉幽幽的，也不咋疼了。”

“这膏药灵着呢。”外婆说着脸上就掠过了一丝笑意，把草帽递了过去，接着补了一句：“穷生病，富生疮。没啥大不的！”

那个中年男人离我外婆家隔着五里地，再来换药时，他脸上的笑容一次比一次多。他手指上长的疔疮，是毒性很大的一种疮，毒散进血液里就会成为更难医治的败血症，外婆让他喝下的是以黄连为主的清热解毒汤，加以膏药的疗效，他没去医院却活下来了。

此后，每年立冬节气上，他都挑一担烤火柴送来，以此报答外婆对他的救命之恩。

外婆一再说：“那只是几帖膏药的事，承受不起你这样的恩谢。”

外婆给别人治病的方式可以说是五花八门，药引子也是千奇百怪。

对应不同症状的办法有针刺、艾灸、热敷、熏蒸、刮痧、拔罐，这些都算不得什么。她在治刀斧伤的时候，还会把我们穿过的旧鞋头割下来，烧成灰压到伤处止血，看到血被止住之后，才在伤口处贴上一剂在灶口边烘热了的膏药。

膏药是药，孩子们穿旧的布鞋头是药引子。外婆说，孩子们到处跑，不定啥时候就踢踏着了灵芝仙草。我这么问过：“灵芝仙草长啥样？”

“入乡随乡，近俗还俗，灵芝仙草和路旁边的草长得相同，有灵气的东西都这样入乡随乡、不显山露水，灵气都内敛着。”外婆说得很肯定，但我还是不知道灵芝仙草是啥样。我觉得神奇，也感到失落，想想自己随时有可能会踢踏到灵芝仙草，而我对其却还浑然不觉。

外婆用过的一个药引子，让人听了能笑掉大牙。

“一百天不见自己男人。”这是外婆的药引子。

我清楚地记得，她说这句话时脸上的表情很庄重，那种庄重就如同有一万个理由支撑起了底气，让人感觉如果谁质疑了这药引子，就是一种冒犯。

那个小女人的娘家，离外婆住的这个村隔着十多里地，她嫁过来三年了还没生下一男半女，男人打她像打贼一样下狠手。她听了外婆开的这个药引子，惊得手里的药包差点掉到地上。

“这该上医院的病，你又不去看。见你可怜，咱就一起碰碰运气。”外婆没把话说满，但语气里还是那种不可置疑。

外婆给了她一包“鬼灯笼”，学名叫枸杞子，这种植物在田坎上随处可见，水渠边、干沟边更是这儿一蓬，那儿一片，深秋时节隔老远就能看到红艳艳的小果。外婆给出的是晾晒干了的“鬼灯笼”，它们失了水气，就不像挂在枝蔓上时那么晶莹剔透，那女人捧在手上还是当个宝。

“三十颗鬼灯笼和一个鸡蛋同煮。鸡蛋熟了趁热吃，一碗汤水分三次喝，疗程是一百天。”

“咋？”小女人像是没听懂，却追问了一句：“一百天！一天一个鸡蛋？”

“这是药。”

“俺怕他打我。”

“你问问他还想不想传宗接代。”外婆说着白了那个小女人一眼，好像还想说点别的，把忍住的话变成了一声无奈的叹息，停了一会儿才接着说：“若你男人不依着这方子，一会儿让你男人把药给送回来。”

小女人离开后，外婆自言自语地说：“嫁进来两天就挨打，整天面黄肌瘦，咋生孩儿。”

瘦弱的小女人没把药送回来，她那暴脾气男人也没把药送回来。瘦弱的小女人在这一百天里每天吃一个鸡蛋和三十粒枸杞子，身体壮实了起来，到了第二年她还真的挺着圆鼓鼓的大肚子。

说不上是外婆的运气好，还是那个小女人的运气好，或者是那个“一百天不见自己男人”的药引子真的灵验了。

外婆不看病，却配药，她用的那些药材大多是离家不远的山上的产物，采挖药材是我大舅的事，借着外婆行点小小医道的面子，大舅上山采药的事就没被人揭发过，他卖掉一些药材积攒自己的学费，留下一些让外婆送人，受辛苦的是我大舅，但外婆有了个远近皆闻的好名声。

外婆足不出户，她的想法却总让我猜不透。

原载《攀枝花文学》

昏暗中，多看了那一眼

我这会儿心里只惦记着到代销点去。

小孩子都有冒失的时候，如果是有意要去做些冒失的事，就需要胆量了。我不时也会在温和的性格里冒出些出格又胡搅蛮缠的想法。

刚入夜，村子里就静了下来，就连鸡、鸭、猪、狗都早早地进了圈、回了窝。

我身上有了小半口袋“通宝”铜钱，这是从那堆灰烬中刨出来的财富。有了这笔钱，我丢下饭碗就想往外溜，一墙之隔的代销点里有糖豆，而我口袋里有铜钱。三个铜钱能换一颗糖豆。那些比豌豆略大一点点的糖豆子五颜六色，在别人挖空心思找鸡毛做毽儿的时候，我就想好了要用铜钱去换糖豆。

一把铜钱，就有可能把各色糖豆一样换一粒，在我的心目中，没有什么会比拥有几粒各种颜色的糖豆更愉快的事。

隔壁的店门还开着。店主白天也下地挣工分，几乎所有的生意都在吃午饭和吃晚饭这会儿做，往日的这个时候，代销点该是门庭若市，收下破铜烂铁和鸡蛋，卖出去的是点灯的煤油和海盐粒儿。

代销点也有毛巾、肥皂、笔、本和纸张之类，但做得最多的生意还是用鸡蛋换灯油和食盐。

我想用铜钱换糖豆，却又不愿在代销点生意忙碌的时候往那里靠近，我站在门外，终于等到代销点里静寂下来，这才跨过了那道门槛。

代销点有两个人，他们柜里柜外弯腰站着，看似正在咬耳朵交谈，以至于我走近了，才听到他们正在悄声低语。

不知道是小女孩儿脚步轻盈，还是他们专注于某件事，从两个人的神态上看，我觉得自己的出现令他们吃了一惊。

在他们惊诧目光的注视下，我感觉自己有些手足无措。

我想要避开，视线竟被昏暗中的另一双目光抓牢。

这种感觉犹如一道闪电，突然在脑子里劈开了一条缝，随即留下了强烈光芒的后像，身体像被雷电击过一样晃了晃，定睛再看，认清了眼前所见是佛首，也就更加感到自己受到了强烈的震撼。

我处在恍惚中，受到惊吓的两个男人彼此交换了眼神，随即就收起了柜台上的佛首。

这是多么令我震惊的时刻啊！我竟然放弃了女孩子矜持的本能，突然间壮了壮胆，对还惊魂未定的中年人问了句："舅姥爷，往挎篓里藏了啥？"

"没啥。"中年男人说着话，用力把装有蔫巴巴青草的挎篓从柜台上抱起来，放到了门后的黑影里。

半挎篓蔫巴巴的青草，显出的是不该有的沉重分量，何况代销点不收青草。我想不出藏在挎篓里的是什么，越想不出来，就越是好奇心重，便大着胆子又说："俺全都瞧见了。"

"咱两家是亲戚对吧？"中年男人问。

"俺不是叫了舅姥爷了吗？当然知道是亲戚。"我说得理直气壮，也知道面前这位中年男子比我外婆还高一个辈分。住在婆家，村里就多些以姨或舅相称的长辈，而这位舅姥爷，还真是外公家五伏之内的血缘亲戚，在村里，外婆和这个中年男人的娘走得比较近。年节上，两家人更是忘不了相互送些食物，作为亲戚间的礼尚往来。

如果在往日，大人间的事情小孩子绝不可插嘴，那样做会被视为“少调教”，那天我就是有些少调教。裤子口袋里有了这么多铜钱，感觉自己被巨额财富撑着腰，一时之间得意得忘了形，破天荒地敢对大人的事插言说话。

舅姥爷迟迟疑疑的与店家交换了眼色，这才从青草里抱出来一只观世音菩萨的佛首。

过秤，付钱，收钱，舅姥爷离开。

看着眼前的交易已经结束，好一会儿我都还回不过神。

我那会儿还不太懂得如何看待眼前的事物，却被一个铁头，一个生着慈眉善目的铁头拴住了心思。初见佛首时的印象竟然牢牢牵住了我的心，我已经顾不上以铜钱换糖豆的事，呆愣着想了一阵，脑子里才渐渐整理出了些头绪——有人把佛首卖给了代销点。

我忘了五颜六色的糖豆，忘了裤子口袋里哗哗作响的铜钱。只想到往后不会再有三月三庙会，也不会再有嫩柳条儿串起来的油煎包。这种失落感让我不自觉地泪流满面，哭着回到了外婆身边。

“我要那个娃娃头。”外婆听不懂我在说什么，这会儿我更伤心了，放声哭着说：“我就要那个头，隔墙的柜台后面有铁娃娃头。”

村里的代销点从来就不会代卖洋娃娃，“娃娃”和“头”也是完全不同的两样东西。外婆试了试我额头上的热度，确定了我这会儿不发烧，说的不是胡话。

我哭，就连姐姐搂着我哄也无济于事，不达到目的，我就会一直闭着眼哭。

外婆悄悄往我手心里塞了两颗花生，如果塞的是别的什么，我会狠狠地摔到地上，这是花生，花生壳的质感不用看也能感觉得出来。

我舍不得摔掉花生，也不肯收住眼泪和哭声。

外婆最怕的就是我流泪，任何时候见到我哭，都会使她六神无主。

花生，向来是外婆用在我身上屡试不爽的撒手锏，这会儿连花生对我都失去了效力，外婆这才顺着我的意思，要到代销点去看个究竟。

店主把佛首端到柜台上的时候，外婆也傻了眼。我却赶紧说："这个，我要的就是这个。"

店主看着我外婆，试探着说："这意思……"

外婆有些迟疑，好一会儿才压低着声音说："为这，憨憨哭闹不止。你能让俺请回家吗？"

"原价，就当成是你从别人手里直接请了，中不中？"

眼看着将要成交，我兴奋地抢着替外婆回答，说："中！俺们对谁也不说。"

外婆吃力地捧着佛首走出店门，朝天上望了望。

进家掩上了大门，外婆小声问："今儿十几，咋恁好的月亮，到处都是明晃晃儿的光亮。"

我没管是初几、十几，更没留意是不是有明晃晃儿的光亮，留住了佛首，似乎就意味着我能把这件事从心里放下。

事后外婆才说："憨憨，你胆也太大了，啥也敢要，这事搁在一般小闺女眼里，还不吓得往一边躲？"

我不觉得自己胆大，甚至觉得那天如果放任佛首成为废铁，才是真有胆量。

请回了佛首，事实上就让外婆多了牵挂。

外婆把佛首藏到了阁楼上，我也就把这件事情淡忘了，接着就一门心思盼着过年，盼着明年农历三月初三的庙会。心里有所企盼，就显得每一天都像是被无休止地拉长了。

我散散漫漫地混着日子，却没意识到外婆心头的焦虑。

家里有了佛头，外婆就惦记起佛身的下落。

“不怕贼偷，就怕贼惦记。”外婆不是贼，她却对外面的东西有所惦记，当她终于打听到佛身的下落时，自然是要有所行动了。

这天，学生上了学，社员下了地，我和外婆出了村，我是外婆的手杖。

又是一个万籁俱静之夜。

外婆坐在架子车上，由我二舅和我的姨表弟推着她，去了那个约定地点接来了佛身。

铸佛的身首接拢后，竟然不见任何缺损。

外婆把这尊响铜铸的坐佛，当成了和我们一样的肉身凡胎，用一条崭新的鱼肚白毛巾围到了佛脖子的接缝处。外婆有独门秘方“膏药”，常年施药使她有着“活菩萨”的美誉，如今她却无法做到用自己的膏药给铸佛疗伤，惭愧得泪都要下来了，连连叹息中，才猛然想到要以香火供奉，来给这尊铸佛疗伤。

外婆总是自言自语地说“伤筋动骨一百天嘞，咱得让佛好好养伤。”三缕淡淡的轻烟袅袅升起，外婆还在佛前供奉了老鼠咬不动的山核桃。

“那晚上月光真好，大路、小道都明晃晃儿的。”

外婆说起往回请佛身的那个夜晚，总会首先感叹那时的月光，言下之意是说心里有佛，夜间走小道也如同白昼步坦途。我还不懂得这些，只知道阁楼上藏下了铸佛，在外婆给铸佛疗伤的日子里，我见她上下梯子的动作，就像年轻人一般腿脚灵巧。

这尊来自北魏的铸佛，接受过多个朝代旺盛的香火供奉和战乱、硝烟，也许还亲历过水灾、火患。如今却是在我们家的阁楼上，尊享着我外婆提供的独家供奉。

每逢农历初一、十五，外婆都要蒸上几个不掺任何杂面的白馍，供在佛前。白面馍，这是春节才会出现的食物。白面馍摆放在佛面前半个时辰之后，外婆会掰开分给我们吃点，就像一下子把“年”掰开来，让我们零碎着多过几回。

我很纳闷，给佛疗伤的这一百天里，中间有好几个初一、十五，家里就那点有限的小麦，不知道外婆怎么能蒸出这么多的白面馍。也许她到邻居家借过小麦，也许到了真正过大年的时候，家里包不成白面饺子、蒸不出白面馍。

外婆没提过白面馍的事，我知道问了外婆也不一定说，也就懒得费那口舌。凭着这些年的共同生活经验，我感觉外婆在言语上非常谨慎。

给铸佛疗伤的这一百天里，我们吃过多次白面馍，好像在这段时光里，家里每一个人的脾气都变得比往日温和。给铸佛疗伤的事功德圆满之后，外婆不再一天三趟上楼烧香摆供，却没把那条鱼肚白毛巾拿下来，害得我一见到那尊佛，就觉得是炼钢铁的工人从电影里跳出来，出现在了我们家的阁楼上。

我一直惦记着那几个山核桃，想着供完了这一百天，老鼠吃不下去的山核桃，我可以用来祭自己的牙。

佛还是朝我微微笑着，那几个核桃却没了去向，不知道是二舅抢了先，还是被老鼠们不知道拖到哪个墙洞里去了。

供奉阁楼上的铸佛，这是家庭里新添的花销。外婆每次上香都不忘念叨一句："是俺家憨憨救了你，不管她到啥地方，你可都要保她平安啊！"

春节到来时，令我惊喜的是我们依然吃到了白面馍，也吃到了白面皮的饺子。

秋　粮

过日子，总是与吃有关。

一日三餐，不会舍不得多吃一顿，少一顿则是万万行不通的。孩子们好动，饭菜里少了油水，我们总是在一顿饭舀进碗之前，早就饿得前胸贴后背了。

不论我们是坐在教室里，还是在大地里扑向前面不远处的一棵野菜，肚子里的饥饿感总是挥之不去。“粥薄就是多两泡尿”没人会嫌多两泡尿麻烦，关键是这两泡尿之后呢？肚里没食，寒气上身，就会让人自然地理解什么是“饥寒交迫”。

我们家一共七口人，其中有六个是在校学生，外婆是家里唯一不上学的，她也不参加生产队的农事。如果不是我们在夏天割些青草，春、秋打扫两次后院里的粪坑，我们家会是队里的零工分户。

我们家不挣工分，吃的是队里的平均口粮。“不往队里交一分钱”已经成了我家这几年的习惯。大舅要上高中那年，家里的饥荒终于爆发了，这场饥荒不是天灾，而是实实在在的一场人为灾难，祸及的也只有我们一家。

“照顾军属，只照顾那两个闺女。”村长是这么说的，那“两个闺女”指的是姐姐和我。

队里分口粮，我们家推着架子车去，却没能满载而归，谷子、玉米被扣下了，各色杂豆也被扣下了，秋粮中只拉回了村里无法代为保管的红薯。

村里没有几个上过高中的，咱家有了两个高中生。三姨和大舅搭着伴到邻村上高中，满院子飘着外婆希望的目光。而这招来了某些人的羡慕、嫉妒、恨。

“平均工分乘上五，是我们家欠队里的工分。十二分一个工，一个工七分钱。”队长带着队会计到外婆家来了，嘴里说着计算公式，手里摊开着账本。

生产队的会计用不着有什么大文化，能写几个字，会背九九乘法表也就差不多了，但除此之外更重要的是懂得从庄稼地里摸爬滚打出来的大学问。即使请个大学教授来，也不一定能马上胜任这个差事。会计兼着记工分，每天一记的工分账厚厚一本，密密麻麻地写着在《新华字典》里都难找到的方言土语中的地名、人名，画着只有记工者自己才懂的符号。

会计摊开着记工本、分配表，外婆望着天。

队长和会计费尽了口舌，似乎全都白费。

“那点粮，给就给，不给就拉倒。”外婆不屑于眼前的账本，说话的口气也很淡，就像我们家一直都是粮食满屯、肥猪满圈的状态。

这次谈判没能达成和解，我们家的平均口粮就和粮种一起堆在了队里的仓库。

秋粮没能拉回来，寒气却一天重过一天，碗里的粥也日渐水多米少。饥肠吃进热红薯，就会是烧心、燎胃、嘴里冒酸水。

因缺劳力而差队里钱的不只我们一家，我们家却是这些人眼里的钉子户。

村长说：“交上几十块钱就能把粮食领回来。”

外婆回答："就撂队里吧。"

一阵寒暄之后的第二次谈判，就这两句是实质性的内容，队长无奈地抱怨说："何必这么让我为难，瘦驴拉硬屎也不看是为个啥。"

锅里少米，任凭外婆是怎样的巧妇，一大锅水里只有那几颗小米，怎么用心熬煮，锅里的粮食也恋不住汤。水翻滚着的时候，能看到星星点点金黄色的小米在跳动，灶坑停了火，跳动着的小米立刻就沉到锅底，星星点点的金色也就不见了踪影。

红薯在大铁锅里如同河床底的石块，小米如同水底的鱼卵，每舀一碗饭，都要先搅动几下才能把藏匿在红薯下的小米舀起来一些。外婆做这些的时候总是气定神闲、不偏不倚，没有哪个碗里的小米会多一些或者少一些。

"交几十块钱，把粮食领回来吧！"二舅捧着碗走到灶房门口，一脸愁苦地说了这么一句。

有人说了，就不用我说，在嫌粥薄这件事上，二舅是我们这帮孩子共同的代言人。

"咦！你当家试试，这不是钱不钱的事儿。"外婆说着话，顺手从灶台上端起了她的那碗粥。薄粥冒着热气的时候还有点粮食的香味，不冒热气的时候米汤表面就会结起一层薄薄的米皮膜，看上去真像一面圆镜。

二舅小声咕哝了句："天天饿着肚子，还怎么瘦驴拉硬屎。"

外婆冷着脸说："人穷志不能短，咱占着理，哪能说服软就服软。"

全村人都会端着碗在院外的街边蹲着吃饭，国家的大好形势、小家的人情世故、庄稼地里的情况，这些都是话题，时常也免不了谁会想起现讲个什么笑话。还有邻里之间的大事、小情，都是吃着饭顺便就说了。农闲的时候，饭后还会顺手把碗撂到墙根下，人在院外多待一会儿，有用的没用的话都说个痛快。

空饭碗撂地上也招猪、引狗。

只有我们家的碗是喝完了粥，也等于洗净了碗，放在地上猪不拱、狗不舔。

“军属家的日子，过得惨嘞！”

一旦有人说了这件事，这句话会随风飘，在村里飘飘还行，万一飘到村外去了怎么办？这话飘到大队干部耳朵里去了又怎么办？

我觉得队长一定是有些骑虎难下，不然他不会不顾“寡妇门前是非多”，独自登门来和外婆进行第三次谈判。

“那粮食就撂队上吧，俺也不用操心闹老鼠。”外婆朝队长说出这句话的时候，天气已经很冷了，我们脱下单衣、穿上了棉袄，外婆不但穿了棉袄，早几天连棉裤都穿上了身。肚子里没粮食，寒冷就更甚些，西北风能猖獗得直往你骨缝里钻。

队长苦着脸，两条眉毛拧成了一条线，他想出的折中办法是让外婆到他家借两升小米应应急。

外婆说：“不用！都是群小娃子，肚里没食，也免得爬高上梯到处疯跑惹事。”

队长为难了，他没想到外婆会这么说。虽然没有一句软话，也没有耍横撒泼，却表达了孩子们肚里没食，饥饿到了没气力活动的程度。别说是队长这样的善良人，就算他内心恶毒，面对着一个寡妇带着一群孩子一起饿肚子，无论如何也会逼出他心里的善意。

队长深深地叹了一口气，无奈地摇了摇头。一边是某个社员的意见，一边是我外婆这种认死理儿的舍命不舍财，他真的是太为难了。何况我外婆又一贯做着积德行善的事，队里还扣我们家五口人的秋粮，只有我和姐姐的这点秋粮，无论如何也不够七张嘴吃饭。

我真希望外婆能早点把粮食领回来。听到外婆再次不答应往队里交钱，我真想凑上去说“交钱给队里吧，我爹有钱。”可惜的是我没敢说。外婆的态度是那么坚决，队长的话她都不加理会，何况我又是这么人微言轻。

半饥不饱地过了一两个月，眼看就近了阳历年。

每年这个时候，会有民政干部下来慰问军属，干部们到我们家来早已是轻车熟路。

我爹是军人，打过解放战争，参加过西南剿匪，抗美援朝时跨过了鸭绿江，十里八乡这个范围，现役军人中我爹也算是个人物，干部们下来慰问，进村的第一站就会是我们家。对于这个惯例，村干部也早就心知肚明，没等民政干部上门，村里就让我们家把粮食领回来了。

粮食拉回来了，玉米、谷子、红小豆、大黄豆，一样不缺、一斤不少地搬进了家门。

二舅知道有饱饭吃了，站在粮食堆旁边，说：“早该给上级说一声了，官大一级能压死人。”

“放屁！”外婆骂了二舅一句，接着说：“都是乡亲近邻，低头不见抬头见，屁大点事就仗势欺人去告状，你们长大还往不往人前站了？要想让你们今后能挺着胸脯站人前说话，咱就别想着做那没星秤的事。”

家里有了粮食，外婆只做了两顿筷子搅不动的稠米饭，

“细水长流”的家训又回到了饭桌上。

正月十五刚过完，就有人到我家来借粮了，一碗小米、两升玉米这么个借法外婆从不拒绝，借出去之后也从没去催讨过。

“远亲不如近邻，帮衬着过日子是应该的事儿。”外婆一脸的慈祥，这话说得也很坦然。我们饥一秋、饿一冬，省下的粮食缓解了几家人的春荒。

扣粮这事外婆没在村里说什么，关上门的时候外婆对我们说：“甭管是啥，咱不惹事儿，也不能怕事。听点啥风咱都让步，家里人就是一窝软柿子。咱能出力的地方就别和人计较，这阵村里对咱的帮衬咱也记着个好。咱要是拿钱去买了这口粮，是能让那一两个翻闲话的人满意，可那也是打乡亲们的脸嘞。”

究竟是谁在村长面前提的意见，外婆没向村长打听过，对我们全家享受军属照顾的事有意见的，估计也说得多少占点道理。事情一过也就没了热度，外婆曾经的那段较劲，我们家曾经出现过的口粮危机，就像被微风抚过的庄稼，细波微澜之后很快回到了本该有的平静。

夏粮、秋粮，平均口粮、工分粮，村民关心的还是这个。我们家暂时没人挣工分，也就没分到过工分粮，一年下来，得到的是靠节俭省下的口粮，外婆操持一家人过着艰难的日子，想来也是费尽了苦心。

外婆说过，家里出现了突然的变故，好日子变成了眼下这个样儿，如果就此不让孩子们上学，家里的日子就别想再有起色。我还听外婆对姨婆说：“那俩闺女不知啥时候，说走就走了，取消军属照顾也是迟早的事儿。我一个寡妇人家，手里拿捏几个老底儿，到了翻盖房子、俩儿成家下聘的时候，咱真就没个来钱的地方。”

外婆这个家也曾殷实过，突然的变故使她担负起了太多责任，她每天都身处近忧中，甚至还不得不有所远虑。她量入为出，带着我们一起俭省度日，捂紧了老底子的那点钱不松，确是情非得已。

故乡的田野四季

“吃了?”

“吃罢了!”

这问候，可以是男人和男人之间的一声招呼，也可能是女人和女人之间的一声短语，而男人和女人迎面走过时，则往往会低眉而去、视而不见。

吃饭是大事。

乡邻们迎面来时的招呼语都是吃，至于吃了什么，是刚刚吃过还是正要回家吃饭，并不重要。

有可吃的东西，而且还有气力吃，这就是福，乡邻们之间主要关心的就是这个。这种关心却在面对异性时遮掩起来了，异性之间如若关心到了“吃没吃饭”这种大事上，还有什么是不可以关心的呢?男女有别，村风使然。

民以食为天，关注食物就是关注天一样的大事。

农民借助上天给予的风调雨顺，在田地上精耕细作。

俗话说“靠山吃山，靠水吃水”。外婆家所在的这个村庄，南有熊耳山，北有洛河，可谓占着大自然里有山有水的双重优势。偶逢旱涝灾害，就像“天干饿不死瞎家雀”一样，人们总能想办法找到些可食之物。灾害过后，老人们庆幸自己命里的食缘未尽，还能再喝几年粥。

常态中的风调雨顺，粮屯里装满了玉米，青瓷缸、灰瓦罐里有了谷子、豆子，男人们彼此打着招呼，声音浑厚得大有“出乎中原，兼善天下”的气度。

“吃了？”

“吃罢了！”

庄稼人习惯了这样一成不变的招呼语，也习惯于田间劳作，时而想起了饱吹饿唱，站在庄稼地里扶着锄把，吼上两句“梆子腔”。

我关注身边的人和事，始于初来乍到时的新鲜感，仅仅两窝搬家蚂蚁搬食的场景，我也能和小朋友们一起围观半天。我热衷于认识野菜、树木、花草，喜欢看红白事的热闹，在熟识这些东西的过程中，我也渐渐知道自己是客居外婆家，并且很快将会离开村庄。等待着离开村庄那天的到来，这等待也增加着我对乡村的不舍，乡邻们眼里习以为常的东西，在我眼里都凸显出了不一样的姿态，四季变化和朝露、夜幕，在我眼里这是故乡独有的特色。也许是我喜欢傻呆呆地凝望风景，外婆一直称我为“憨憨”。

生活在外婆家那几年，我觉得自己是家里最为贴近大自然的人，外婆不会轻易走出院门，另外几个人要么沉迷于看书，要么喜爱做点针线活，我却喜欢挖野菜、拾麦穗。为了到地里去，割草拾柴之类的事都成了我出村的理由，似乎只要不是雨雪天气，我总会和小朋友们结伴往村外跑。

随着对田野的熟悉，一年四季任何时候出村都会有所收获，虽然没有搂草时打到兔子的好运气，但拾柴的时候捋几把小野枣，或者带回些野菜，这样的事几乎成了惯例。

春季。

早春时节，随着冰雪消融，草皮在春寒料峭中现出了绿意，嚼了几个月干草的耕牛嗅到野外青草的气息，刚出村口就踏着碎步摇着脖铃，小跑着奔向野外，嘴贴着地皮啃食刚冒头的嫩草芽。

只待几缕暖风抚过，田野就进入了万物生长的季节。灰灰菜、猪毛菜、面条菜和越冬的麦苗儿一起，在润泽的好墒情下茂盛起来。一望无际的麦田里，不仅有锄禾的庄稼人，更有庄稼人的孩子。小姑娘们穿着花棉袄挎着竹篮，搭着伴出来挖野菜，半大男孩儿们放牧、拾柴。

及至春酣，草长莺飞，时有成群结队的北归大雁，从容地在蓝天白云背景下飞过我们的头顶。河边柳林里，长尾喜鹊盘踞做窝，小燕子匆匆往返于河与村庄之间，从河边衔泥去修补旧巢。

夏季。

故乡的夏季，田野里的景致变化极快。

初夏时，才抽穗的麦芒上还挂着花粉。仲夏之时，碧绿的田野被成熟的小麦装点成了金黄，成了极目可见的最蔚为壮观的庄稼。

中原大地，是国家重要的粮食产区之一，冬小麦又是这里最主要的农作物。我们看到的是满眼的粮食，又决不能指望平常日子里，把白面做成的饭食舀进碗里。农民种地不只是为了从收获中满足自己的温饱，公粮是硬指标，余粮也是硬指标。

小孩子们从收割过的地里拾麦穗，一个麦季总能拾回家几升小麦。夏天，喜热耐旱的马齿苋疯长起来，这种被称为“长寿菜”的肥硕野菜，不仅吃法多样，采到手上也很有质感。

旱地上的马齿苋，洛河边的水芹菜，这两样带有药用价值的野菜成了炎炎季节里的当家菜。

那时，故乡的庄稼不像书本里写的春种秋收。初冬播种的小麦，次年春夏之交进入成熟，之后收割，打场，晾晒，送往粮库，这才算结束了麦收。这段时间，村里劳力已经不够用，学校以农忙假的方式，让村小的学生参与抢收、抢种。这个时节是“芒种”，就在这个时节，我才知道一年除了被分成了四季，还细分出了二十四个节气，虽然植物生长也受着小环境的影响，区域里的庄稼把式们凭着一辈辈传下来的经验，种地跟着节气，却也是适时看天说话。

麦收后，乡亲们会抓紧时间耕田耙地。

深耕翻出的土地上，湿润的犁印返着亮眼的光泽。几只小鸟跳上落下，追逐着新翻上来的犁印，捡拾小甲虫和长蚯蚓。

经过两遍耙齿梳理，田地不只是回归了适合种植的平顺，也有了笔直的田垄界线。

我喜欢从耙过的土地上拾柴，小麦有着发达的根系，那些收割后留下的茬根此时已经干透，收到一起用镰把敲掉干土，这样的茬根就是很好的烧柴。在这种土地上拾柴，虽然头顶上烈日炎炎，却也能感受在赤裸旷野的大自然中，别样的天高地阔。

抢种秋庄稼。点玉米和播谷子时，地里没太多人气，栽插棉花和红薯苗，就是男女老少齐上阵的壮观场面。老人们从苗基地上起出小苗，腿脚利索的年轻人挑着扁担，飞奔着把苗送到立等栽种的地方。担水也是青壮劳力的事，他们担了水来，还要跟在庄稼把式身后，舀水倒进刚打好的苗窝。半大孩子们没有担水的体力，更把握不了挥锄打窝的间距，却能轻松驾驭往泥窝里插埋新苗的活，反复做直腰、弯腰的活，孩子们也不会累痛了腰。

此时，庄稼地里是热闹的，每个庄稼把式身后会跟着几个半大孩子，庄稼把式没想过要比赛，同组的孩子们却都争强好胜，脚跟脚紧催着挥锄的庄稼把式加快速度，生怕自己这支小队伍落到了后面。

几场夏雨，栽下的小苗在大地上点缀出了一行行新绿。

秋季。

“有苗不愁长!”在故乡用这句俗语感叹孩子成长，也用这句俗语夸地里庄稼的长势。

夏秋之交，田野就成了绿色的海洋。

立秋节气刚过没几天，庄稼就拉开了高低不同的层次，玉米地成了没过头顶的青纱帐，棉花长到了及腰的高度，红薯藤上举的叶片矮得只比脚踝高出半尺。

半大孩子们不会被派往玉米地撒肥料，但翻红薯藤和打棉花顶的事，会带上些半大孩子。孩子们干农活，也逮螳螂抓蚂蚱。仿佛到庄稼地里不是在辛苦劳动，而是快乐地享受玩耍。

仲秋，是大地色彩最为丰富的时节，虽然田野依然由绿色统领，但玉米顶着红缨，棉田里摇曳着粉白、粉黄的花朵，巨伞般的柿子树上，泛黄的柿子缀满了枝头。

野酸枣的小花刚刚落下，有些被嫁接过“灵宝大枣”的野枣树上，有些枣子正在成熟。

“八月边，枣红圈。”这也是句俗语。农历八月，青中泛白的枣子，近蒂的地方最先在枣皮上晕出一团红色。孩子们不会坐等枣子长成，枣子在泛红的时候，吃起来虽然不够甜，却已经有近于成熟时那种清脆的口感。

我和小伙伴们都有着超好的视力，我们拾柴割草，也摘大枣吃小枣，从枣子近于成熟直吃到立冬后小枣风干在枣树上。大枣、野酸枣给我们提供了流水席，使我们在这期间的任意一次出村，总能以采食枣子混个肚子半饱。

冬季。

几场深秋细雨后就迎来初冬。小麦苗刚齐，熊耳山上的红叶和山下的黄菊，色彩艳得耀眼。

春夏秋冬首尾相接轮回，田野上的植物和农作物却很难断然划分四季。

冬小麦的播种收割包含着冬春夏，秋庄稼又是咬着夏季的尾巴入耕种，生长期较长的植物却要在初冬才会进入盛熟期。所谓的“秋收冬藏”，在这里的秋收，往往会延至初冬才能真正结束。大地上的草木，更是春天萌芽，于深秋枯黄，四季更替进行得悄无声息。

隆冬季节田野里成了银白世界，小麦却在冰雪下发达根系，为来年的生长蓄积力量。

冬天的田野上，生命力内敛在了瑞雪之下，放眼所见，也许会是老树寒枝上零星的红柿子，或者落在秃树枝头的几只昏鸦。

冬闲，真正闲下来的是男人。庄稼人，有“天、地、人”合一的智慧，在这冰封大地的小寒、大寒节气里，虽然不是人人都有“顽冰犟雪劝旧年，金樽烈酒暖轻寒”的条件，享受冬闲的心态却是普遍的认知，好好享受冬闲，等立春、雨水后，惊蛰时，“一声大雷龙蛇起，蚯蚓虾蟆也出来”再一轮照看庄稼。

“吃了？”

“吃罢了。”

寒天里，乡邻们表现出了安闲，见面依然会招呼一声吃没吃饭。

壮年男人们有了空闲，就想出些花样来让村里人娱乐。

他们到村外闲置的晒场清理了积雪，搭起了两副高高的秋千架，闲下来的牛脖套被拿来吊到了秋千架上，成了可踩可坐的踏板。尽管年年都会有人从秋千上掉下摔得鼻青脸肿，却丝毫没有妨碍年轻人和孩子们对这两架秋千的喜爱。穿着厚厚的棉衣棉裤，被高高地悠起来时，花头巾时而飘到前面遮住了半边脸，时而在脑后扬起彩帆，视觉里的银白世界，竟然都随着视线移动而生动起来。

扫净了积雪的这块平整土地，也是男孩子们滚铁环、抽打陀螺的好去处。

孩子们把玩耍融进了一年四季，也就无所谓享受冬闲。女人们在冬闲时也得照常操持家务，只是能抽出更多时间纺线织布，给全家人缝衣做鞋。壮年男人们在晒场边的集体保管室外，打扑克、聊天、晒太阳。

冬天，这处扫清了积雪的晒场，不仅是村里人玩耍的好去处，近了年关，走乡串户的货郎也会到这里来，他们在得到围观时，生意也就在这热闹中红火好一阵。

我喜欢荡秋千，听故事却又是我经年累月不变的喜好，这会儿我不好意思蹲到庄稼汉们的身边听笑话，好在庄稼人嗓门大，我不远不近地站在他们旁边，面朝晒场上的热闹，耳朵却专注于围堆说笑话的人所讲的内容。

村里唯一的杀猪匠，脸上却不带一点杀气，闲聊起来竟是面带微笑。他说的笑话是山里有对父子进城，父亲要了两碗面条，儿子挑了一筷子就说："爹、爹，这面条比咱山里的藤条还长。”

另一个接着说，山里一个男人想穿绸子裤，从夏忙到冬，终于凑够钱做了条绸裤，再进城时请人写了张纸条别在棉裤上，“里面有条绸子裤！”到了城里，发现纸条不见了，四处找了一阵，找到张字条再次别到了棉裤上，引来路人阵阵笑声。山里人以为挣足了面子，回山后到写字先生面前炫耀，先生一见纸条也大笑不止，最后说：“你别的什么？那上写的是‘此处不许大小便’！”

类似这种的笑话很多，不算精彩，无聊之极的时候才会觉得有点意思。

村里人的笑话也不只针对山里人，有时也编纂城里人的笑话。

说的是：有个城里分管林业的专家进山考察，留宿当地人家。夜晚在小院纳凉，他对山里的老人说：“无论是什么树，我只要尝尝树皮的味就能知道是啥树木，保证说得八九不离十。”老人去找来几种干树皮，专家一一说出了树的品种，老人心有不服，一边抠着脚后跟的老茧，一边想着怎么难倒城里人，不知不觉抠下一片脚后跟上的老茧，他便递给专家。专家接过来嚼了好一会儿，终于摇头说：“这回真没尝出来，能不能再弄一块尝尝。”

由此可见，我们的乡村文化是多么自成体系，既看不起山里人的少见识，又不屑于城里人的自大。

山里、山外，乡镇、城市、都市，人们生活的地域而已，不同地域的人，却有着各自不同的文化背景。故乡这个村庄背山、临河，村民却每每以平原人自居，更以出生在“中原”这块土地上而自傲。村里人的娱乐方式和幽默也自成体系。

壮年男人们说了山里的笑话，也编派了城里人的笑话，而这几个笑话却一点也不新鲜。他们自己说着也不觉得好笑。闷头抽了一阵烟，也没想出什么好笑的事。

“快过年了，明儿盘灶吧，免得到时候忙不过来。”杀猪匠说了这话，接着就有人安排起了到谁家借砖、由谁来砌灶架锅准备杀猪的事。

壮年男人们议着这些，我才发现这些人辛苦了春秋两季，也只为了使家人能富足地过个好年。

村里的杀猪匠平时与村里的庄稼人没有区别，只在年前才忙三五天。他家备着烫猪用的大铁锅和用具，杀猪后无论亲疏，他都会收下大肠小肠作为工作报酬，顺手把猪尿泡递给自己儿子。他能捧起猪脚鼓起腮帮，把一只不算肥的猪吹成滚瓜溜圆，继而烫皮褪毛。他儿子也鼓起腮帮，趁余温把猪尿泡吹成透明的大皮球，惹得小男孩们追逐争抢。杀过年猪的这几天，他们父子俩的人气自是旺得无人能比。

乡村的壮年男人都是一家之主，他们说了明天杀猪，明天就一定会有几头猪成为盘中餐。

春节，是农历新一年的开始，也是我盼望已久的过年!

春节不是二十四节气之一，尽管春节是农历新年伊始的重要节点，却也出现在冬末与春初之间。这次过年，过的是冬年。

故乡人不喜欢在立春之后过年，总担心立春早于春节，这一年就会是个干旱之年，地里的庄稼就会歉收。

大自然不会按照人的好恶行云布雨，人只能做自己能做的事，南山脚下那条人工灌溉渠，就是用在小麦进入抽穗期，上游开闸放水进行一次大面积的灌溉补水，以人力顺应着天地，来保障这片平原的五谷丰登。

然而，就像有些年轻善良的人会突然停止心跳，给爱他的人造成伤痛一样，人们在自以为风调雨顺的季节里，会突然遭遇到灾难性的狂风暴雨。庄稼，沐浴大自然给予的风和日丽，顺应大自然的冰雪严寒，却难承受和应对偶发的狂风骤雨和持续干旱。

穿新衣过大年的日期近了。

除夕，姐姐会和她的好朋友们一起，挨门串户帮乡邻包饺子。半大闺女结伴到别人家帮着包饺子，这是乡俗。除夕包好饺子，准备好初一的食物，就能在正月初一这一整天都不用菜刀，正月初一不动刀，这也是乡俗。

村里有很多乡俗，也有不少忌讳，过年从初一至初五这几天，忌讳又格外多，终其原因，无非是在新年之始，人们企望这一整年都风调雨顺、人畜平安。

故乡以过了正月十五才算过完了年。这期间里，带着礼物走亲访友的乡邻络绎不绝，把出村路上的积雪踩踏成了雪泥。晒场上没留下积雪，村民维持着这块地面的干净，也持续着这里的热闹，尤其唱道情的来了，就连两副秋千也被遗忘了。“道情”由八仙之一的张果老始创。据传张果老来自民间，以唱劝人向善的道情为歌。故乡的老百姓对扮成道士模样的歌者非常敬重，早就有“不认识张果老，怎么能说自己有文化？”这样的话流传着。

这次来的道士约五十上下的年纪，怀中抱着渔鼓，肩上挂着褡裢，他的样貌少了仙风道骨，褡裢在肩就更显得不伦不类，与倒骑驴的张果老根本无法相提并论。

我喜欢听评书和大鼓书，唱道情的来了，我也跟着围观听唱。他先是边走边唱，不一会儿就被聚拢的人群围在中间。没有桌案座椅，不能安闲移步，道士兜旋着圈子拍着渔鼓高歌起来。这曲调有点像豫剧道情梆子，却又少了那种悠长拖腔和胡琴相伴，集简板和小鼓为一体的渔鼓，衬托得高亢之声有了几分沧桑。听起来说不上美感，却更能使所唱内容清晰得字字入耳。

唱道情的人无处可请，也没法事先预约。肩上搭着粗麻布褡裢的游方道士，劝善也化缘，我们遇上了就听一阵，听的时候也会心有所触，要不然真就是“大恶之资，终不可化了”。

青衣道士来了，又走了。

晒场又恢复了原本的状态，男人们打扑克、聊天，男孩子们滚铁环、抽打陀螺。我站在秋千上微微悠着，看着唱道情的人的身影，迎风踏雪赶往下一个村子。

我喜欢故乡这种过年氛围，以至于离开故乡后，每逢除夕，我都会心烦意乱得吃不下饭睡不着觉。仿佛家乡的春夏秋冬都压缩在了“过大年”这个年节上。

每逢过大年，我眼前总会重现故乡那重要的两季庄稼，耳边响起那“吃了？”“吃罢了。”的乡音，脑子里就会像走马灯一样，闪过故乡田野上那美得迷人的四季景色。

北油坊

千年的村庄，九百年的北油坊。

历经悠久岁月的村庄，总会流传下些千年不变的习俗，以及古老的传说。

据传，这句“千年的村庄，九百年的油坊”在村子里已经传承了又一个千年，与这句话同时传承的，是北油坊有一条地龙在此成精过的故事传说，以及相关的一首童谣。

“龙打滚，地翻身”，家乡就用这句话解释地震，以及土地墒情的好坏年景。家乡传说的这条龙，不是在天之龙，而是藏于土壤里的“地龙”。相传，这条地龙是打油匠的一整套家伙事修行而成。

村里有敬畏匠人的传统，认为任何一种工匠，只要被称之为“匠”，便具备了某种“道行”，“匠能通神”这是种不修而自成的道行。匠人们的工具也有灵性，随着日月星移斗转，工具上的灵气也日渐增强，直至幻化成仙界的某种活物，比如木匠的墨斗会变成“猫鬼神”(传说是有着偷窃喜好的神)，铁匠的尺子会变成“火蜈蚣”。猫鬼神、火蜈蚣并不可怕，它们干坏事，也干好事。只有“地龙”是可怕的东西，它把没能升上天的怨气积攒着，随时都有报复人间的可能。它在地下老老实实待着还没什么，一旦它抬头、打滚，大地就会震动，房屋就会摇晃，农田里的墒情一落千丈，就会造成粮食减产。

今天有人重提这条地龙时，是大家蹲在油坊院里，搌起从细沙里淅浮起的柴油。

年代久远的北油坊，向来就有以河沙垫院的传统。结束了当年的打油季，把垫地的油腻沙土铲起运到庄稼地，接着运新的河沙在油坊院里重新垫过。

今年的榨油季刚刚到来，昨夜几个壮劳力挑河沙来垫院，村里人就觉事出蹊跷，跟进来看着满地柴油使人无处下脚。打油匠才说昨晚上从车上滚下油桶，一个疏忽，立起油桶时桶口朝地，偏偏又遇到了这只桶的桶口没拧严，几百斤柴油全都漏了出来。

绵绵秋雨季节，土地上已经饱和了水分，使得柴油迟迟不能下渗。

都说“覆水难收”，这回倾覆的是油。

有耐心的女人们拿起小碗、油瓶、棉花团来到了油坊，用棉花团从沙窝里吸油，收集起来的这种油不能再进机器，但能替代煤油添进灯盏。

牛毛细雨中，做着这缓慢单调的事，擅长讲故事的人，这会儿有了用武之地。我无缘当个说书人给别人讲故事，也自认这辈子都会是个没有故事的无趣之人，但早把听故事当成了不可或缺的大事。

“还就这北油坊，事儿也是发生在秋天，那会儿榨油完全靠着人力，不会有在墙边立着的柴油桶。”老太太说着，悠然地往碗里挤着柴油讲起了故事。

从以前很多辈传下来的这个故事里，我得知，在村北河沿上的老油坊里就修炼成形过一条龙，可惜成了一条地龙。

一个深秋，下的雨不似今儿这毛毛细雨，那个时候暴雨下得很猛，就像老天爷往下倾盆儿泼水。也就大半天工夫，洛河水就涨得溢上了河沿。那阵正逢新棉花上市不久，河沿边的老油坊也开了工，赤裸着的打油匠们只管榨着棉籽油，不觉中浑浊的河水已经淌进了院里，打油匠们发现涨水的时候，大水已经漫进了油坊。

沾了水的老榨机扭动起来，水浸之处开始生鳞长甲。大水持续上涨，屋外狂风大作，白昼瞬间成了黑夜，雷鸣电闪之时，眼见老榨机已现龙形，受了惊吓的油工们夺门而逃……

大水退去之后，打油匠们壮着胆又回到油坊，那台大榨机已不知去向。

恰有游方道士至此，察看了一番后大惊失色，摇着头说："有难了！你们该把油提子挂到榨机上，那是龙的眼睛，也该把大锤靠到榨油机上，现在说啥也都晚了。"

经道士指点了原委，打油匠们后悔莫及。原本老榨机要成为一条飞天龙，两只油提子却在窗台上挂着，还有一只木质大锤也被匆忙出逃的打油匠拿了出去。这条本来能够行云布雨造福一方百姓的飞天龙，就成了少一只龙爪的瞎眼龙。这条龙升不了天，就入了地，成了一条盘踞深土的地龙。

只要它翻翻身，村庄里就会房倒屋塌。

镇龙的办法只有一个，每年二月二龙抬头这天的晚上，全村七岁前的孩子们要拍着老瓦片，满街走着唱："二月二，拍瓦片，地龙敢翻身，立刻斩尾巴。"这几句简单的话就是《镇龙谣》。

我不止十回听过这个故事，只是没谁比这个老太太讲得有声有色，讲故事的地点恰好又在打油的架床变成地龙的原发地，实地讲述就多了些可信度。

我继续着手里的活，心思还在那个地龙的传说上打转。事实上，我和小伙伴们拍着瓦片唱过两年，比我们小的孩子们又接续了拍着瓦片唱《镇龙谣》之举，这是孩子们给村里做的一件大事。也许老人、成年人听着孩子们和着拍瓦片的节拍一路唱来，认为今年“地龙不敢动弹，大地平平稳稳，人们能安居乐业”，内心才能感到安宁。

我在家乡的那几年，年年都听到孩子们唱歌谣、拍瓦片，地龙果然没翻过身，家乡真就一直没有地动山摇过，甚至连小级别的有感地震都没有发生过。

地龙是不是老到已经寿终正寝，没人敢打这个保票。冬天被抽调出去搞水利工程的劳力，他们修渠回来往往能带些白石灰块，像洁净的龙骨，我们都把舌头伸上去试过，舌头刚靠近就能感觉到龙骨的吸力。为此，“龙骨粉”就被当成了止血药。

“我们脚下的地龙是不是也变成了一架白骨呢？”孩子们刚一发问，大人就会瞪着眼狠狠地说：“别想着偷懒！要不然，养你们还有啥用！”

无论传说中的这条地龙是否真的存在，我们都把它当了真，仿佛只要孩子们很认真地拍过瓦片唱过歌谣，全村老少的心里才会踏实，孩子们也会觉得自己真的很有用。

收撮着地上的残油，我不由得往门里的榨油机看了一眼。

去年就拆掉了人工榨油架，安装了燃烧柴油的新式榨油机，今后老油坊里不再会出现真正的榨油匠，更不会再有打油用具变成地龙的事情发生。

乡村遍地“石西瓜”

《地道战》《地雷战》，从小到大，只要露天放映，大多数时候都是放映这两部片子，偶尔也放映其他的战争片。

看抗美援朝题材的战争片，我和同学们还希望能看到我爸爸，也从电影里看有没有李老师。少小时候看电影，总会相信那里边全是真人真事，成年后再看，就有了兴致满满的回忆。

我爸爸参加过解放战争，还到朝鲜参战三年，他却是从洛河对岸那个村子参军的军人，如果不是把我和姐姐安置到外婆家，这个村子应该不拿他当作这个村的军人。

李老师不同，他土生土长就是这个村的人，而且他入朝作战时是坦克兵。他是这个村子的骄傲，可惜他在战场上被困在坦克里几天，极寒的天气冻坏了他的腿脚，使他以残疾军人的身份回到了村里。

《地道战》《地雷战》这两部电影是带着教学片使命走出电影厂的，而我们看了这些片子，自然会从中学习些知识，也试着挖地道。我们在教室里挖土，李老师在教室里打盹。

村子靠近洛河，薄薄的一层红土下面是细沙。打水井可以挖一点，嵌进去一层青砖；但挖地道却不行，没有那么多青砖，即使有那么多砖，挖出来的地道也会成为地下河道。男女老少能为备战做的事就只有造地雷了。

我们学着制造石头地雷，李老师还是在教室里打盹。

我们没有那么多钢铁，但南山上有的是石头，村里人就因地制宜造了石雷。我在学校里也参与了造石雷的工作。学生没有资格接触“一硝、二磺、三木炭”，配火药、炸药是大人的事。我们就力所能及地打打石头，造石雷的雷体。

大人们打石头，也做石雷里的火药、引信，他们做这些的时候能挣到工分。学生们一个工分不挣，只是白干活。不过这已经让我们很开心了，忙碌起来就像自己生活在电影里一样，心里是满满的兴奋和热情。

我们小学生们很快就成了行家里手，仿佛我们一出生就注定是为战争做准备的，从孩提时候起就开始接受战备教育，以我们当时那点少得可怜的理解力推断，认为穷国正觊觎着我们泱泱大中华的宝藏，富国更是虎视眈眈地盯着我们的地大物博。

学校从村里领来钢钎、铁锤，接下来是学生们争先恐后地上了阵，上山采石，抬回学校修外形、挖药膛，那阵势像是蚂蚁搬家。

山上的云母石、花岗石都成了造石雷的材料。南山上有的是石头，差的是钢钎、铁锤，如果不是这样，所有的庄稼户都会成了造石雷的作坊。

令人没有想到的是，我天生就是做工的料，老师在地上画了几个小白圈用来初考抡锤手，我抡了几下就算通过了考试，没有抡铁锤天赋的同学，只好半蹲着身子扶钢钎。而我，在这种新的行当中干得十分投入，把肚子里那点薄粥生发出来的气力全都用上了，也不会把石头砸裂。我这一组只要领来了石料，都能在石块中间打出一个深深的圆窝。为此，我感到无比骄傲。

从秋到冬，由春入夏，我们疯狂地砸石头造石雷，指望着战事之中我们造的这些“石西瓜”能让入侵者吃些苦头，但实际上，战争距我们的现实生活很遥远。

不管战争离我们是远是近，地雷阵是一定要布下的。田坎用打出圆窝的石头砌，路边也摆下这种石头坐着歇脚，家里的院墙上也要砌上几个这样的石头，村里的街道两旁更是摆了很多这种石头。一旦敌人入侵，我们就往这些看上去并不起眼的“石西瓜”里填上雷管炸药，让敌人吃不了也兜不住。

有孔眼的石头在操场边堆成了一座小山，还是没人来教我们往石头孔里填炸药、装雷管。钢钎越用越短，终于到了无钢钎可用的时候，这件事才算告一段落。

让我们自豪的是随便往哪里看，都会看到那些失去自然形状的石头，就会想到我们流过的汗水。李老师却不屑于我们的努力，偶尔还会说：“战争不是你们想象的那样轻松，会很残酷。”

那些被我们挖了窝的石头很无辜，垒到墙边招引蝎子、蜘蛛做窝，丢到地上虽能当石墩子坐，但人们一联想，就会觉得有那个石窝的存在，坐上去还挺别扭。

河道湾湾

村支书要带领年轻人“改造山河”，这话一传开，端着大碗喝粥的人惊得差点把粥碗掉到地上。

村南依着山，大山是林业部门的管辖之地，更别说山势陡峭、石厚土薄，没有可改造的余地。村北面靠着河，以我们村的能力可以改造的只能是河滩地，这是要“向北河滩要粮”。

洛河淤积出来一大片广阔的河滩，形成了三道岔河，主河道在最北面，二道岔河和三道岔河之间生长着茂盛的大片杨树、柳树和荒草。

涨水季节，三条河汇聚成了汹涌的大片汪洋；枯水时，主河道瘦了身，二道岔河成了涓涓细流，三道岔河就成了被称作“河套子”的一片死水和大片湿地。一、二道河之间袒露出的那片滩涂，疯狂地茂盛着野草，浅水里小鱼、小虾就成了群，水禽、旱鸟就结着队飞来筑巢、造窝。

寒冬腊月，河滩上呼啦啦地飘着彩旗，“治山、填沟、整地、改造山河”的标语也立了起来，青壮劳动力上了河滩，“青年突击队”“铁姑娘队”的队员们喊着口号，拉起了改造河滩的架势。

河道里，洁白的雪层下是河水结成的晶莹的厚冰，河岸上也是银白一片。往日里只有野狼和野兔出没的宁静河滩上，涌来这么多战天斗地的好儿女，河滩一下子就沸腾起来了，彩旗、红旗迎着北风“呼呼啦啦”飘着，大标语立着，一切的一切都和电影纪录片上的情景如出一辙，令人震撼。

河堤上的人就像活动在电影里，一个工分不挣也干得热火朝天。

我们在柳河滩上看了两天，终于被那些劳动着的男男女女们感动了，回到家想办法去给自己家的人织手套、缝口罩，这么大的工程，而且是造福乡人的大工程，谁会不愿在这上面出点力呢?

我的两个舅舅和一个姨参加了河滩改造工程，我和姐姐关心的就是河滩上的这三个光荣的劳动者。

“不是人待的地方。”

大舅这话指的是河滩，他手上已经有好几条干裂的血口子，姨和二舅没吭声，其实他们仨受的是一样的苦，他们的脸就像没洗净似的，那是被凛冽北风吹出的横七竖八的皱纹。

我和姐姐忙着手套、口罩的事。口罩还好办，缝好一只口罩一时半会儿戴不坏。线织的手套用起来可不经事，戴着新织的手套去了河滩搬石垒坝，几乎每天手套上都会出现新的窟窿。

第一个战天斗地的冬季之后，齐着干沟与洛河的交汇处完成了半里地的堤堰。及至春暖花开后的涨水季节，主河道的水灌进二道岔河，三道岔河的水量就小了很多。村支书确认了这项工程的可行性之后，连着三个冬季，不但完成了修堤、造堰的工程，还在河滩内砍伐树木、开垦荒地。

常年给村人提供烧柴的柳河滩将要变成米粮仓，这种垦荒就有了非常的意义，而社员想到的是现在尽可能地往家里搂柴火，没有了柳河滩，往后的烧柴出处就少了些。

全村的大人孩子齐上阵，大树枝、小树丫刚从放倒的大树上剔下来，就有人抢着往家里拖，直拖得一路上尘土飞扬，如同村道上行进着千军万马一般。

五个生产队各有了自己的一大片荒地，开垦的热情持续到了来年，终于把河道南岸这片滩涂变成了可耕种的肥沃土地。

那可真是一片肥沃得流油的好土地，小鱼、小虾、螃蟹、王八在二、三道岔河里不知自生自灭了多少代，以至于小河床上的淤泥都发了黑，这样难得的好土地，肥沃得仿佛插下一根竹筷都能发出芽来。

河滩地上种了花生，还学南方人那样种起了水稻。

第一次把稻谷扛回家的时候，家家户户都高兴，舀上几瓢过了过水，就倒在石碾上脱壳碾米，吃上这顿大米饭时个个难掩内心的喜悦，老人们才说洛水地区曾经也是水稻的丰产区，近几百年水位下降和遭受了几次旱灾，使这段洛河流域失去了种植水稻的条件。

如今村里在河滩上改造出了近百亩土地，并且成功地引进了水稻种植，村里人高兴，上级也高兴。村支书被上级评为了劳动标兵。

夏季的暴雨还是会如期而至，浑浊的大水没能撼动我们村的河堤，水位却超越了对岸的防水柳林、越过了对岸的防洪堤坝，使得对岸沿河的一些良田坍塌跌落进了洪水。

端着饭碗聊起了对岸的损失，外婆问："同样是河两岸，河水咋就没给咱村添这麻烦？"大舅不想回答，见自己被我们盯着，得意地笑了笑，说："多上几年学就懂了，这是水在两岸的压强不同，咱在河道的内弯，洪水的流速慢，水对堤岸的压强大些，压强对河堤不足以造成多大的破坏力；对岸是河的外弯，河水流速快，对河岸的压强随之减小，一场洪水的冲刷力就能掏垮他们不少好地。当然了，咱村不弄这个河堤，村外这两道岔河都能让水流通过，洪水就上涨不到对岸的庄稼地旁边。”

大舅是我们家读书最多，也是最肯思考的人，我听他这么说了，心里依然弄不明白，却相信大舅说的一定就是事实真相。

外婆却摇了摇头，说：“不该，真的不应该，这俩闺女的奶奶和叔叔们，可是河那边的人嘞。”

我吃过几回大米饭，也知道完全是这边村子里的人改造河滩带来的实惠，至于河对岸的人受到了多大损失，我根本操心不到那么多。

黄浪退去没两天，河对岸的人乘渡船过河来理论。

我们村的人虽说知道增加这道防洪堤，才使河对岸的土地受到了洪水的蚕食，却也绝不会放弃才到手的这几百亩土地。本村人仗着人多势众，理不直而气壮，开展了护堤争斗的口舌之战，河对岸过来的人最终没能以少胜多。

代代繁衍居住在一个地方，无论为什么事争吵起来，一点点小恩怨要想理出个头绪，往往会追溯到很多很多年之前的某件事。河南岸的人把南山看成是自己的地盘，深秋时节渡船停在南岸，只要对岸大清早就聚集着拿空篮空筐的青壮年，船公就会装聋作哑，不把时间捱个半晌，就不会把渡船撑向对岸，使对岸的人即便上了山，也没有多少时间用来采摘山货。

如今出现了河道往北蚕食的大事，对岸村联络了他们下游的村子，想要拆掉我们村后修的河堤。

眼瞧着事态还要进一步扩大，上级部门出面了，“河堤不能拆！这是县里的先进典型工程，怎么能说拆就拆呢？”其结果是寒冬季节大家都不用闲着，洛河两岸各筑各的堤，各护各的田。偏偏对岸就近没有堆砌堤坝的石头，修筑河堤的事将得耗费更多的人力和物力，这就使得对岸人怨言一大筐。

从河滩地上收获了水稻、花生，我们村的村民尝到了甜头，就把老支书当成了恩人，河对岸的人却把老支书当成了仇人。

然而，最戏剧性的事情发生了，一夜之间老支书成了有争议的人。

土地是土地，土地又不仅仅是土地。

老支书下台了，新支书没再往河滩去布彩旗、大搞建设，冬闲时带几个人去修补堤坝，做起事来也是毫不张扬。

土地还是土地，还是农民长期赖以生存之本。

洛河在这里转了道弯，没有暴雨山洪的时候，河水总是清澈见底。

偷瓜惊魂

“房前屋后，种瓜种豆。”这句话是小学生课本上的，不在我的课本上。拆开大舅的旧语文书缝制成大字本的时候，无意中看到了课文中的这个开场白，我当时差点没笑出声来，本能地从心里就蹦出了“夏收秋后，偷瓜偷豆”。因为那天我们几个同学已经策划好了，一会儿要去地里偷香瓜。这是夏季，最近这段时间西瓜还没长成模样，香瓜已经进入了成熟期。

秋天我们也偷豆子，放学之后摸进玉米地里却不敢偷玉米，玉米穗别在身上容易露馅，我们偷套种在玉米地里的青豆。蹲在玉米地里剥上一把青豆揣回家，嫩豆丢到小米锅里煮上一会儿，豆粒熟香，小米粥也有了豆子的清香。有时候大人会说“添了这把豆，整个锅溢满的都是贼腥气”却并不会制止孩子们接着往玉米地里钻。在地边割牛草，溜进玉米地里也就是一眨眼的事。叛逆期的孩子，有一个就够惹事了，我们这群人都在这个年龄段上，凑在一起淘气的能量就更大些。

套种在玉米地里的黄豆、红小豆年年都有，这种“偷”就成了那个季节里的惯例。

有了青纱帐作掩护，我们偷豆时就少了些刺激和惊险，远不能与偷瓜行动相提并论，何况我们村并不是年年都种瓜。今年队里种了瓜，那几片瓜地就成了我们心仪已久的去处。

夏收、秋播之后，大片的农田还敞着土地本色的胸怀，赤裸裸的黄土地上别说藏人，就是跑过一只野兔子，也会在人们的眼皮底下暴露无遗。在这种大环境下，偷瓜就需要有技术含量，而这种技术往往是孩子们在渐次成长中积淀下来的学问。往年偷瓜的孩童们现在要么不再偷这些生瓜蛋子，要么已经成长为了种瓜的劳力或者瓜田的守卫者。

从夏收到秋播，村里的壮劳力和牛们一起拉麦、打场、运肥、耕地、播种，连轴转下来，早就累得人困牛乏。现在，牛歇下来了，却要吃大量的草料来恢复身体，壮劳力们也想闲散几天，何况他们也不屑于割草挣零碎工分。

我们喜欢割草，也拿割草作为幌子，肩上挂着装草的挎篓，能理直气壮地靠近瓜园。

我们用成年人的挎篓、成年人的镰刀、成年人的草帽，把自己武装成了田野里的一群小怪物。

我们心里想的是偷瓜，但割草是首要的，挎篓里没草，偷来的瓜就没有藏身之所。

河滩上有青草，我们却放弃河滩去了南边的瓜地附近，割草割到我们勉强能够背负的重量之后，我们就攀上了柿子树，可以在树上乘凉，还能找一些被风干了的柿子花放嘴里嚼着。柿子花在刚开放时是嫩黄色，好看却不能吃，试着嚼上一口，就被涩得张不开嘴。在树上被风干了的柿花是很陈旧的褐色，嚼起来甜里还略带点生柿子的涩嘴，甜中带着些中草药气息，有点像甘草的那种药甜味儿。

柿树冠里荫凉，又有柿子花可食，就给孩子们上柿子树提供了充足的理由，况且柿子树又是天底下最容易攀爬的树。

我们的大挎篓在树荫下，头上的草帽也交给挎篓戴着，远处人看过来，定然分不出草帽是扣在孩子们的头上，还是罩在挎篓上。布下这迷魂阵，我们就开始在树上瞭望，看不到叶片遮挡着的香瓜，却要把瓜匠所在的位置盯紧了，只要他回到窝棚里去，我们就会赶紧奔向瓜田。

从前的偷瓜人成了现在的瓜田守护者，我们的举动早在守瓜人的防范之中，我们还自以为所作之事神鬼不知。

不管是多大的一片瓜田，就像有过什么约定似的，瓜匠都只有一个人。

瓜匠是忙碌的，浇水、施肥、除草、压秧、除虫，做起来哪样也不轻松。瓜匠在辖区边缘上的经营往往并不精心，这些地方草深瓜稀几乎也是惯例。我们在树上居高临下地看着一目了然的瓜田，虎视眈眈地寻找下手时机。

“地头的瓜，路边的果。”从来都是指望不上的收成，包含着不摘白不摘、不拿白不拿的意思。而我们的眼光，不屑于寻看杂草丛中的小瓜蛋子，我们想要的是大个的香瓜。

瓜匠钻进了窝棚，不一会儿，就有淡蓝的炊烟从窝棚顶上袅袅升起。

我们是那么的忘乎所以，树上的人正往树下溜着，树下的人已经跑向了瓜田。我们返回树下，把摘来的瓜藏进了挎篓，没见窝棚那里有动静，就再次冲进了瓜田。

“还有完没完了！”听到瓜匠的大声呵斥，我们跑出瓜田背上挎篓就往村里跑。

割草的时候想着瓜，也想着工分，这会儿瓜和工分都成了摆脱不了的累赘。

我落单了。

我眼里的小贼友们跑得很快，远远望去不见腿脚，只觉得是几只挎篓在飞快地朝着村子方向移动。他们那惊人的奔跑速度，让我怀疑他们还是不是我平时的那些小伙伴。

身后可以听见瓜匠的脚步声，没几步他就超越到了我的前面。他都没迟疑一下就继续往前追，就像我是个隐了身的人一样，他对我视而不见。

瓜匠在我前边跑，小伙伴们在更前边的地方跑。

我害怕那个瓜匠，越怕腿脚就越不利索，即便我这会儿有能力再跑上一段，也是跑得越快离瓜匠就越近。

瓜匠把孩子们撵进了村，他返回瓜棚时正好向我迎面走来。我不知道他是会没收了我的挎篓、镰刀，还是会揪住我的肩膀，把我拉到外婆面前去。我低着头咬紧牙，两条腿哆嗦着软得迈不开步。

瓜匠再次近了，又远了。刚才他是从我身边超越而过，这会儿他是从我身边匆匆而去。他两次与我近在咫尺，却两次都当作没看见我似的，默不作声地从我身边匆匆走过。

一起偷瓜的那几个小伙伴，回家都挨了一顿打，狗蛋被他爹打得两天没敢坐凳子，我却在这件事上平安地过了关。

也不知过了多长时间，大概就是一个星期吧，我在家门口和瓜匠不期而遇，以为他是来秋后算账的。瓜匠到家里来告状，看来今天该我挨打了，不知道朝我动手的会是外婆，还是姐姐。我正胡乱想着，瓜匠从我身边走过又停了下来，回头说："再咋说，村里也不能亏欠着你这一口瓜。"

我当时的感觉是丈二和尚摸不着头脑。我听不懂他这话是啥意思，也不知道他是如何告的状。我硬着头皮回了家，就见外婆指了指窗台上的香瓜，苦笑着对我说："人家给你送来了两个香瓜。瞧你做的这点事！”

瓜匠不但不是来告状，还悄悄送来了两个瓜，这让我非常意外。

我在村里生活了几年，懂得瓜秧上这头两茬瓜是队里的经济作物，会等着有人来收购了拉进城里去，成为城里人的市场供应，瓜匠却悄悄送来了两个头茬瓜给我们家。

熟透了的香瓜就是不一样，甜中透着香，香中有甜，吃的时候鼻子和嘴同时得到了享受。

我吃着香甜的头茬瓜，不由得想到：“可惜了，如果那三个生瓜蛋子也长到这个时候，就不会瓜肉、瓜瓤都苦得让人直吐舌头。”想着被我吃一半丢一半的生瓜蛋子，就为被我偷摘的那三个香瓜抱屈，外婆却对我说：“别再跟着旁人瞎胡闹了，说出去都觉得丢人。”

晚上，大舅回来了，他听说了我去偷瓜的事，笑着对我说：“你那也叫偷瓜？我们偷瓜是半夜里去，先拿石头块打窝棚，等瓜匠在窝棚里呆老实了，你就能挑着熟了的瓜摘。”

外婆狠狠地白了大舅一眼。

大舅赶紧说：“不是在咱村偷的，上晚自习回来的时候，遇到人家偷，就跟着进去摘了两个。”

“有贼气的瓜你也吃，还算不算个读书人了！”外婆拿这话责怪着大舅，顺便也白了我一眼。

读书人就不沾带贼腥味的东西吗？我看不见得，我和同学们去割草的时候，也揣了些嫩黄豆回来丢进了大锅里，外婆从没说过不让大舅端碗。

我始终没能像大舅说的那样，先丢一阵乱石子，吓得瓜匠不敢动弹了再摘瓜，这事也只能是过两年狗蛋他们去干了。

原来偷瓜也讲论资排辈，小孩子们夜里不敢到庄稼地里去，只能大白天偷摘几个苦味未脱的生瓜蛋子。

远行在即乡情难舍

腊月，连着下了两场大雪。

“下雪不冷，化雪寒。”家乡关于雪的这说法还真的没错。教室里虽没有取暖的火塘，但依然能听见书声琅琅。

我低头收拾了课本和作业，小声对惠兰说：“我要退学了，不知道以后是参军当兵，还是进厂当工人。”她愣了好一会儿，突然说：“骗人！”

她这句叫喊，如同推倒了一张多米诺骨牌。

先是近处的同学扭头看着我们，冯老师的目光也落到了我和惠兰这里，只是三五秒钟时间，几乎教室所有人的目光都投了过来。

惠兰没顾上这些，冲动得朝我的课本拍了两下，说：“第九册书都还没念完，你这就算毕业了？”

跑出校门，我才觉得自己离开得太绝情。

读书四年半，无论学业怎么样，在这里读书、打闹的几年，自己把童年的快乐时光都放在了这里。

没人撵我走，我是不得不走，这次跨出学校大门，就是告别村小、离开了自己喜爱的学校，同时也是结束了自己热爱的乡村生活。

学校的大门依然开着，我却知道自己已经被关在了学校门外，强烈的失落感油然而生。

我想起被姐姐牵着手迈进学校的高门槛那阵儿，学校还有着浓厚的庙堂气息，还供奉着关公和孔圣人，逢年过节还会有人来烧香、许愿。姐姐报名成了学生，我寸步不离地黏着姐姐，贴着她一起坐进了供奉关公的殿堂，姐姐专注听课时，我心怀着惧怕和不安，悄悄打量着神龛，仰望着关老爷的塑像。

正式上学时，我进的是由文庙兼作的教室，在这间混合着其他年级学生的大教室里杂乱地读了几年书。

村小几年，无论学多学少，这里也是我在校读书的地方，何况在村小里读的这几年书，将是我仅有的文化背景。

惠兰追出来了，她说她已经请了假，这会儿想和我一起去集市上照张相片留作纪念。

进了院子，我们不约而同地往猪圈瞅了一眼。

外婆说过，等卖了这头猪，就给我们买一双塑料透风鞋，让我和惠兰轮流着穿。我们到地里割青饲料，也从惠兰家抬泔水，满心期盼地忙乎了几个月，这头猪还是够不上出栏的重量。上次称完猪，我攀住秤钩也凑了个热闹，猪有一百零九斤，依然够不上出栏的标准，我更轻些，我才六十七斤。过两天我就要离开外婆家了，我们忙了这么长时间，竟然没等到卖了猪之后买双透风鞋，这是我和惠兰共同的遗憾。

我和惠兰出了村，走十几里路到了照相的地方，看到门上贴的《告知》上写着："到县城冲洗相片，今天暂停营业。"

走在冰雪道路上，我们同时想到这是再次的失望而归。

上次惠兰约我一起来，是她听说县曲艺团招收说书学员，我们赶到考点时，只有一张空桌子，考试已经结束半天了。得到考试消息太晚了，尽管一听说就往这里赶，我们还是和那次考试机会擦肩而过，返回时还走了几里夜路。没想这次来照相还是惠兰提议的，我跟着她来了，这次我们两个还是在冰天雪地上白白往返二十几里路。

沉默了好一阵，惠兰才说：“今天又白跑一趟，好在这会儿天色还早，不至于又顶着寒风、摸着黑到家。”

我催促说：“咱快些走，你后半晌还能到学校上两节课。”

惠兰释然地笑了笑，说：“我不像你那样心无杂念，只想着瞅两页书、认几个字。我也没你那好记性。”

玩的时候就开心玩，读书的时候就安心读书，心无杂念，这也许就是我的性格，这也许就是外婆说的“憨憨”。听到惠兰提到了“好记性”，我还真的记得上次没考成说书，在回来的路上惠兰就对我感叹说：“你咋不知道愁嘞！”

“无忧无虑”这是外婆想看到的我，也是姐姐尽力为我维护的状态。更何况无论是去摸瓜、偷枣、搞恶作剧，村里人也一直对我有着宽怀和包容。如果我整天哭丧着脸、愁眉紧锁、张显可怜相，那就是辜负大家对我的好意。

我不知道愁，暂住在外婆家，吃喝穿戴都由外婆安排，里里外外凡事都用不着我操心，我也没必要凭空做出愁状。

正值冬闲，听到我和姐姐要离开村子了，就有不少人到外婆家来看看。

村里以“拥军优属”的名义，让我们姐妹俩吃了八年时间的平均口粮，突然得知两个小姑娘要出远门，他们就像牵挂自己的孩子一样不放心，有见识的人更是围在火盆边坐着出主意，还设想出门在外会遇到什么困难、应该怎么解决，更要提醒如何防范坏人。

“她们现在出去，俺还是舍不得……”外婆说着，眼圈就红了。

邻居说："年纪还小，出门在外是让人不放心，她们的爸妈要叫她们去，不让她们走也是不中。事儿就这样了，那就挑个好日子。"

有人说："按老话，也该是七不出门，八不回家。她俩这次动身，算出门还是回家？"

外婆叹着气，抹了抹泪，说："这是头一回去爸妈跟前，可也得算是回家吧。"

邻居说："这是辛亥年腊月，打听一下谁家藏有老皇历，瞅瞅哪天出门最吉利，能晚就晚几天。临走前，也让她姐俩端端左邻右舍家的饭碗。"

外婆说："这些年吃了平均口粮，也算是吃了百家饭。来信上催得紧，最近这两天就得动身了。"

我没围到火盆边，大人们说的这些，我也插不上嘴，姐姐在外婆身边默默听着就足够了。我有姐姐在身边做主，出门在外凡事也用不着自己操心。

黄昏，又飘起了雪花。

惠兰来了，她一进院就拐向猪圈，把提来的半桶泔水倒进了猪食槽。

她家人口多，院里没地方喂猪。近几个月为了帮我把外婆家的这头猪养大，她在家抢着刷锅洗碗，把红薯皮和稠泔水收集起来，两三天我们就能抬来大半桶，我今天没去，她自己提着泔水桶来了。

我们没能一起等到这头猪出栏，这多少也算是我对惠兰的亏欠，我迎着她笑了笑，说："瞅这样子，咱们不能一双鞋轮流着穿了。"

惠兰苦涩地笑了笑，掏出东西在手里攥着，伸向我的时候小声说："这五毛钱，你拿着路上买点吃的喝的。"

我挡住了她的手，她越要强塞给我，我越是要坚决推开。我知道为了去照张留作纪念的相片，她回家去要来了这五毛钱，照相的事落了空，才省下了这五毛钱。她把钱还给家里也好，自己留着也罢，五毛钱都不算是个小数目，说啥我也不会收下她这么重的人情。

此时此刻，我突然意识到无论是在校内校外，这几年惠兰经常会像姐姐一样让着我、照顾我。

站在屋檐下，望着飘雪黄昏中的沉沉暮色，我们陷入了沉默无语的状态。

雪花在灰蒙蒙的世界里飞舞着，乡亲们在屋里围着火盆，聊的还是对我和姐姐的牵挂。我和惠兰并肩站着，我的心眷恋着脚下这片土地，她渴望的是远走高飞。到了即将分别的时候，离开村庄的却是我。事到临头，我才觉得自己不仅没法把握自己的命运，也对外面的世界一无所知。

我和惠兰天天在一起，我羡慕她有爹娘爱护，她羡慕我有摆脱农村的机会，我们在彼此羡慕中要好得形影不离，我也知道她不甘愿在农村平庸地过一辈子，她的愁，是愁找不到改变命运的机会。我安慰不了她，也不好向她坦言自己心中的不安，这种感觉就像自己抢走了惠兰想要的生活。

我会一直把她想离开家乡的事放在心上，却不敢做出任何承诺。也许就在这个瞬间，我才突然意识到自己主宰不了自己的命运，又能对惠兰承诺什么呢？

"你这一走，很快会忘了我吧？"

听到惠兰这么问，我心里一时慌乱起来，认为怎么回答都显得苍白，仿佛不对惠兰心生愧疚，就有些说不过去。话到了嘴边，却说："回吧，这会儿我送你回去。"

"下着雪呢，不用送。"

"反正也不远。"我说着就提起了惠兰家的桶。

出了大门，惠兰才说："时候差不多了，我知道你舍不得学校，把桶捎回家，咱就到学校看看。"

学校的门虚掩着。

穿过前院的关公祠，我突然听到了欢声笑语，看到了孔子庙的门窗透着暖暖的光亮。

惠兰说："想要给你个惊喜，他们可能把李老师背来了。"

"咋，这是要……"

惠兰笑了笑说："放学那会儿商量过，女生从家里拿柴火，男生去接李老师。"

我们正说着，铃子从身后过来，悄声对我说："男生去接李老师，刚说出接他来教室烤火，老师就高兴地答应了，他们就没好意思说是要给你壮行的事。"

我赶紧说："咋能让老师给学生送行，没说才好。"

"烤了一会儿火，才想起也该吃点啥，我就回去拿了红薯来。"铃子说着晃了晃提篮。

铃子先一步去教室了。我和惠兰走到窗前，听到李老师正讲在兴头上，我们就没有急于进教室。

李老师说："《春秋左氏传》这本书是上辈传下来的，放在阁楼上也有些年了，现在出不了门，才想起让孩子上去拿了，这一读，还真读出了点兴趣。别的不说，只说那篇《子产不毁乡校》，我就看了五遍。如今有了闲工夫，才得以好好读几本书。只可惜，用功太晚了。"

“李老师参军之前上过学吗?”

“能当上坦克兵，肯定得有点文化。在我小的时候，这间屋子就是学校教室，这里属于子产说的那种性质的乡校，我曾经在这间教室里念了三年私塾。”

“那会儿老师打学生吗?”

“手掌心挨戒尺，那是家常便饭。”李老师说完，随即问：“怎么，谁记仇了？想想你们自己，刚上学那阵儿散漫得就像闹嚷嚷的一群羊。”

我曾经也觉得这个班的同学像一群羊，李老师很像羊倌。听到李老师这话，我差点笑出声。

我和惠兰进了教室，却并没有引起李老师多大关注。他只用眼神打量了这两个迟到的学生，接着说：“我知道你们喜欢烤火，头两个冬天你们围着火堆的时候，我坐在讲台上，冷得也想往火堆跟前凑，碍于面子，只好强忍着。你们长大了，我也不中用了，今天你们还能想着接我过来一起烤火，我心里很感动，这也算是满足了我这个没说出口的心愿。”

铃子赶紧说：“我要早几年上学就好了，我来上学之后，就没见过全班人聚在一块儿烤火。”

“你呀，年前要出嫁了吧？你要是按着学龄入学，早就中学毕业了，哪还会和这帮皮猴子同班上学。”李老师说着，微笑着扫了我们一眼，接着对铃子说：“订了婚才想起该上学念点书，咱村里也就你这独一份。”

铃子扭了扭身子，面露一丝得意，说：“还算好，我已经能写信、看信了。”

李老师点了点头，接着说：“就咱这学习条件，记工员能用得着的字，在一年级的时候就先解决了。庄稼名、树木名、蔬菜名，还有家具、农具名，再就是哪块地的地名，都在那阵解决了。我想过，凡是在村里能用上的这些字，咱都提早让你们学，免得你们有了当记工员的机会，除了写错别字还得加上画图。”

我从没见李老师这么随和过，就大着胆子说：“第一次写‘杨柳’‘槐树’这几个字那会儿，铅笔一点也不听使唤，就这四个字我练习了一节课。”

同学都开心地笑着，李老师却叹了一口气，这让我觉得自己这句话说得不是时候，好像是向老师暗示我挨过的那一下教鞭敲打。

从入学到升入四年级，李老师一直都是我们班的老师，他看到了我们的成长，我们看着他由使用单拐到架上双拐，到如今的失去双腿当不了老师。

正是我这句有着一年级课堂细节的话，把李老师和同学们的思绪带进了回忆，突然一阵沉默，我很后悔自己说出的话。我觉得自己说话总会哪壶不开提哪壶，而且很差劲的是，我永远知道哪壶不开。如果我刚才不提当初写“杨柳”“槐树”时的情景，而是说起第一节课老师就给我们朗读“天高云淡，望断南飞雁，不到长城非好汉，屈指行程二万”，李老师一定会高兴些，也有可能唤起全班同学齐声朗诵这首《清平乐·六盘山》。三年多时间，留下的记忆还是不少。

李老师表情严肃地打量了我们一圈，随即又笑了，笑容却显出几分苦涩和无奈，看着我，说：“你是年纪最小的学生，也是记性最好的学生，你和班长都是读书的好材料，别浪费了。”班长谦虚地说着：“我不算，我不算。”随即就拢起了柴火。我不知道说什么好，低下头没敢吭声。

十六个学生都在这里，李老师“立”在蒲团上。他的立，也可以算是坐，知道他失去了双腿，我的视线就尽量避开他身下的蒲团。

同学们没对李老师说我要走的事，我觉得这样更好，我是班里最散漫的学生，这会儿没脸让老师再为我担心什么。

我将要到千里之外去，铃子要嫁到外村。再有一个学期，我们这个班就要小学毕业，尽管打算接着读书的还是有八九个人，到底我们这个班的班集体，没等小学毕业就有两个学生退学。今夜这个火塘边的小聚会，能把李老师接来，就更有了怀旧的意思。

李老师失去双腿离开学校，已经有一年了，他被困在家里虽然能够天天看书，但失去了和学生们在一起时的快乐。

此时，教室里其乐融融的场景，无论是对李老师，还是我们这个班级的学生，都是场可遇不可求的团聚。我不敢在教室里多待，就是怕谁说漏了嘴，会因为我退学的事扫了李老师的好兴致，破坏了师生间这珍贵的温馨氛围。

铃子往前凑了凑，从火塘里掏出几块红薯，拿起来在地上磕了磕，再次埋进了热灰里烤着。

李老师再次对铃子说："家乡老话说'十年树木，百年树人'，只靠在学校里认这几个字，根本也不够用，自己想学，出了学校门也能自己学。"

铃子点了点头，说："是这样，那人已经给我买了字典、词典。"

李老师失去了两条腿，得空在家多看了些书，性格竟然变得开朗幽默了。他一而再地表现出对铃子的关注，我突然感到了轻松，趁着大家玩笑着追问铃子说的"那人"是谁、长得怎么样时，我悄悄退出了教室。

我对事情的记忆几乎是从落户村庄开始的，所学的知识无论来自老师、同学，或者磨坊，八年时间里一定会有所收获，这收获的总和，似乎还不足以使我担得起“成熟”这个词。李老师刚才对铃子说的那段话我却记在心里，还想着等我下次回来，李老师一定看过了更多书，也许他会成为刘老太太那样满肚子学问的智慧长者。

外婆家的大门开着，堂屋火盆边围着的乡亲还没散去。

我站在屋檐下，听着乡亲们对姐姐千叮咛万嘱咐，还听到大舅说：“一直没关心过她们学习的事，今天才看了憨憨的作文，觉得她是读书的材料，不上学真是可惜了。”

大舅高中毕业，今年已经回乡参加劳动了，在外婆的家里，大舅成了挣工分的劳力，我和姐姐这次出发，大舅会送我们到洛阳市火车站，帮我们买票，送我们上车，他还得在我们上车后去打电话，使我爸爸能够及时接站。

外婆把这么大的事情委派给了大舅，他已经成了家里顶门立户的男子汉。

我买古巴糖时偷拿过大舅的钱，他住校期间，我曾经常翻找他藏起来的小说，我们俩却很少搭腔说话。这会儿听到大舅说我不上学可惜了，不禁有些感动，同时也就更加留恋那间待了好几年的庙堂教室。

小雪花如同精灵，纷扰着雪夜的寂静。

这个村庄如一塘清澈的静水，我是这片水域里的浮萍，曾多次想到过会有两双大手探过来，把我从这里捧起放入另一塘静水。如今我将被捧起，这浮萍是否会被放入另一处静水，我却一点也不笃定。

看着雪花从昏暗中纷纷登场，继而消失在厚厚的积雪中，不见出处、难觅落点。我想起了自己，莫名地担忧起来，怕自己不会再有小村这样宁静的生活环境，也担心这次离开学校，就再也没有读书的机会。

洛河边这个美丽的村庄，有着悠久的历史，纯朴的民风延续至今，偶尔有些迷信活动，那也只是个形式，骨子里更相信的是“否极泰来”和“种善因得善果”。村里没有宗派之争、没有家族内斗，就连弟兄分家产的大事，也是找中人作见证，分家产而不疏亲情。

父亲把我们姐妹俩送到外婆家，也许仅仅是让我们在外婆家暂住一段时间，村里却给了我们平均口粮，说是全村一人省一口，就能把这俩闺女养大。村里人践行了这个承诺，秋粮、夏粮，瓜豆、蔬菜、棉花，但凡是按人口分配的东西，一样也没少了我和姐姐的。

年复一年，我和姐姐竟然在村里生活了八个寒来暑往。

临近离开，我才觉出自己早就对这里产生了深厚的感情，无论走到哪儿，自己都会记住这个村庄、这片土地，更会记住这里的亲情，感恩这里的乡情。

第三章

乡趣

采撷青涩果实，串起昨日回忆。

搭乘煤车，体会飞翔

村庄里，同姓氏的人往往会抱团排外，外婆家的这个村庄却不是这样。

外婆家的村庄里有这么两户外姓人家。说是两户，实际上他们是一户，只是两兄弟分了家而已。这两兄弟都在煤矿开大解放汽车，干的是挣钱多的好工作。

一个村有两个开大解放运煤车的司机，带给村人的实惠是别的村庄望尘莫及的，仅仅因为这个，他们两家的女人和半大孩子都不下地挣工分，村里人也没有半句怨言。何况他们的孩子早晚也会出去顶替父亲的工作，这又是村里人今后依然能得到便利的指望。由此，村里人不但没对他们排外，甚至还对他们两家人高看一眼。

拉煤的车子进了村，孩子们就会兴奋地围着车子打转，期待着即将实现的平地飞翔。女人们也高兴，家里有了煤，闷热季节里在通风避雨的地方盘下一口煤灶，就免除了在灶房里守着灶膛烟熏火燎地受罪。男人们的想法很简单，花钱让自己的女人和孩子高兴，他们也就跟着开心。

乡村有从庄稼地里收回来的秸秆，抽空还可以拾点干树枝回来，灶房有这些东西堆着还买煤回来烧，是我们这个村特有的奢华。

我们村有了这两个在煤矿工作的司机，村里人用煤可谓近水楼台。不用费尽口舌审批买煤指标，也用不着负担高昂的运费，只是一声招呼，那哥俩有机会就把一车煤捎回了村。

拉一车煤进村，对于司机来说也是一个很有面子的时刻，煤车开回村的时候，他们会很夸张地戴着洁白的线手套，挺着多少有些油水的肚子，面带微笑地摆弄着白手套，看村里的男人们卸车。

煤车进村时总是黄昏，而且是秋后的黄昏。

“秋后算账”这句话一点都不假，秋后队里算了账，劳动力好的那些人家能结算到一笔工分钱，尽管钱不多，也算是有了进项，何况靠秋后卖点山货也能积攒些钱。买煤这样的大事放在秋后，只有在这个时候买煤的人才会痛痛快快地把钱花出去。而买来的煤并不急着在秋天或者冬天烧，而是等到来年天热到进不去灶房的时候，各家的煤火灶才能有两个来月的用场。

如此看来，秋天里肥了的不只是燕雀，老百姓的口袋里，也会难得的有两个闲钱。

拉煤车在秋天的黄昏进了村，最先兴奋起来的是孩子们，卸车的人还没来，我们就早早守着拉煤车了。男人们刚爬上车往下推着煤，我们就争先恐后地往车上爬，卸到脚下的时候往旁边让一让。等大人扫净了车上的碎煤，几乎大半村的孩子都上了车。

“快下来，车要走了。拉你们到矿上去！”

我们不下车，司机挥舞着白手套吓唬也不管用。

车子出了村他会停下来喊：“下不下？再不下就拉到县城

去了啊！”我们在车上不吭声，车子再次发动，路旁的一棵棵行道树迎面扑来，又闪身而去。

黄昏，站在行进中的无棚车上观景，山川、河流和庄稼都有诗一样的美感。

太阳已经降到了地平线下，余晖还在低处的云层里烧着。大片的田野空旷、寂静，路旁的树木扑面而来又疾闪而去。村寨中，房舍朦胧，炊烟缭绕。如此说来，“走马观花”看家乡，也甚是美丽！

我们张开双臂，半眯双眼仰脸迎空，全然不顾带着煤屑的强风灌进衣裤，看着快速移动的火烧云，想象着自己正在高空翱翔。

陶醉。除了“陶醉”这个词，没有别的什么语言能更好地形容我们此时的感受，好像疾驰的煤车给我们插上无形的翅膀，虚眼俯视夕阳下金色的田野，才能更真切地体会出飞翔中的快意。

只可惜我们依然顽劣，没陶醉多大一会儿，后面人看到前面人胀鼓鼓的身体，想到的是吹胀了气的过年猪，这话刚说出来，顿时就引发一阵哄笑。

前边的人会腾出一只手拉紧衣服，上身不再像吹胀了气的过年猪，裤腿里鼓的气却没办法弄出去。

眨眼之间，“大解放”把又一个村子丢到了身后。

车子再次停下，我们依然意犹未尽。

司机了解我们，不经几次停车规劝，我们不会乖乖下车。同在一个村住着，他有心让我们返程时少走点路，只好开过一段就停车劝我们几句，最终会吓唬着说：“再不下车，就真的把你们拉到矿上去了！”

我们懂得他这个伎俩，也知道他不会真的这么做。他曾说过不敢开出来一段再送我们回村，是怕下次车上站不了那么多人。事实上也是这样，如果他这么做，车上就不仅是我们这帮半大的淘气鬼，就连老人和小孩子也会想上车兜兜风。

又是几脚油门，我们离自己的村庄就更远了。

司机这次不再是摇下车窗探着身朝我们吼，他下车转到车尾，说是再不下来，他就上来把我们一个个往车下丢。

平时吃饭的时候谁家里少了孩子，女人会站街上扯着嗓子大声叫喊，煤车来过之后，大人们知道叫喊也没用，也就不再费那气力。

夜里，我们饿着肚子、满脸煤灰走到家，模样儿早变成了阎王爷殿下的“黑无常”。

大人们会骂上两句，却不会为这点事打孩子，似乎坐煤车是平原孩子的特权。“山里孩子想坐还没处坐呢！”孩子们这么一说，大人也就消了气。

村里有五个生产队，坐煤车的机会，我们一年能有五次。一年中，我们能有五次如此快乐的体验飞翔的感觉，一年中，我们也有五次把自己弄得像阎王殿下的“黑无常”的时候。

阴郁的七巧节

有那么两年，我对时令和节日有着特别的敏感。听乡邻说着“惊蛰、小满、大满”，顿时就能对应出这些字眼在农事活动中的意义，至于“春节、端午、七夕”，我更知道是意味着什么，仿佛每个节日都如同跳动的音符，给单调的日子赋予了欢快的节奏和亮丽的色彩。

童年里的事情，在记忆中往往是零碎的，甚至日后回想起来有可能会张冠李戴。然而，那点小浪漫发生在七巧节，这一定是准确无误的事。七巧节到来的时候，我们像是已经等了很久很久。

从端午节至七巧节只有两个多月的时间。

端午节时，我们被鼻孔里、耳朵眼里充满的雄磺酒味熏得想吐。脖子上系上了香囊，手腕上、脚脖上扎上了七色花绳，这些东西要等到七巧节时才能剪下来。

两个月前，半大闺女们为了端午节，早早就为凑齐七彩绳动起了心思，她们各显神通地采摘各种植物叶子染线，给她们自己，也给家里更小的孩子们，筹备端午节这天的节日用品。

小孩子们的手腕、脚脖上要缠两圈七彩绳，脖子上挂的香囊也得用七彩绳。而这些彩绳在我们身上没到半个月就开始变色，到了这会儿就肮脏得不成样子，红线被汗水浸成了暗红，绿线近乎黑线，白线早就成了灰线，七色绳中几乎没有一种色还能保持原有的模样。

我们在端午节绑上了这些七彩绳，接着就盼七巧节。要等到在七巧节的星空下，我们才能取掉套在脖子上的香囊，割断缠在手腕、脚脖上的这些脏得恼人的七彩线绳，由色彩带来的喜悦转为七巧节上的解脱。

晚饭之后，大人们忙着各自的事，孩子们三五成群地在街边说着闲话，有时候也猜想着长大后谁和谁能成为一对。七巧节，我们望着天空，在繁星中寻找牛郎星和织女星，寻找隔开牛郎和织女的那条天河。

浓厚乡俗，我们小小年纪的少男少女们，这时候讲的内容差不多都是村里的半大男女们谁会和谁成亲，也想象着有一天自己作为成亲主角时的样子。我们知道，只在我们这个年纪里的玩伴还不大区分男女，村里半大的姑娘和小伙们，他们在乎会被说闲话，未及成年早就装出谁也不认识谁的样子，男女生即使同班同学，也不在一起打闹聊天。

那个七巧节的夜晚，云层很厚，几颗平时最明亮的星星，此时也只是在云缝里若隐若现，我们分不清牛郎织女身在何处，也就判断不出自己心目中假想出来的那条银河是否正确。

惠兰说："今天七巧节呢，一会儿云彩肯定会散。"

狗蛋在一旁搭腔道："看不见牛郎织女鹊桥相会，那还叫什么七巧节。"

光线很暗，狗蛋说着话，手中悠闲地抛接着小刀。我看不清刀起刀落，只看见他一次次重复着手心往上扬起，而后又像接住了什么一样收掌为拳。

狗蛋有一把铁片刀，这是令他骄傲的财富，无论是上课还是下课，他都是这么刀不离手。我随时可以问他借刀，使用的范围却仅限于削铅笔。

我喜欢的不是削铅笔而是削“捻转儿”。有时候我想，假如狗蛋不限制我借他刀的使用范围，也许我长大了会嫁给他。我想有把小刀，可以不受限制地随时随处使用。

狗蛋和我同年，也和我一样没有娘。他天天喜欢跟在我和惠兰身边转，不知道他是想填补些母爱的空缺，还是早早就在物色婚娶时的对象。

我和惠兰手拉手依在一起，显出女生们才有的说悄悄话的举动，狗蛋夸张地抛接着小刀，似乎在向着我们炫耀男生的潇洒。

我们等待着星光满天，到那时候，好对着天上的牛郎织女星许下一些完全不着边际的愿望。割断身上这些七彩绳之后，也许会盼着自己的好梦成真，也许一转眼就把所许的愿望抛到了银河之中，再也够不着捞不起。

“你出门子的时候，会嫁到很远的地方去吧？”惠兰问。

“咋？”我看着天上的厚云彩，问得心不在焉。

惠兰接着对我说：“你吃饭的时候，筷子拿得太高。”

我没吭声。

我筷子拿得太高，这是早已养成了的习惯，外婆也说过：“看憨憨捏那两根筷子，就知道她会嫁得很远。”

家乡一直都有这个说法，“筷子握得高，将来嫁得远。”在很多事情上，乡亲们都能从孩子小的时候预测出孩子将来的出路，还会根据人的步态判断“看他走那两步道，就知道将来会不会是个利落人。”

“利落”包含的意思很广，聪明、能干、敏捷、语言简洁明了。没有谁说过我会是利落人，却从拿筷子上推断我会远嫁。我试着拿筷子拿低一些，却又总担心手指头会被粥烫着，偷偷观察之后，发现二舅也是远拿筷子的人。我对这个发现脸红了一阵，不是怕舅舅娶了我，是觉得嘴馋的人才会一端起碗就关注沉在碗底的是什么，把筷子探到冒着热气的碗里去翻找，这是馋嘴猫的举动，与将来是否远嫁很难有必然联系。

“你能嫁到多远？”狗蛋说着话，语气里有了明显的失落。

我像是猜到了狗蛋的心思，不由得心中紧了一下。

狗蛋家的日子曾经很殷实过，爹是半农半工的护林员，挣着工分的同时还领着一份护林补贴，四年前狗蛋的娘死了，狗蛋的姐姐去年出嫁的时候，自己给自己准备了一点简单的嫁妆，她没要男方家的彩礼，唯一的条件是要继续负责爹和弟弟的衣裤、鞋帽。

狗蛋的姐姐出嫁后，狗蛋的爹就把日子过得淡了。这两年，父子俩谁也没对做饭的事认真过，谁想吃了谁去做，到了该吃饭的时候还冷着锅灶，这种事情发生在他家也是常事。

男人娶女人，为的是让女人洗衣做饭生孩子，我这会儿才觉得自己该做的事一样也没沾过边，我如果嫁给狗蛋，可真是会坑了他。

天上的星星还没出齐，月牙儿也不知还躺在哪块云后面。

我和惠兰坐在街边的青石板上，有一句没一句地闲聊着。狗蛋抛小刀的动作更为夸张了些，猛然丢起小刀后，就仰脸看向高处，好像他真能看到铁皮刀在空中打着翻儿坠落似的。

看着狗蛋不知疲倦地玩着小刀，我再次想起狗蛋对我使用小刀时的限制，心里头就很不满。我觉得男人不应该这么小气，不就是想用他的小刀削“捻转儿”吗，就算是皂角棍比铅笔的木头硬些，也不一定真的就会把小刀用钝了。

我觉出了狗蛋的小气，就不再想着长大后会不会嫁给他这件事了。

云块在移动了，星星也比刚才略微多了一些。月牙儿弯弯的挂在天，我们等待的却是在繁星中判断那条银河，寻找银河两岸的牛郎星和织女星。

我们都急切地等待着，盼望天空上云再开些、雾再散些。

我和惠兰的脖子上、手腕上、脚脖子上都有等着被割断的七彩绳。狗蛋也有，只是他脖子上的彩绳更脏一些，而割断彩绳的小刀正被狗蛋一次次抛起、落下。

惠兰伤感地叹了一口气，好像我明天就会远嫁他乡，她此时就该表现出不舍一样。我把头枕到了惠兰的肩上，说：“你已经会纳鞋垫了，我还没摸过针线。要说嫁人，还是得你先嫁。”

惠兰说：“我也不想嫁给咱村人。”

狗蛋扭头听惠兰说话，一不留神就失去了接小刀的准头，指尖碰了小刀，小刀在惠兰肩上碰了一下，就不知掉到了何处。

狗蛋急忙在自己脚前脚后摸，惠兰也帮着在地上摸，我也只好蹲下来帮着找。

我们在地面上摸索着寻找那把小刀，不经意间我碰到了狗蛋的手，我怀疑他是有意把手伸过来的，就气恼地顺势在他手上打了一下。

我不再参与寻找小刀的事了，坐回青石板上让自己的心平静下来，等他们在地上又摸了一阵，我才说：“夜黑看不见，明儿天一亮就起来找，说不定能找到。”

惠兰也坐回了青石板上。

狗蛋扩大范围又摸了一阵，还是没有摸到，这才站到我和惠兰面前，神情悻悻地说："本来是想等着看清了银河，好把小刀借给你们用用。"

"算了，今夜儿黑，星星也出不齐。"惠兰说着把头歪向了我。

我和惠兰在青石板上齐头并肩坐着。以前夏夜纳凉的时候，我们喜欢坐在这块青石板上，仰望着星空唱"没有雨，没有风，青石板上钉银钉"。这会儿没有繁星，仰望中，就少了青石板上钉银钉的热闹。狗蛋失去了用以炫耀的小刀，站在我们面前就有些略显无趣。沉默了好一会儿，他才说："反正这把刀也旧了，要是明天找不到，我就再买上一把借给你们用。"

惠兰没搭腔，我觉得自己不会再借用狗蛋的小刀了，只是这会儿也不好直说。

乡间青梅竹马的玩伴，此时也正值"没有雨，没有风，青石板上钉银钉"的夜晚，我们却已经失去了唱童谣的天真。

我们散了，没等到繁星满天，也没有再争执那条九天银河的位置，我们兴致索然地结束了这个七巧节。

那两年，我们有过的无聊

人最大的悲哀是无知，最大的空虚是无聊，在成长的某个阶段，“无知”和“无聊”曾如影随形地紧跟着我们这十几个小伙伴。我们不理会搞恶作剧造成的后果，却认为我们是群最善于搞恶作剧的聪明人。

乡村生活，无论是看场电影还是听场说书，这种机会少之又少，我从小就有从众心理，只要是孩子们喜欢看的热闹，不论是红事还是白事或者恶作剧，只要是有热闹看，我会跟着使劲往前凑。

我也反省过，觉得我们这帮人比大多数孩子淘气。单从我自己来说，姨和舅舅都是学生，他们却不像我这样瞎胡闹，就连只比我大一岁多的姐姐，也没参加过我和同学们的聚集胡闹。我想象着自己像谷子地里的稗子，同在一茬庄稼地里，稗子和谷子的成长看似没有区别，却难成为粮食。我担心自己学坏，却又惯性地跟着自己的小团体一起走。

我和小伙伴们一样，在家里都乖巧听话，把自己装扮成有模有样的好孩子。但凡脱离了大人的视线，我们就会释放出心里的小魔鬼，我们这伙人，真的就是谷子地里的稗子。

我们一向都很无聊，这个“我们”是指我和我的同学们，男女同学都在其中。

头脑里没有与年龄相符的知识，也没感受到生存的压力，我们整天在学校无忧无虑，无知而不自知。在这种状态之下，恶作剧的事只要谁说一声，立刻就会成了我们的集体行动。

恶作剧的对象，往往是身上有着某种残疾的厚道人。

我们会跟在秃子背后喊“秃子秃，有好处，省下篦子和木梳”。秃子一回头，我们就噤了声，他假意要撵，我们便欢笑着四散逃开。

村里的这位“小秃”是开得起玩笑的风趣人，他从来就没有真正撵过我们，弯腰做个起步跑的样子吓散了我们，他会直起身笑上一阵。等他要走，我们又夜蚊子扑灯般聚拢来，跟在他身后喊“秃子秃，有好处，夜里不点灯，省钱好买布”。小秃再次回头，我们又不吭声。

听老人们说，小秃很小的时候头上长了疥疮，旧疮结痂前流出的脓水又引起了新疮。最终新疮旧疤连成了片，他爹娘连给他起名字的事都免了，直接叫他“小秃”，图的是有个贱名好养活，村里人也跟着叫他“小秃”，后来他成了壮实的高大汉子，头上还真没再长出新头发。

无论刮风、下雨、霜雪、酷暑，小秃从不会光着头出门。冷天，戴得住帽子的时候，他总戴着单帽或者棉帽；夏天，他头上顶着张四角打了结的蓝白方格大手绢。起大风了，他就是耽误农活，也会双手紧紧护着头顶上的帽子或手绢。地里男人们常做出要抢他帽子的架势，小秃说：“别说你们，就黑白无常鬼来，老子说不准瞧，他们也瞧不成。这盏灯只点给女人瞧，有本事夜里把女人打发过来，别说是瞧一眼，瞧上一整夜都中！”

小秃是娶了妻也有儿女的人，他回击着村里人的耍笑，自己也是满脸得意。

村里的人们曾传说一些有关小秃家的笑话，其中有个笑话是说，小秃家的哑女人要去女儿家瞧闺女，头天下午发了面，第二天早早起来蒸馍，哑巴数着蒸了十八个白面馍，小秃从床上爬起来数了数，说是只有十七个，哑巴“啊啊”地叫了一阵坚持了自己的意见。小秃把儿子拉过来数。儿子闻着扑鼻的白馍香，把十八个白馍数成了十九个。

面对着一堆白馍，一家三口三个结论，最终还是以儿子数的为准，毕竟儿子上过学，数数的本领在家里应该最具有权威性。

于是，小秃把多出来的一个白馍一分为二，让女人和儿子吃进了肚子。

哑巴女人挎篮里装着白馍去女儿家走亲戚，亲家母看着十七个白馍大为恼火，对儿媳妇说：“说你心里不够数你还不信，过来数数，看你娘家有没有一个识数人，哪怕馍小点也中，咋能挎着十七个馍出门串亲戚？”

笑话终归是笑话，事情的真伪自然不会有人去深究。这种没有专利人的笑话在乡间时常会出现，娱乐乡邻、无伤大雅。

我们喜欢听类似的笑话，也寻找机会骚扰小秃家的果树，热衷于看小秃家的哑巴女人生气。

小秃家也是四合院的格局，只有四合的院墙，而没有盖起东、西厢房。这样一来，院子就显得特别空旷。守着“大院”，他家人丁却不旺，只有一儿一女，女儿已经嫁到外村去了，儿子还没到谈婚的年龄，一家三口住着三间正房，还算是宽敞。

他家的大院子内有一棵香椿树、两棵枣树，还有一棵杏树，果子近了成熟期，就会扰得我们上课无心，背书掉字。

小秃家处北街，又是街尾最后一户，四合院就有两面是裸墙。

我们趴在墙头能看清院子里的一切，脚下垫块石头就能翻过墙头跳进院子。其实，进他家院子并不用费那么大劲，哑巴女人的听力也不好，她怕男人和儿子回来叫不应门，平常大门总是虚掩着。我们完全可以趁她进灶房拉风箱的时候，推开大门偷偷溜进院子，但我们却一定要去翻墙。

在枣子还是青疙瘩、杏核儿还是一包苦水的时候，我们就开始下手了，而且每次偷枣摘杏之后，总要在他家灶门口晃一下好让哑女人看见，被她撵着满院子疯跑几圈，我们才冲出门找个僻静地方，享受我们的“战利品”。然而，游戏并没有结束。我们还会回到小秃家院墙外，窥视着院里将要上演的好戏。

哑女人一定是要告状的，她耽误了煮饭，还有地上的零碎树叶、小枝，这都是她的语言，她卖力地向自己男人比画着，在院里兜着圈子“唔唔……哇哇……”地叫喊着，再现着我们被她撵得鸡飞狗跳、东躲西闪的情景。

哑女人演示得很认真，脸上的表情时而和缓时而绷紧，也短暂地掠过两次恐吓孩子时的怒不可遏。她的语言是单调的“啊啊哇哇”，身手却是千变万化的灵活。

往往这种时候，小秃先是拄着锄把观赏一阵，接着才把锄头靠到窗边墙上，回头笑着拍手给哑女人助兴。

我们看着小院里的表演，真怀疑小秃是不是明白了哑女人的讲述。

“到底他家不识数。”

有人悄声说了这么一句，我们自然而然会想起他家

“十八个白面馍”的故事，忍不住笑出了声。

小秃抬头看到了墙头上一排笑脸，呵斥了声：“还不快滚回家吃饭！”

我们赶紧矮下身，缩着脖子顺着墙根逃走。

刚才小秃肯定看到了我们，看到了又有什么可怕呢？通过多次的行动我们得出了结论，觉得他家与别人家不一样，小秃看到我们在他家低矮的墙外，也仅仅是说句“这群野羊，老师也不说管管”，或是叫我们“滚回家吃饭”，我们快乐地跑开后，又学了一会儿那家女人向男人告状时的表演。

别人家的东西受到侵犯，也许会边走边骂，骂遍村里的三条街，或是挨家告状，弄得“入侵者”个个回家挨打受骂。小秃从不这么做，他儿子在路上碰见我们，也只是一笑了之，并不向我们追究什么，他们家的人就是厚道。

说真话，我们很喜欢他们这一家人，却又总忍不住想要去他家院里捣乱。

我们围着小秃家的院墙转，吃几个青涩果子只能算是一道开胃菜，看哑女人告状才是一顿快乐的大餐。我们在学校一次次模仿哑女人告状，把一次进院子的事儿咀嚼到毫无味道时，就会筹划下一次行动、寻找下一个机会。

机会总是有的，小秃和他儿子听到队里的钟声就会赶紧出门，家里只剩下哑女人自己，小秃家的哑女人很少出门，她洗衣做饭所用的水也是她男人到井上挑回来倒进大缸的。

说来也怪，哑巴女人每次都会把我们撵得鸡飞狗跳，却并不曾真正对我们防范过，似乎她也热衷于在我们的游戏中扮演一个角色。如果她撵我们的时候先去闩上大门，在院子里再来个瓮中捉鳖，或者从灶房出来的时候顺手抽一根柴棍，来个关门打狗，只怕我们早就不敢再去冒犯她家的院子了。

“他家人都不识数”，这是大人们说过的笑话，我们就把大人对小秃家的这种戏谑之词当了真，每次到他家捣乱之后，会非常得意自己的成功逃脱，却从来没想过是这家的人善良，是这一家三口对我们的恶作剧网开一面。

被小秃说是“野羊”，我觉得我们还真的是野得有些过分。

一群“野羊”，定然不会安于整天被圈在学校背文章，遇到老师不到校时我们就溜出校门，重复过多少次的游戏，再玩时也还保持着乐趣。

那几年，我们很享受自己散漫的生存状态，也快乐得不知道自己的无知。

俊妞

俊妞，是嫁进我们村的傻女子。

村里迎进一个傻女子，这必定会成为我们这群淘气包凑热闹的开心去处。我却觉得自己的心和那个傻女子的心，有过那么几次靠近。

猛子娶俊妞，是在早春季节。

我们听说猛子最近两天会娶新媳妇，光棍终于要娶媳妇，这个热闹我们定然不会舍得错过。

男大当婚、女大当嫁，这本来是再平常不过的事。娶新媳妇这件事不知怎么的，一放到猛子身上，竟然不再平常。这种不平常不是他不该娶媳妇，而是这些年一直都没人给他保过媒。

猛子是土生土长的本村人，八岁之后他就成了孤儿，甚至没有兄弟姊妹。乡亲们也曾对他的生活提供过很多帮助，却在婚配的事上没人吭声，似乎都认为他命硬。没有父母为他去央求媒婆，他自己也厚不起脸皮去托媒说合，稍一拖延他就错过了那一茬人的婚配最佳时机，年龄过了三十还娶不上媳妇，成了乡人眼里的光棍汉。

猛子有着沉默寡言的性格，头脑和身体都很正常，挣着高工分的同时，还有着泥瓦匠手艺。他的生活简单到一人吃饱、全家不饿，没有亲人给他张罗婚事，别说过了三十岁，就算再过个三十年，也不会多出来个帮他央媒提亲的当家人。如今这档婚事，还是他在劳模会上认识了俊妞的大哥，两个人在越唠越投机的状态下，得知了俊妞的情况，猛子自己表达了愿结这门亲事的意思。

俊妞和猛子不同，她有父母，有兄弟姊妹，就连爷爷、奶奶、外爷、外婆都还健在。俊妞生活在那样一个幸福的大家庭里，不知道她是不是觉得自己幸福。

俊妞小时候的确长得很好看，在一次高烧后神智停止了发育，俊妞变成了傻女子，“傻女子”成了外人对她的称呼。

俊妞年方二八，家里能放心把她交给猛子，一来是相信猛子的人品，再一个就是希望俊妞结婚生子，将来也能老有所依。

猛子定亲、过彩礼的事早在村里传开了，这也是我们关注的范围。好不容易盼来了猛子娶妻的准日子，到了那天，我们在教室里听到了鞭炮声响，这喜庆气息扰得我们无心听老师在讲些什么，下课铃一响，我们就冲出了教室。

端坐在新房里的俊妞，看上去白嫩、娇小、文静。

任由闹新房的人怎么喊叫、起哄，俊妞都一声不吭，偶尔有点小动作，也只是偷偷瞟一眼床尾。我这才注意到，床尾坐着一位老妇人，俊妞看她时，她会及时对俊妞回应一个浅浅的微笑。

新婚之喜，床头坐着新娘子，床尾坐着老妇人，被这样怪异的场景吸引，听着上课钟声敲响，我们都没有回到课堂的意思。

再次端详眼前的新娘子，我们都有些发愣。

长期生活在农村，我们知道乡村女子少不了风吹日晒，即使能保全肤色的白净，却不可能让皮肤像婴儿面似的细腻。

“会是个傻女人吗？”我们怀疑自己的眼睛，心中的不确定再次调起了我们对这件事的好奇，不相信这样俊俏的女子会是傻子。

村里一向都有闹洞房的传统，而且头三天怎么闹都不为过，这次却有些不同。年轻小伙子们攒足了精神来闹洞房，看到新娘的娘守在洞房里，他们呆看了一阵也就识相地离开了。只有我们这些半大孩子还死皮赖脸地挤在新房里，就连上课的钟声响了又响，我们也充耳不闻，仿佛不看到新娘子露出真容，大家就不会离开。

新娘子端庄地坐着，我们耐心地等着。

闹洞房，需要大家互相拥挤、推搡着朝新娘子靠近，女孩子还不大敢去靠近，男孩子们把手抄进了袖筒，彼此用肩膀碰撞着渐渐靠近了新娘子，老妇人不安地扭动了一下腰身。惠兰凑在我耳边说：“老太太是想去撒尿了吧？”

“痛，脚好痛！”新娘子说着就脱下了一只鞋。

“穿上啊，乖。”老太太说着，微微笑了笑。

新娘子索性脱下了另一只鞋。

老太太似乎看出我们感兴趣的是什么，赶紧说：“瞧，俺俊妞一点都不憨，知道穿了新鞋脚痛。穿新鞋走好几里路也真不容易，连俺都脚疼、身子累。”

老太太这几句话像是对女儿说，又像是对闹新房的大半屋子人说，更像是在自言自语。

新娘子突然把两只新鞋抱进了怀里紧紧搂着，就像一不留意会被谁抢走似的。

“闺女乖，把鞋穿上！”

“娘，我脚痛。”新娘子说着用鞋点了一下脚尖。

我们觉得新娘子说话的语气有些傻，同时又觉得那天真的傻模样里，还有几分我们那个年龄尚且不能完全解读的美，也许就是说书人讲到的那种“楚楚动人”的可爱。

原本我们会哄然大笑，但望着那种陌生的“美丽”，我们一时有些发愣。

场面尴尬着，坐在床尾的老太太再次扭了扭身。

闹洞房，贵在一个“闹”字，闹洞房表达出来的更是朝贺之意。

猛子是村里为人最厚道的人，如今是他娶妻，我们不让洞房热闹起来，便是扫了新郎的面子。何况闹洞房竟然闹到如此这般的冷场，我们也觉得自己的面子掉在地上捡不起来。

“咱们抢她鞋吧。”狗蛋说着假意朝新娘子的鞋伸了伸手。

新娘子往后躲了躲，把这双新鞋抱得更紧了些。

看着她这个好笑的举动，明显验证了村里的传言，几个男生竟然真的比画着要去抢鞋。听到墙角沉闷的干咳声这才赶紧收了手。

俊妞只简短地叫了声“哥”，随即拍了拍花鞋，表情中带着几分胜利者的得意之色。

看着她眉目清秀、气定神闲的端庄样子，我心里升起一种莫名的感动。

床尾坐着位老太太，墙角蹲着个中年男人，在新婚时身边还有这两尊保护神守着，她平时受到的呵护可能还会多些。

猛子娶进来一个如花似玉的傻女子，这事成了人们闲聊的话题，我们去闹洞房没闹出个花样，心里也就放不下这件事，想再去看看俊妞，却进不了猛子家的院子，只好相互交换道听而来的有关俊妞的传言。

“傻女子的娘留在咱村住了一夜，她是陪着女儿在夫家过的夜。”

“傻女子什么都不会做，她娘还总是一口一个‘俊妞’叫着，拿她当成宝贝。”

“猛子一回到家，傻女子就喊，睡觉，睡觉好！”

显然，我们村的人把那个女子叫“傻女子”，而她的名字却是“俊妞”。我们猜想在闲言闲语中有些话是有人守在猛子家的窗外听来的，我们这才恍然知道，还是有人能靠近猛子家的窗下。

猛子家离学校很近，看到他家的大门落了锁，就知道猛子这会儿不在家，从猛子近邻家的一道矮院墙能翻到猛子家院里去。

我们一点点靠近了俊妞，有人试着摸了摸她的头发，我们笑，俊妞也笑。她真诚地把我们当作了玩伴，不知不觉中一节课就过去了。

俊妞有着大姑娘的体态，内心却简单得像四五岁的孩子。

她接过一粒糖豆，吃得满脸笑意。

看着俊妞，我突然想起从舅舅的某本书里看到的“唇红齿白”“纤纤玉手”这样的词语，就又往她的手心放了一粒糖豆。她笑得有些憨，眸子透出的却是异乎寻常的纯净。我再次感到了俊妞的可爱，如果不是事先知道她傻，也许我们会把她看作是个乖巧的妹妹。

我们这群人凑在一起，是会做些恶作剧的事，却在俊妞面前有了些分寸。她有着成年人的身体，眼神中透着天真，那种目光让我们也回到天真里去了。

两天没去看俊妞，我们觉得像是缺失了些什么。

矮墙上已经插满了荆棘。俊妞在墙那边向我们招手，我们也向俊妞招手，我们无奈地看着俊妞，却无法翻过矮墙。

她还是穿着新衣服，头发梳理得也很整齐，模样还是那么白净，她悠闲地坐在院里的树荫下，看上去比新婚那天似乎还更显俊俏，看样子，猛子在俊妞身上花了时间收拾。

我们盯着矮墙那边，正打算返回，房主家老太太在我们身后瞪着白眼说："天天往这儿凑，还敢摸俊妞的胸脯，你们真是下作！"

我们听不明白，面面相觑了好半天，还是不明白我们有什么下作的行为。

我脑子像是走马灯一般转了好一会儿，回想了和俊妞相处的短暂而快乐的时光，就是不觉得有谁摸了俊妞的胸口。

我们觉得自己受了冤屈，惠兰气恼地指了指俊妞，说："一定是她瞎告状。"

狗蛋迁怒到了俊妞，就学着俊妞傻傻的语气，朝着矮墙那边喊："睡觉，睡觉好！"

俊妞朝我们走来，也许她认出这是给过她糖豆、陪她玩耍的小伙伴。隔着一道荆棘，朝我们边胡乱比画，边"啊啊"叫喊，还急急地奔到门口听了听。当她发现猛子并没有回来，失望使她的情绪狂躁起来，对我们更起劲地比画着什么，嘴里"唔唔哇哇"地喊叫着，像是要骂人，又像是着急着让我们过去。

狗蛋说："她不是心眼不够数，是个实心的憨子。"

我们和俊妞之间隔着插满荆棘的矮墙，她过不来，我们也过不去。

猛子的两只胳膊张了张，像要扑过来，吓得我们不约而同地缩着脖子，生怕他那双大手伸过来。仿佛他的大手一旦掐住了谁的脖子，谁就一定会被他掐死。

我们愣着不敢吭声。

我们不知啥时候猛子竟然站在了我们身后，他家的大门关着，他却来把我们堵在了邻居家的后院。猛子从来都是个笑模样，这会儿却动了怒，他动怒的样子竟然这么可怕。这是我们经历过的最为可怕的一件事，比起偷瓜时被瓜匠紧追着的情景来说，猛子愤怒的眼神，真要成为我们刻进心里长久的恐怖记忆。

他怒狮般喘息了一阵，最终把两只大手掐在了他自己腰上，大吼着说："你们这帮人，就像祸害庄稼的稗子。长这么大还不知好歹，吃饱饭尽干些无聊事儿，心里还存没存着一点善良？"

猛子愤怒地大吼一阵，我们低着头不敢反驳，也不敢动弹，好像连大气也没敢喘，因为我们知道被说成稗子，就是被骂为了败类。

我们心里憋着委屈，却依然没谁敢吭声，待猛子往门边上挪了挪，我们才一溜烟地出了邻家后院。

回到教室，我们渐渐从惊吓中回过了神。

惠兰说："俊妞对猛子说有人摸了她胸口，就一定是有人摸过。"

我们猜想，一定是比我们大几岁的什么人去摸了俊妞的胸。我们拉过俊妞的手，也有人摸了俊妞的脸，而俊妞也并没有吃亏，她以同样的方式也摸过我们胳膊，也摸过我们的脸。

大孩子们做出的越格事，我们被怪罪成了“下作”人，这显然有失公平。

我们没有胆量再去看俊妞，渐渐地就把这事淡忘了。

放过暑假再开学时，又从猛子家门口经过，看到他家大门上依然挂着锁。

蹲在大门口吃饭时，听人说俊妞怀孕了，又听说俊妞的娘来照料孕妇了，议论这些事的都是大人，我们听了这些也只当作耳旁风，到了学校悄悄说起俊妞，内心的感受很是复杂，毕竟我们把她当作小姑娘，而她已经是嫁了人将要生子的成年人。

翻过了年，我们又长大了一岁，有一天惠兰说从猛子家门口路过，听到了婴儿的哭声和猛子的笑声，贴着门缝往里一看，俊妞正解扣子要给儿子喂奶。

惠兰眉飞色舞地说着这个发现，狗蛋笑着对惠兰说：“你学学，她是怎么喂的奶。”

惠兰转身踢了狗蛋一脚，狗蛋依然笑着，惠兰随即羞红了脸。

我看不懂惠兰和狗蛋的举动，却突然又想起了俊妞眼神中透出的那份纯净。

向往当个说书人

我在故乡生活的那几年，除了享受天高地阔的田野生活，也接受了乡村文化的熏染，由喜欢听说书，渐渐幻想着自己是站在马灯下的说书人。

聚居着上百户人家的村庄，乡亲们的精神生活里，除去自编自演的笑话段子外，就是请人来说书。

“大鼓书”“河南坠子”“木板大鼓”我都听过。尤其秋收之后，可以连听几场书。

请人说书不用花钱，说书人和剃头匠一样，只要粮食。

队里预算粮食的时候会留着这一份，不用挨家凑份子；如果不从预留中支付，也是听完了书，村委们才提着斗拿着碗挨家挨户收粮，这个时候，谁家也不会说拿不出这一碗谷子、两碗玉米。

我们喜欢听书，就会听罢一场盼着下次书场的到来。偶尔遇到谁家有了喜事，而事主的家境又出得起这个闲钱，我们还能再听两回书。

秋庄稼颗粒归仓之后，村里连摆五个夜晚的书场也听不了全本的《林海雪原》，好在队长可以点，乡亲们想听哪段，就让说书人说哪段。精彩放在村里的最后一场书上，大致也算个有头有尾的结局。

摆书场不需要什么讲究，街两边比较大的空地上，一张八仙桌，两张条凳，再加上一盏气灯（马灯），这就是说书人所需要的全部陈设。

每当说书人到来，村庄像要沸腾一般的喧闹。

说书人走了之后，大家还能再兴奋好几天，村里有看过《林海雪原》这本书的，还会接续补充出说书人没讲到的一些章节。请一次说书人，村里的热闹得好多天过后才能缓缓降温。

这两年《施公案》《水浒传》之类的旧书不让说了，那些说书人也来不及学会新段子，有很长一段时间村里没摆设过书场，这次村里来的说书人是个模样俊俏的年轻姑娘。

我已经认识不少字了，也很容易走进书里的故事，听到入迷时，从说书人俊俏的身体里竟幻化出了我自己。

我们这批学生，进校门没学过拼音、认字，就跟着同教室的高年级学生一起背时事文章，背诵力和想象力算是我们的文化启蒙。

这次听俊俏女子说了五天书，我们在学校里就像模像样地模仿起来，你一句他一句闹嚷得不可开交。我拍了一下桌子，模仿着说书人的腔调和开场白，大声说："阴谋怕揭露，鬼怪怕太阳，阶级敌人怕的是……"

同学们先还愣着，等我念完了开场白再次拍响课桌，同学们才回过了神。

这几天听的说书，就是这么开的头，念过定场诗，拍板就猛然拍到了桌子上，弦子起处、手板儿响时，说书人才不紧不慢地娓娓道来，说起了正文。

我没有拍板，教室里的笑声就迟迟不停，直到有人弯着腰说："笑得肚子都痛了。"

秋去冬来，直到雪花飘过了好几场，听书留下的快乐才渐渐淡去。

“咱俩去参加说书考试吧！”惠兰压着声，说得很真的样子，我一时回不过神，惠兰接着说：“县里来招人嘞，考场就在镇上。”

我和惠兰悄悄离开了学校，步行十几里赶到考场，报名、考试的地方已经人去楼空。

惠兰得到消息太晚，这个考点的考试工作已经结束。

远处一片灰蒙，近处皑白一片，顶头风挟裹着雪花，吹向我们时更是扑面、迷眼。何况心里的希望落了空，回程的十几里路，我们走得就更艰难了。

我和惠兰手拉着手顶风走了一阵，天色就昏暗下来。她侧身朝着我，伤感地说：“难得有这个机会，这次没赶上，真是可惜。”

迎风冒雪，恍若电影中的情景。我突然想起芭蕾舞电影《白毛女》中，杨白劳冒着大雪头顶逆风躲债归来时的那个情节，就下意识地弯下腰、撅起屁股，步履艰难地顺着风势转了个圈。

“瞧你，咋不知道发愁？”惠兰说着，语气里透出的是大人们才有的深沉。

我没有说话，只是白了惠兰一眼。

尽管惠兰比我大了一岁多，她却不是我姐姐，见到她这老成的样子，我心里就觉得好生别扭。况且我的学习能力比她还强些，她就更不该在我面前表现得成熟老练。

默默前行了一段，惠兰又说：“你的性格真好，就没见你愁过啥。”

“俺知道发愁。”我故意逞强地这么说了，但心里还没想好该愁点啥，当惠兰认真地问我愁啥的时候，我便迟疑起来，想了想才说：“怕天黑了咱还到不了家。”

惠兰被我气笑了，打趣说：“你愁得实在，只操心眼跟前的事儿。”

我和惠兰上学前就是玩伴，上学后又是同桌，有些话她不明说我也多少明白一些。她不想在农村生活一辈子，而脱离农村的机会并不是想要就能得到，这次她听到了过时的消息，竟然当了真。我是随意的性格，事情不到迫在眉睫，就不会打扰到我的平静。我不后悔跟着她白跑了这一趟，这次惠兰却没说对，我和她一起来考试并不只是作陪。当个说书人，也是我梦寐以求的好事，对这件事的失落情绪我们可能不相上下。

“走快点吧，再晚了……”我说时往南边扫了一眼，心里想的是怕狼，却避开了“狼”这个字眼，也就只说了半句话。家乡有句俗话，叫作“说啥，就能来啥”。这句俗语有时候还真灵验，说那些不好的事儿往往能灵验，说好事的时候几乎没有灵验过。

“如果我们赶上了这场考试，说不定我考不上，你能考上。”惠兰这么对我说的时候，我觉得她脸上带着笑，好像失去当说书人机会的不是她，而是我，好像这一路上她表现出来的失望情绪，只是因为我没赶上这场考试，她在为我没当上说书人而遗憾。

我笑了笑，自夸地说：“也许吧，我真的很想去说书，我没认几个字的时候，我姐姐背的那些课文我都能背下来，你要不信，回去你就问问我姐姐。”

“我信。”惠兰说完又补充了一句：“你呀，学啥像啥！”

沉默了好一会儿，我想到该安慰惠兰，便用手挡着风，说："没去考试也好，也许参加了考试咱也考不上。就算万一考上了，家里能让咱去？"

惠兰说："我要是考上了，家里一定不会拦着。"

"把还没到手的东西，看成是被自己弄丢了。"我这么想着，不由得笑了笑。虽然能想通这个简单的道理，听到惠兰这么说，使我觉得自己和惠兰一样，我们真的是差一点就成了说书人。

我心里不仅为这次错失良机而失落，也担心下次有了这样的招考，我们依然不能事先得到消息。

我有着清脆的嗓音，也有着很强的记忆能力，而且对说书这件事的喜爱已经达到了痴迷的程度。现实却是自己很难遇到招考说书学员的机会，我的将来外婆也并不能做主。以说书为业，对于我来讲成了一种不切实际的奢望。

这次为了想当说书人，顶着风雪跑这么远来考试，虽然结果是无功而返，却令我觉得自己为这个当说书人的梦想，曾经付出过一回行动上的努力。

拖拉舌儿

很少有人先天口吃，小婴儿呱呱坠地时的第一声啼哭，总是连贯的乐音，声如天籁。学语后才会得口吃，也就是结巴。

说别人“口吃”或“结巴”，多少显得有些不礼貌。家乡人厚道，不会直言人的短处，既然口吃这种缺陷是一张口就会暴露无遗的明显特征，绕是很难绕得过去，我的家乡就把口吃委婉地称作“拖拉舌儿”。

“拖拉舌儿”是舌头打结、舌头活动迟缓的意思。能够正常说话的人，紧张时也会有舌头打结的时候。从这个层面上看，把口吃的人叫作“拖拉舌儿”就有模糊口吃这一缺陷的善意。

孩子们无所谓善恶，满足自己的好奇心，远比顾及别人的自尊心重要。学拖拉舌儿说话，当面学、背后也学，只要自己高兴，三五成群地一起口吃成一片，也能笑作一团。

“阴雨天不准学拖拉舌儿说话！”大人们总会这样一而再地提醒。他们认为阴雨天学了口吃，就会落下一辈子也改不了的结结巴巴说话的毛病。就像阴雨天万物会返潮，我们正常说话的能力也会跟着返潮一样。

一个下着小雨的星期天，我对姐姐说：“我、我们，今天不、不、不用去上学。”

姐姐笑着说："你真行，学、学、学啥像、像啥。"

我笑，姐姐也笑。

外婆一进堂屋就给了姐姐一巴掌，还黑着脸说："阴雨天不能学拖拉舌儿，妹妹不知道，你也不知道？学吧，当一辈子拖拉舌儿，看以后不被人家笑话！"

阴雨天不能学这些，阴雨天又能干什么？我们只有在雨天才会这么无聊。

下雨天我们无聊，在家是这样，在学校更是这样。

雨天不能到外面跑，一群孩子干坐着一定会想着要做点什么。在学校，我们没有大人的管束，学跛脚人走路，学口吃人说话，凡是能搞笑的东西我们都学。我们曾经庆幸过，班里没有谁因为学了这些，就真正地成为某种缺陷的同行者。

不知不觉长大了些，我们也就把这些东西淡忘了，无聊的状态依然常有，却不再用学别人的生理缺陷来取乐、解闷。

又是一个阴天的下午，空气含着饱满的水分，浓黑厚重的乌云就在窗外，使得教室内光线非常昏暗，偏偏这个时候老师让我念自己的作文。

胡编乱造瞎诌几句写在本子上，这本来算得是我的长项，我那天竟然对自己的作文，陌生得读不出个囫囵句。

按说我不该紧张，我已经升到了三年级，和同班同学在一起已经有三年之久，彼此熟悉得都知道各自几斤几两，该有的羞涩感早随着玩笑和打闹消耗殆尽。与我们同一教室的那些一年级学生，一入学就被安排到了我们教室的前三排座位。面对一群啥事不懂的小家伙，我更谈不上有什么紧张可言，在这些人面前，我读不顺自己写的作文，实属是看不清楚本子上的字。这作业是老师看过的，老师认为这篇作文好，竟然还用红笔写下了“很好！”这样的批改定位。我这会儿不按字句读，就是对老师的权威进行了冒犯。

如果只是教室里的光线暗倒也还好，那作业是两面书写的，班里有多数同学都这么做，一个本子能当两个本子用。我本已有意错开了正面的方格，却总有些笔画多的字与那一面透过来的笔画粘连在一起，正反面的笔迹就打了绞，在这样的光线之下，就更看不清字了。

“有什么可紧张的！”我在心里给自己打着气，努力把自己放轻松，想象着从前高年级学生读得意之作时的神采飞扬。想象归想象，无论我如何想着能像高年级同学一样，把自己的作文读出抑扬顿挫，却依然只见眼前一团乱麻，根本无法把写在旧墨痕缝隙里的文字一目了然地准确辨认出来。

自己的作文，自己却读不出一句囫囵个的句子，我急出了一脑门大汗。

“咋？读自己写的作文，读得像哭，难道不是你写的吗？难道你也会抄袭别人的作文？”

老师的问话很连贯，一句接一句地咄咄逼人。

“我看不清写、写的啥。”

不知是三年级哪个同学带头笑出了声，接着笑声迅速扩散，整个教室笑声喧天。

老师被气得脸色铁青，好像比天空的黑云更阴沉，阴沉得几乎能拧出水来，他瞪着我，接着质问：“你学谁？”

我紧张得不敢再吭声，怕一张开嘴又是一连串的舌头打结，老师更会以为我有意学他儿子说话。

“不该做这么不道德的事！耻笑别人，就是耻笑你自己，听到没有？”

我不敢再吭声，两个班的同学都看到了眼前的形势，我不回答，就没有台阶给老师下。

其实，我觉得最需要台阶的不是老师，而是我。

“回答！”老师又提醒了一声。

知道说话时自己的舌头还会打结，又不得不回答老师的质问，我真的僵在那里不敢张嘴。当时会害怕成这样，这根本就不是我的性格，好像只要在课堂上，我对老师的敬畏就超过了自己以往的生活经验。我低着头，听到老师再次愤怒发问，觉得内心的委屈快要把自己憋炸了，回答出的却是结结巴巴的“听、听到了。”

整个教室里笑得像油炸了锅。

没等老师让我坐，我就一屁股坐了下来。

我没敢抬头，却自知这个回答如同再次挑衅，却又没有能力和勇气为自己辩解。

老师的儿子口吃，听说相了几次亲都因为说话拖拉舌儿，女方一去就不回头。儿子相亲不成，老师心里就有了心病，听到谁学拖拉舌儿，就觉得别人学他儿子说话，是有意令他难堪。

我不是有心把舌头打结，老师对我的态度也太过于霸道，他再怎么心痛自己的儿子，也不能剥夺其他人说话时舌头打结的权利吧？

自此之后，我发现自己凭空多出一个毛病，两三个人时，我说起话来能够顺畅表达，多几个人在一起时，我绝不敢吭声，有非说不可的话，多少总会带上口吃的毛病，说出来的话也是结结巴巴的词不达意、言不由衷。

“阴雨天不能学拖拉舌儿。”这句话好像在我身上应验了。

那个阴天的下午，彻底断送了我想当说书人的想法。

我担心舌头打结的毛病会进一步加重，就尽量避免说话时的紧张，更不愿在人多的时候说什么。久而久之，舌头打结的毛病没有进一步发展，但我心理上的障碍也没能被克服。以至于只要一出现自以为的大场面，我就不敢大声讲话，就连压低声咕哝两句的兴趣也没有了。

有段时间我以为自己成为结巴是遭到了报应，后来想想也不太像。

闲来想想，觉得在我身上落下的这个毛病，也许该怪到那个阴天下午老师态度的恶劣，如果他那时容忍了我的舌头打结，如果他问一下为什么会读不下去，也许在我身上就不会落下这害怕发言、恐惧念稿子的后遗症。既然遇事能在别人身上找到原因，我又何必把错误归结到自己头上，遇事怪别人，这也是我的一个习惯。

“阴雨天，不能学拖拉舌儿说话。”尽管我已经不太相信这个说法，后来对自己的孩子却会这么去教导，这个险咱还是不冒为好，就算是在晴天大太阳底下，我也不会允许自己的孩子故意结结巴巴地说话。

梦中有双“透风鞋”

“透风鞋”是我家乡村民对塑料凉鞋的直观叫法。

当时村里人不知道凉鞋，只觉得那鞋上浑身都是窟窿，在听到“凉鞋”这个鞋名之前，就已经叫它“透风鞋”了。

我第一次看到透风鞋，是在 1971 年的夏天。

天气还算不上骄阳似火、烈日炎炎。队里的麦秸打了垛，口粮小麦进了各户粮缸，红苕秧插入了泥窝，谷种也播进了黄土，社员们抓挠着脑门上的痱子，享受着开春入夏后难得的几天悠闲。

晴朗的夏日午后，泡桐树上的蝉儿没叫几声就停歇了，想必它也被暑气憋闷得有些困乏。

民政干部到家里来，了解村民的生活中是否有困难需要帮助，陪同民政干部来的那个人，很明显就是乡村干部。

外婆他们站在院里的树荫下说着话，示意我把凳子搬到院里。

民政干部的眼睛看着我，这让我心里感到了一阵亲切。

我知道县里来的这个人，也听说过他曾是我娘在县妇联工作时的好朋友。我娘结婚随军之后，只要回来探亲，我爹我娘都会和这个朋友见上一面。我娘不在了，这个人到外婆家来，每次都会带些糕点、糖果，他没说是给我和我姐姐带的吃食，也许是觉得我的姨和舅舅们也还小，在这种事情上也没必要说是给谁带的，等他一走，外婆很快就会给我一些，这让我的心里多少也有点数。

那个民政干部除了一年来走访两回，平时并不到我外婆家来。他说是工作忙顾不上，也许是不愿给乡村干部添麻烦。外婆也不愿意他常来，觉得如果常有县里干部到家里来串门，就会让乡邻以为自己要依仗权势。

天气很闷热，即便坐在通风的大门口，也感觉不出一丝丝儿风。

我在院里瞎转悠，他们说的什么我越是不感兴趣，心里头就越是闲得发慌。不经意间，我发现乡村干部穿的是一条黑色的“尿素裤”，不禁想起村里流传的一句顺口溜：“村干部，乡干部，一人一条‘尿素裤’，前边是‘日本’，后边是‘尿素’”。我仔细又看了下，没在乡村干部裤子上发现“日本”，也没有看到“尿素”。

这个干部的“尿素裤”是新浆染过的，均匀的黑色藏住了“日本”“尿素”的字迹。尽管这样，尿素裤还是尿素裤，穿尿素裤是乡村干部们的标志，农民把尿素从袋子里倒出来之后，队里就会把尿素口袋当成宝贝似的收着，五毛钱一条的尿素口袋，两条尿素口袋就能做一条裤子，老百姓买不到这种便宜的好货，那是队干部们才享有的特权。

结实、轻薄的尿素裤几乎成了乡村干部们的职业装。

“可惜他们一人只能有这么一条裤子。”我在替他们惋惜之时，突然发现县干部脚上穿着一双油黑发亮的鞋，鞋的样子很特别，宽宽的鞋边，鞋尖满满，一根带子犹如鼻梁般从鞋尖贯连到脚背，另一条带子从鞋内侧伸出，穿过中间的鼻梁扣在一个闪闪发光的金属扣上，鞋子后帮两侧都掏有洞，鞋面对称地生出三对肋骨。好看，着实好看！我的目光牢牢地搁在了县民政干部那双“透风鞋”上。

第二天，我对外婆说：“俺想要一双透风鞋。”

第三天，我朝外婆央求说：“给俺也买一双透风鞋嘛。”

估计外婆不会舍得花钱给我买那种鞋，我一次次说想要一双透风鞋，也只当成是自己说着玩，意识里也没敢有这种奢望，没想到这次外婆一改往日的“小气”，竟然答应了，但要等到家里这头猪出栏，卖了猪才能给我买双透风鞋。

外婆答应卖了猪之后给我买透风鞋，这无疑是个意外之喜。打这天起，我便巴望着早点把猪卖了，好买回那双稀罕物，无奈的是家里这头喂了近一年的半大猪，跟我一样是个贪吃不长膘的家伙。

我为买不上透风鞋着急，外婆为猪不长膘着急。

家里除了喂几只鸡、养一头猪，没有别的挣钱副业，攒下十来个鸡蛋就拿到合作社去换回灯油和食盐，这一头猪，才是家里来钱的指望，偏偏养猪是靠着财运的事，一头猪久久喂不出圈，不仅多耗费了人力物力，遇上猪瘟的可能性还会成倍增加，如果赶上一场猪瘟，所有的努力都将功亏一篑。

外婆担心这头猪迟迟出不了栏，说是等卖了猪给我买双透风鞋，也许就是拉上我一起为猪的健康成长祈祷。

“没有多少粮食去磨，也就没有多少细糠喂猪。”外婆说这话，已经是两个月前的事了。

槽里少食，猪儿不长膘就够不了秤，几次把猪四脚朝天地吊起来过秤，猪的重量依然打不起一百三十斤秤星。猪迟迟不肯长肉，我的“透风鞋”也就遥遥无期。

惠兰见我求鞋心切，便帮我攒泔水。从此，我们三天两头从她家抬一桶泔水过来倒进猪槽。外婆见我们那股认真劲，便说：“等卖了猪、买了‘透风鞋’，你们一人一只，两人商量着穿。”

一盆浑浊的泔水倒进猪槽，水面上漂着几片菜叶，饭花儿就沉了底，我对外婆笑了笑，说：“中！这回当着惠兰说了这话，想反悔也不中！”

这下我可以放心地做我那“透风鞋”的美梦了，至少有一只属于我。

想到自己会拥有一只透风鞋，这使我想起了去年的春节。

春节，不是单纯地迎来开年的节点，更是“辞旧迎新”的大事。在冰封雪藏大地万物的农闲里，人们从刚进腊月就开始准备年货，推米、磨面，置新衣、买鞭炮、大扫除，及至过了小年，做豆腐、蒸花糕馍、炸丸子、炸酥肉、炸豆腐，这些事情虽然发生在村里，浓郁的人间烟火气息早就弥漫到了村外。

三姨赶集办年货归来，竟然给我买回一双粉色的棉线洋袜。除夕夜，我迫不及待地试穿了这双新袜，初一早上在枕下却只找到了一只袜子，床上、地下找了几番，依然不见另一只袜子的踪影，直到过了二月二龙抬头，堂屋正中间出现了一只粉红色洋线袜，却已被老鼠啃咬出了好几个破洞。姐姐费力补了好大一阵，这只袜子补好了，却忘了那只袜子被撂到了哪儿。

我和惠兰一次次抬来泔水，猪儿还是长得很慢。我们又经常去地里扯些“打碗碗”花秧子抱回来，有了鲜嫩的青草填饱肚子，猪儿依然长得很慢。深秋，我偷偷给猪儿喂过几次红薯，那猪好像是怕上杀场似的，吃还是吃，就是不肯长膘。

外婆急、我急，惠兰也跟着急，可猪儿不急。

转眼间，冬天来了。下过几场大雪，猪儿还是不够秤。

买透风鞋的事，好像总也够不着似的那么遥远。

原载《攀枝花文学》

那节早读课

“今儿，这天儿可是真冷！”惠兰自言自语道。

我们身后的铃子大声附和说：“真他娘冷！”

铃子的话音刚落，立刻就引起了哄笑。

“还是有柳林的时候好。”惠兰说着猛抽了一下清鼻涕。

几场秋雨，晨雾里就夹带了寒霜。有人提醒天冷了，我也觉得冷得有些寒气逼人。

就像老天爷知道柳林被毁，今年学校里不再有取暖的柴火，老天爷成了心与我们为难，离放寒假还有些日子，天气说冷就突然冷了。

听着同学们抱怨天气，我没吭声，却把两只僵了指节的手往棉袄袖子的深处藏，指尖触到了肘拐，双手的寒气沁得小胳膊都没了多少热乎气。我觉得有些奇怪，好像没有老师那胖胖的身体坐在教室，门窗都更通风了些。这会儿不只是天冷，若有若无的牛毛细雨下了一早上，天还阴沉得像是剪不开的灰布，大开着门窗，教室里的光线也不足以让我们看清书本上的字。

“有柳林，就能在教室里拢团火堆，今年烤不成火，好像天比往年冷得还早了。”惠兰说这话时，成熟的语气就像个小大人。

铃子听到了惠兰说的话，搭腔说：“没良心。若不是祸害了柳林，咱哪能吃上白米饭！俺们在河滩上修建堤坝，受了多大罪你不说，就只想着烤火取暖。”

惠兰没再吭声，我更没兴致说什么。以前我和惠兰常常小声嘀咕着说悄悄话，铃子坐在我们身后，她听到只言片语就会大声接嘴，老师从铃子的话里听出是下文，就知道另有人说了上文，老师批评铃子的时候，我就有过几次受连累的情况，现在惠兰和我低语，我也只会装得像是没听见一样，但她说了什么我却会往心里去。今天老师没来，惠兰说话的声音才大了些，结果还是遭到了铃子一阵抢白。

铃子比惠兰还大几岁，她上学前参加过“向河滩要粮”的大工程，这件事一直是她的骄傲。

柳林在成庄稼地以前的每个深秋，村里都会派人到河滩给杨柳树剔枝，那些躺在树下的树枝，先由学生们捡一个星期，等学生们捡够了取暖的柴火，村民们才能到杨柳林里去捡。

一个星期里，学生们每天放学回家前都会先到柳河滩去一趟，力所能及地往学校拖树枝，力气小的拖一把就往回走，力气大的会多捡一些扎成捆往回扛。一个星期内拖进学校里的烧柴能在操场的角落堆成一座小山。到了冷得伸不出手的时候，每个教室里都生上火堆取暖，直到来年的雪化、冰消。

这会儿想起在教室里围坐烤火取暖那阵，我们是和高年级同用一个教室，冰天雪地时的早读时间里，我们两个年级的学生会一起围到火堆边烤火取暖。高年级已经开了写大字的课，墨水结冰后他们会把墨水瓶放在火堆边解冻，稍一疏忽，就会烤裂了墨水瓶，偶尔还会听到墨水瓶的炸裂声。

学校里没有柴火取暖了，今年没有，往后也都不会再有来自柳河滩的取暖柴了。

我们似乎都有些怀念那段时光，想念深秋时节到柳河滩拖柴火的场景，唯独忘了面前的条桌、屁股下的条凳都取材于柳河滩上的杨柳树，忘了每年额外分配到家的水稻和花生。

这才一两年时间，柳林就离我们很远了，小小的人儿，就开始怀旧了。

真没想到，生活中的细微改变都会在我们的头脑中留下印记。那片柳林存在的时候，没觉得柳林有多好，如今河堤内外只留着稀落的几棵柳树，我们突然都怀念起了那片柳林。

十来岁的年纪，每天面对的是单调的饮食和单一的事物，脑子里没有新进的知识，旧的知识又少得可怜。

天气阴冷着，即使不走出教室都会觉得浑身寒气。

“挤油油吧！”前排的狗蛋说着回过了头。

他面朝着我，却不是对我说话，他的提议是面向全教室的同学，眼神却是越过我的肩头，盯着坐在我背后的铃子。

“挤就挤，谁怕谁！”这是铃子的应和声。她的话音刚落，男同学们就雀跃般跑到教室的后墙角挤了起来，也有两个女同学参与了进去，背靠着墙排成长龙先挤了一阵，铃子也就过去参加了。

惠兰悄悄对我笑了笑，说：“咱教室里，以后有新的‘领头羊’了。”

大将要出马，自然该有大将的阵式。铃子站在长龙后面先提了提裤腿，才弯腰发出了“嗨哟”声，她有体力成为挤油油的大将。

“挤油油”是孩子们冬天最爱玩的一种取暖游戏，争占的是墙角。一个个后背贴紧墙，侧身挤向墙角，要想守住所在位置，就得把更大的气力用在后背顶墙上，承受不住挤压的人会尽力出来，重新到队尾再次朝着墙角发力，而真正能够把气力用在挤墙角的，也就是排在队尾的这一两个人。墙角的人可以手脚并用地推着墙向大家发起反攻，有时候会有好几个人同时被挤出队列。这是一种参与的人越多越好玩的游戏。我们以前也经常玩“挤油油”，男生女生从来都是势均力敌，今年有铃子插班进了我们班级，就把“挤油油”推向了一个女强男弱的局面。

“嗨哎——哟！”铃子又发威了，挤得前面好几个同学叫唤着连连退了下来。惠兰见我不动，犹豫了一下后便过去给铃子助力去了。

一年级学生力气不够，没胆量加入这场游戏，怕自己被挤扁，一个个都半张着嘴看得着迷，眼里透出羡慕的目光，不一会儿他们就起了新炉灶，在另一个墙角玩起了同样的游戏。

冬季里可玩的游戏中，没有哪种像“挤油油”这样能很快使身体暖和起来。

以前，我们在早读的时候还有那么一点点纪律性，铃子来到这个班级之后，她对什么都不管不顾，我们也跟着放肆起来。天塌了反正有大个儿顶着，每次班集体出了差错，无论与铃子有没有直接关系，她都会替我们出头。

面对班里的这个大个儿女生，老师朝她吼叫过几回，太难听的话老师也骂不出口，一般性的训斥对于她来说就是一丝毛毛雨，脸上不青不红的也就过去了，老师不在教室的时候，铃子自然不会把任何人放在眼里。

“一粒老鼠屎，能坏一锅粥。”何况我们这帮同学本来就爱捣乱。

铃子是班级里来得最晚的插班生，也是班里体力最好的女生。学生们不敢惹她，老师也懒得惹她。好在她在我们班不会待得太久。

铃子是惠兰的堂姐，在入学年龄时她没上学，成为家里的好帮手之后也就放弃了上学。她已经参加了两年集体劳动，这次开学她突然到学校来了，成了我们班的插班生。

惠兰悄悄对我说过铃子订下的婚事，男方的娘很喜欢铃子，才托媒给自己在外工作的儿子提下这门亲事。

村里人说铃子是“胸大无脑”，那个工人的娘说铃子“胸大能生儿子”。订下了婚事，那个工人才说不愿意每封“书信”都要先经外人过目。铃子为了今后能写信、读信，才晃悠着成熟女性的身板进了我们教室，成了三年级的插班生。

铃子已经说了婆家，就是别人没过门的媳妇，既然没过门，还是该有大姑娘的矜持，偏偏铃子得意忘形，在学校就表现得缺少家教。

也许“挤油油”这个游戏是从油坊传出来的。芝麻、棉籽们就没有性别，堆到油槽里一阵压榨，香稠的油脂就沁了出来。

男女生们平时并没有什么授受之举，唯独挤起油油来，便模糊了性别概念，相互紧贴，肩挨着肩，背靠着墙，有多少气力就使出多少气力，挤不出油也能挤出一身汗。

不知怎么回事儿，这两天的“挤油油”与往日有些不同，小男生们精神百倍，个个像打了鸡血一样亢奋，就连平时不大参与胡闹的狗蛋也热衷起了这项活动。

李旺子也是班上的插班生，去年上半年他从山上下来，直接进了我们班，那时候我们是二年级。李旺子十五岁，面相上要比实际年龄大几岁，他坐在最后一排，听课时脸上一副憨厚模样，行动中透着中年男人的笨重。

李旺子参与进了“挤油油”的长龙，他这个“全劳力”在队尾一挤，前边这些瘦弱的小身体就像是真的要被压榨出油一样，如果不是有厚厚的棉袄护着，我真担心狗蛋会被挤断肩胛骨。

小个头们一个个从长龙前边退出来之后，赶紧续到了长龙的尾巴上，没挤多大一会儿，铃子占了墙角，李旺子位居第二。他紧挨铃子之后就不再发力，大有安居第二的意思。

后面的人还在用力往前挤，感受到的反弹力里似乎不只是来自铃子一人，李旺子这行为就有些破坏游戏规则的故意，没等李旺子得意多久，狗蛋和惠兰就合力把他往外挤。李旺子享受得半眯着眼，嘴角也微微向上翘着。

“闹新房啰！”一年级学生们起哄了，我们这才觉得很像是闹新房。

铃子退出了墙角，朝低年级学生呵斥：“滚！都滚一边去。”

一年级学生没敢再起哄，滚也无处可滚。

看着教室里“挤油油”的场面，我突然觉得自己身在热闹之中，心却在热闹之外，莫名的有了孤独感。

这两个月我偷偷看舅舅藏在床下的小说，虽然对那些文字连猜带认阅读得艰难，但偶尔也会把自己陷进那些故事里出不来。一知半解地看了些书，也就把似懂非懂的感悟投射到了现实。从上学前算起，我和惠兰、狗蛋已经有了六年多时间的友谊，惠兰最近关注的是铃子，狗蛋关注的是惠兰。

铃子将会嫁给挣工资吃饭的男人，这成了在学校里惠兰尽量维护铃子的原因。也许惠兰想着，有那么一天铃子会帮忙牵线，用一条红绳把她与某个工人连到一起。狗蛋围着惠兰身后转，也一定有自己的想法，我觉得他们表面上看似依然天真，不自觉中已经在为自己今后的人生做着铺垫。而我，就像静水中的浮萍，等待着两双大手把我从这里捞起放进另一塘池水。

我生活在外婆家，无论自己得到的照顾有多好，寄人篱下的感觉还是会从心底弥散开来。

下课的钟声响了，直到这会儿，才算结束了这节被“挤油油”替代了的早读课。

我站在学校门口，没和同学们一起争先恐后地往细雨里钻。

细雨依然下着，小村上空这熟悉的袅袅炊烟像是从梦里飘出来，又将成为我永久的梦。

落下了乡村户口，却又注定在这里只是一段客居生活，我不敢奢望在此扎根生长，却又对今后生活的不确定性充满着担忧。

惠兰和姐姐同龄，她却和姐姐不一样，她引领我熟悉了乡村孩子们的各种游戏，也带着我到田地里去摸瓜偷豆。校内校外，我觉得自己把她视作知己和精神领袖，也许她只是顺便带上我参与了他们的游戏，随着年龄增长，我不被她看成是同路人。

我还在心无所归地失落着，惠兰从我身边小跑了两步，突然停下来等我跟过去。

我和惠兰肩并肩一起走着，一起感受着小雨中的润泽空气。默默前行了一会儿，她回头扫了一眼，说：“雨不算大，老师咋没来?”

我不知道她是希望老师来，还是不希望老师来，听不出她话中的意思，我就当成她在自言自语，她却接着说：“我知道你喜欢读书。何况教室里这么乱着，也耽误了铃子认字。”

我隐约感觉到她在为铃子担心着什么，她这是希望老师能来学校坐着，让早读课有个课堂的样子。

早读就是这样，学生们听到了学校的预备钟就搓着眼角上的“眦目糊”往学校跑，两节早读课结束之后回家吃早饭，接下来才是上午的四节课和下午的三节课。每天一日三餐，每天我们要到学校三次。

我们的老师很特殊，他早上有时候来有时候不来。今天早上他就没来。这天的早读课变成了一场“挤油油”游戏。我起大早来学校一趟，没让自己多熟悉几个字，却感到了我和惠兰之间已经有了嫌隙。

她说出那句“雨不算大，老师咋没来?”的时候，我就已经感觉到了我们有些疏远了，关系密切的好朋友，到了没话找话说的地步，不是关系疏远又能是什么呢?

没过两年我和惠兰就分开了。

多年后我们相逢时，她体格健壮得像中年汉子，抱起几十斤一袋的猪饲料还能行走得健步如飞。她家养猪场里有六七百头商品猪存栏，肉市场的好行情、差行情平均下来，她家的年收入都能有几十万块钱，我只是普通工人，月工资稳定在八百块钱左右。

她太忙了，我也就没再多去打扰，我们依然相隔千里。

我长期工作生活在四川，心里却放不下故乡。

我上市场买馒头、买饺子皮，总能听到店家说：“这是河南面，我们店用的都是河南面粉。”

河南不仅是优质小麦产地，也是提供生猪的大省。我在市场的猪肉摊位上买肉，付钱之后时常会问一句：“这猪肉的产地是哪?”店主有时候摇头表示不知道，有时候说是“川内”，有时候也说是“河南”。

我满足于自己的生活，也希望惠兰的生活能继续保持这样的富足，她比我勤劳，也比一般女人心思缜密，她嫁给狗蛋后直接当了家，这些年狗蛋在她面前言听计从。惠兰不甘平庸，一心要把日子过出个样子。她操心费力、狗蛋任劳任怨，一大家人在一起和和睦睦，又赶上了好时代，她的日子哪还有不红火的道理。

又是几年过去，我再想到惠兰的时候，记忆里还会出现那天早上“挤油油”时的场景，想起那场游戏中，狗蛋对惠兰的偏心，耳畔总是回荡着惠兰说的那句“今儿，这天儿可是真冷！”

老 师

看到《我的老师》这个作文题目，我一下子就想到了李老师像羊倌，我们班的学生像一群羊，班长‘满堂灌’是我们的领头羊。

村办学校，除了寒暑假之外，还多了农忙假。

无论哪个队长到学校打个招呼，老师就会把学生引到学校以外，拢着一群孩子走进田地去干农活，并且我们也很开心能到地里去当不挣工分的小劳动力。

出了学校大门，李老师的呵斥就成了我们的耳边风。

我们年级的李老师，用双拐辅助着只有半只脚的单腿，吃力地跟在我们身后，他就是放声呵斥，我们也难以达到他要求的秩序。田野，对于农村孩子来说，有着天然的亲和力，出了校门就会欢实地奔跑打闹。他把我们交给队里，看着我们和成年人一起在地里劳动起来才放心地斜靠着田埂静静地待着。

晒着暖阳，放眼田野，这也许正是李老师想要的惬意时光，每每这种状态，他也更像一个看守羊群的羊倌。

上学前我就见过李老师，也多次听说过他的英雄事迹。

抗美援朝、保家卫国的战争爆发时，李老师是村里最强壮的小伙子，他参军入伍成了一名坦克兵。跨过鸭绿江之前，他寄回来穿着像飞行夹克的军装照，这张英姿勃发的军装照上还有难得一见的坦克。村里人传看过这张照片，更是唤起了年轻人积极报名参军的热情。

听说他在战场上立过功，也在被打坏的坦克里挨过了极寒的两天两夜。

枪林弹雨和严重冻伤，使他失去了半只脚，也留下了弱听的后遗症。他带着军功章和残废军人证复员，跛着脚回到了村里，像普通农家小伙一样娶妻生子。

几年后，他的冻伤再次发作，离开医院时被截掉了半条腿，就只剩下留着半只脚的单腿。这时的李老师，走路、站立都依赖腋下的双拐。村里给他的特殊照顾就是安排他到村小教书，让他全家吃上平均口粮，他每个月还另有五块钱的灯油补贴。

学校把我们这个年级交给李老师也算是缘分，我们是新生入校，他是初为人师。李老师被安排到我们班讲课授业，也许是因为我们这个班的学生最少，当时我们报名上学时，同期入学的只有九个学生。

对于全村人来说，无论他能不能下地劳动，他都是大家心目中的英雄。我们不一样，我们心里既有崇拜英雄的情结，也有凑热闹、看笑话的劣根性。

我们年级这九个学生和三年级学生共用一个教室，三年级学生听到李老师教我们拼音，他们会笑得前仰后合，我们不明就里也跟着一起哄笑。

李老师放弃了教读拼音的事。在这之后，在高年级学生背文章的时候，我们就跟着背，李老师带着我们背的时候我们还是背。

背诵，是形势所迫，所背诵的内容是报纸上、文件上的重要篇幅，早读时间就两个班一起高声背诵，其余的课时里，两个年级错开讲课和写作业。我们上了两年学，别的没学多少，却能背大段的文章，但能背不能读，背过文章却认不完那些字，做听写练习时几乎洋相百出。

年级里陆续又进来几个学生，教学情况依然毫无改善。好在我们升级不需要考试，同学中的大多数人举了手，就算通过了升级考试。

李老师是尽力的，只要他到了学校，就会把要讲的赶紧讲了。让我们做练习的时候，他胖胖的身体就坐在教室里不爱挪动地方。

我们上一、二年级时，坐得离讲台近，李老师还用教鞭敲打过学生，到了三、四年级我们就坐到了后几排，成了这个教室里的高年级学生。

我们长大了些，李老师也较为开明起来，开明到不用教鞭敲打学生，而改成了用丢粉笔头提醒，隔着前排低年级学生的头顶，他能把粉笔头精准地丢到某个同学头上。

他到底是当过兵的人，丢粉笔头准得出奇，掐下一截粉笔信手一甩，比我们手指节还短的粉笔头就飞了出来，落点不太讲究，击中“靶子”的概率却是百分之百。

李老师在黑板上写字的时候不太多，粉笔的消耗不比别的老师少，他领的粉笔有半数以上成了他手中的“炮弹”。而我们会注意到粉笔头的落点，粉笔子弹落到谁的脚下，那节粉笔头就归谁所有。我们识字不多，却喜欢当先生，有了粉笔头就可以在空墙、空地上写些东西，急于把学到的一瓜半枣卖弄出去。我们会写些常用字，自觉不自觉地就在乡邻面前“好为人师”起来。

上写字课的时候，李老师带着我们来到操场，学生各自划分出一个区域，蹲下来在地上写字。李老师架着双拐，在我们面前巡视一两趟，看到写错的地方还会腾出一只木拐往错字上点两下，要不了多大会，他就会找个地方坐下来歇着。

跟了李老师几年，我们这十几个学生凑在一起，依然是学校里最能闹腾的班级。

我们并不怕李老师，也觉得他并不是太关心我们学到了什么，似乎他主要的任务是看着我们，让我们别跑出去惹事。

李老师带了我们近四年时间，头两年的早读他还按时到教室来看看，第三年他就时常在早读课上缺席，往后不管是什么课，天气不太好的时候他就有可能不来学校。他是在双拐的支撑下往前悠，不定哪只拐在冰上打了滑，他悠起来的身体就会突然失去重心，摔跤在所难免。

他在结冰的路上摔倒过几次，没有一两个大男人上前帮忙，就别想把他从地上再扶起来。

豫西平原，总是由西北风送来冬季寒冷的开始。几个降霜清晨之后是下下停停的几场小雨，不知不觉就进入了雨雪天气，地表上悄无声息地结起了一层薄薄的冻土。雪混在雨水里并不显眼，积了雨雪的小水坑入夜后就会结成冰，要等到太阳出来才能化开。

我们知道，这种天气李老师很难到学校来。即使老师不来学校，我们依然到校，照常早读，坐在教室里又想不出自己还需要学点什么。没有谁提出问题，我们也就不知道自己是不是无知，懵懵懂懂中，还以为所有的学生都是我们这个样子，瞎混两个学期，就会再升一个年级。

四年级，我学会了背“九九表”，分数、繁分数部分老师讲不清楚，我们也没有兴趣学。“二分之一不就是一人一半吗？”我们觉得明白了这句话就足够了，至于“二”是分母还是“一”是分母，我们不太关心。

从高年级那里听来的一知半解，加上在磨坊里听来的朴素观念，使我的自我感觉还很不错，对“尊其师而重其道”这个说法的理解就宽泛起来。我对李老师很难“重其道”，我也不很尊师，却有对他残疾的同情和对他英勇行为的崇敬。如果以老师的标准来评价，我觉得李老师应该是：“误人子弟”中的一员。

李老师身体不适的时候不来学校，暴雨连连的夏天他也会少来学校几次，地上结了冰的冬天，他会少来学校很多次。而我们，有时候会在早读课上打闹，有时候也放声背诵些什么。

今天，我们开始了早读，李老师到学校来了。他向我们宣布，早饭后都带上铁锨铁镐到公路边集合。

李老师又要让我们离开教室了，这次我们却没像以往那样欢呼雀跃。

天气冷了，公路边的行道树只剩着空枝。田野里，除了柿子树上零星地留着几个“看树”的红柿子，就是贴着地皮的小麦苗，西北风扫过，风干了的土地上会卷起一缕缕浮尘。

我们扛着农具站在公路边，看着脚下石灰撒出的白线，担心白线会在风中消失，也怕自己会被石灰迷了眼。

李老师架着双拐来了，他找到了分给我们班的位置，这才说：“咱和高年级班都分配到了任务，三天时间得挖好这条沟，咱们劳动积极性最差，不早点动工就会影响大局。”

我们不知道挖这条两尺宽五尺深的土沟有什么用，老师让挖，我们只能按照要求挖。

两条平行白线，沿着公路似乎没有尽头，我们挖的这段也就不足半里的样子，一镐下去就体会到了这项任务的艰巨。

李老师安慰我们，说：“没事，表面这一尺挖过了，接下来就好挖了。”

我们知道，虽然这条路上一天跑不了几趟车，却也是用轧路机几经碾轧过的国道，无论如何，要在这里挖出没过我们头顶的地沟，绝非易事。

勾腰挖着沟，头顶上有了暖洋洋的感觉。

太阳出来了。堆在沟边的干土块上竟然凝起了些晶莹的水珠。

我看到“满堂灌”正走向李老师，听不清他们的对话，只看到李老师痛苦地挪了挪身子，在“满堂灌”的搀扶下，李老师才在斜靠中恢复了他正常的站立姿势。

李老师不声不响地提前回村里了，也许悄悄离开，是出于无奈和自责吧。有两个同学也和我一样直起了腰，目送着老师离去的背影。

童年故事里，我多次提到学校、写过课堂，写过惠兰和狗蛋，笔墨所及却很少提到过班长，上学后他一直就是我们班的班长。

“满堂灌”是我们一年级下半学期里，同教室的高年级学生送给我们班长的绰号，可能是因为他带着我们一年级学生背书，影响到了高年级学生的学习，为此引起了他们的反感。

班长“满堂灌”是李老师的堂弟，五岁时候被接到另一个村的姨家住了一年半，他那位身为小学校长的姨父，抽空就教他认字和算术。

我们上学都晚，“满堂灌”也不例外。他回村又过了一年才报名上学，正好就赶上和我们同班，李老师指定了他来当我们的班长，让他成了我们的领头羊。李老师不到学校来的时候，班长就读些东西给我们听，为了能在我们面前像个小老师，他往自己姨家跑得更勤了些。他把一知半解的东西拿到我们面前现炒现卖，不仅领着我们朗读，还帮着老师批改我们的算术作业。

“满堂灌”和李老师紧邻住着，在学校他也称“李老师”，回家就以“哥”相称了，只要嫂子在墙那边大着嗓门对他吼一声“你哥今儿清早去不了学校”，他就得赶紧翻书、查字典，认真的程度远超老师备课。

他从不把那本厚厚的字典带到学校来，还是班里同学到他家去玩时才发现了这个秘密。为这事大家就不再觉得他比我们聪明，也认为他这么藏掖着背地里用功学习，就是为了在我们面前臭显摆。

李老师的光荣事迹是“满堂灌”讲给我们听的，李老师因那次严重冻伤，双腿血管循环出了大毛病，也是他对我们说的，我们对李老师的敬仰、对李老师的同情也都来源于“满堂灌”的讲述。

李老师架着双拐，艰难地往黑板上写语文句子和算式，站着多讲几句，他的额头上就会大汗淋漓。“满堂灌”能替老师擦黑板，也能及时提醒着让老师歇会儿再讲。

李老师来不了学校的时候，“满堂灌”就替老师给我们上课。正是有他这么热衷于当老师的行为，使我们多少也学了点知识。也正是他的行为，掩饰住了李老师在教学上的心有余而力不足。

我们已经懂得了“三人行，必有我师”的意思，真正遇到经常接受“好为人师”的同学来传授知识，心里总会泛起别扭和不满，教室里吵嚷、打闹、哄堂的状况频繁发生。惠兰说：“狗蛋他们几个男生商量，想找碴教训‘满堂灌’一顿。”这事过去有半个月了，至今我也没发现满堂灌脸上有挨过打的痕迹，就估计着狗蛋他们也就是背后说说，实际并没胆量动手，也许他们没能力撼动“满堂灌”领头羊的地位。

在太阳底下干活，棉袄领子上早就浸上了汗。

到底是在冬天，不管怎么热，我们也不敢在这寒风中脱下棉袄只穿单衬衣。

既然没在老师的眼皮底下，大家也就懒散地边干活边说话，不约而同地关注起了这条沟的用途。有人说是要砌排水沟，可看到远远高于农田的公路边坡下就有一条沟，加上公路与农田之间本身就有灌溉用的沟渠，挖这条沟就绝对不会是为了排水。

我们争不出个所以然，“满堂灌”一脸傲气地笑了笑，说：“还不加把劲干活？听说这是保密工程，也许是备战用，遇到这种任务是咱们的光荣。”

他姨父是另一个村的小学校长，这会儿他说是“保密工程”，也就由不得我们不信，狗蛋接着“满堂灌”的话说：“难道是打仗用的掩体吧？如果真要打仗，我就报名参军去。”

我们是乡村孩子，除了参加过庄稼地里的劳动，还经受过造石雷时的锻炼。尽管如此，在这坚硬的土公路的路基上挖沟，干起来依然是非常吃力。听到有可能是为备战挖沟，我们干活的速度还是加快了些。

我们家有三个学生在村校读书，从同样的校门入校，二舅和姐姐读的是村里的民办初中，他们是村校里的第一届初中生。我们小学四年级学生上午就抢先开工挖沟，是怕误了工期，初中生只是下午去挖半天。

吃过午饭，看着姐姐和二舅先后出了门，外婆没让我出门，说："咱家仨学生，怎能都去干这挖沟的事？憨憨就留家吧！"我抄起手坐在家里，也没让姐姐帮我带信请假。

我在正式上学前就经常跟着姐姐进教室，我坐在姐姐身边，外婆放心。

跟着姐姐进教室那两年我不算学生，看着姐姐读书学习，耳朵也躲不开老师的讲课声。而且家里几口人当中，外婆有智慧，另几个人是高我好几个年级的学生，我学课本知识的渠道就不单单依靠课堂，更不完全依赖于"满堂灌"的代师传授，"满堂灌"也明白这一点，在对待我的态度上也总会网开一面。

同学们都知道我不会长期留在村里，也知道多吹冷风我会复发气管炎，下午我没去挖沟，大家也不会说什么，"满堂灌"更不会到老师那里告状。何况外婆也说了不准我在外边吹一整天凉风，其实这会儿是个大晴天，阳光下还能感到融融的暖意，我估计外婆不愿意我出去，是想让我多陪陪她。

外婆夸赞着好天气，往院中间铺了张席子坐下晒着太阳絮起了棉裤。我就翻找出舅舅的一本藏书，挨着外婆坐了下来。

随着我的成长，我与外婆分开的那一天就一天天靠近，我突然有些舍不得离开外婆，就没话找话问："外婆也认得书上的字吧？"

"村里的妇女，没几个认字的。"听着外婆这样的回答，我不明白外婆是属于大多数中的"不识字"，还是为数不多会认字的妇女。

我把书捧到外婆眼前，说："看看，这上边有没有你认得的字？"

外婆推开了书，微笑着说："你外公在世的时候教过我认药方，多认几回也就把膏药方子上的字认下了，只是那上边的字儿笔画太多，认下了也写不下来，家务事缠着身儿，认字的事儿也就放下不提了。"

我没再问外婆究竟能认下多少个字，从她嘴角上迟迟未退的笑意里，我感觉到外婆在追忆那些曾经的幸福光景。

黄昏时分，街边人边吃饭边议论着国道上挖沟的事。

有人说这条沟东起洛阳，西至洛宁。也有人说是从宜阳县城起头，得一直往西挖通到竹园沟。我没去过竹园沟，也没去过洛宁，这两个地方都距离我们村往西几十公里的距离，我们村距离洛阳、宜阳也很远。那个时候，但凡与我们隔着两三个村庄的地方，我们都会觉得很遥远。

我不关心这条沟究竟有多长，不清楚这条沟的用途，心里却惦着这件事放不下来。

外婆说我是"憨憨"，也经常叫我"憨憨"，时间长了我也就习惯了这个称呼，而且渐渐也觉得自己与别人相比，脑子反应好像是要迟钝些，唯一在记忆力上还有点优势，只要耳朵里捎进了自己感兴趣的话，会很轻易地就留在脑子里出不去。

我们班挖了三天沟，我只去挖过两个上午，我们村的这段工程就圆满完成了。

又是几天过去，晨霜结得更厚实了些。李老师到学校来的路上，随时都是更加小心的样子，双拐前挪的幅度也小了许多。

他在课堂上表扬了在挖沟劳动中表现突出的几个学生，表扬里没点到我的名字，也没对我提出批评，我却关心着那条沟到底会被派上什么用场。

下午刚出校门，就听到有人说："来了不少汽车，往那条沟边丢下了一根根大管子，听说有工人在那边连夜干活。"

我们没见过工人干活的场景，这样的新鲜事发生在近处，自然都要去凑近看看。

我们沿途从管道边争抢着捡了几节电焊头，在靠近工人在干活的地方，猛然看到了奇异的光团，那是远比流星更耀眼更神秘的强烈光焰。流星能划过黑暗的夜空，这团光却是耀眼在白昼中的光焰，我们看着能把水桶粗的钢管连接起来的光焰，个个惊奇得目瞪口呆。

工人发现我们盯着光焰看，就一而再地警告不能看，也说了眼睛受不了这种强光。我们根本听不进去，就算被呵斥着离开几步，一会儿还会再次围上来。

我们要亲眼见证这"保密的备战工程"，也见识眼前的耀眼蓝光，顺便也争抢从焊钳上卸下的电焊头。

吹灯躺下，我总觉得眼前还闪着那团火光，翻来覆去怎么也无法入眠，早上起来双眼红肿得睁都睁不开。

姐姐急得直抹泪，外婆心痛得连连叹气，还说这一定是撞了什么邪。

听到了有人敲门，迎进来的却是从未到我们家窜过门的女人，她一来就打听我是不是眼睛疼，留下了些乳汁就匆匆走了。

我很少见到师娘，一大早她就送来了乳汁，我没见到人，却已经深感意外了。

姐姐和外婆一起给我滴“眼药”，顺着眼睛缝滴进了师娘的乳汁，我当即就感到了一阵轻松。

第三天到了学校，才知道“满堂灌”在家隔着墙向李老师请病假。

李老师得知昨天晚饭前后，学生们成群结队地去看了电焊火花，就估计到了情况有多严重，他让爱人先别给女儿喂奶，把奶水都挤进碗里。李老师有两个儿子，女儿出生后，两口子对这个新生不久的小女儿爱得掏心掏肺，这次他们却是听着小女儿的哭声，把蓄了一夜的奶水都挤进了大碗里。

“满堂灌”说到自己是听着婴儿哭声，接受了人奶对眼睛的润滑，那语言煽情得让人落泪。

李老师两口子让我们这帮学生尽快地用上了这护眼的妙药。就在那天，不仅是我们班，全村大大小小有三四十个孩子害了同样的眼病，有吃奶孩子的妇女瞬间成了香饽饽，上门求奶的络绎不绝。

幸好李老师知道这个偏方，出手也很及时，若不然我们还得多受几天苦。

挖开的深沟已经填平了，那根不见尽头的钢管被埋进了土里，至于那条管道里会流淌什么，我们还没打听出来，李老师就再次住进了医院。

这时我们才知道，他左脚仅剩的部分已经痛了好长时间，这次进医院又是截肢。离开战场已经近二十年，他还被战争留下的伤病折磨着。

我们也知道了李老师为什么是乡村难得一见的胖子，冻伤之后他服用了大量激素才暂时保住了双腿，之后又历经了几次截肢，起因还是那一次在战场上受的冻伤。

当年被抬进战地医院时，他自己曾经和医生一起抱过幻想，希望冻伤过的地方能够恢复正常。接受了第一次截肢之后，他以为把坏死的地方截掉了，冻伤、创伤好了，带着军功章，揣着“残废军人证”回到家乡，就算是与那场战争划清了界限。他怎么会想到人体组织有这么复杂，愈合了的创伤，还会被血管、神经、坏了的骨髓之类的东西一而再、再而三地折磨自己。他仅剩的半只脚连同这条腿，在这次住院手术中被截掉了。

对于李老师的事情，村里人议论得很多。

有人说，李老师在冻伤之后直接截掉双腿就不会受这么多次罪，领个特级伤残证，生活也会被国家全面承担下来。

也有人说，当初李老师跛着脚回乡是对的，回乡后就娶了妻子，还生了两个儿子和一个女儿，就是给家里传了香火。虽然他现在成了“肉冬瓜”，可还有老婆孩子陪着照顾着，一大家人守在一起过日子比啥都强。

听着大人们的议论，我突然想到自己的父亲，我父亲感叹过：“在战场上冲杀几年，没死在战场上，还能活着回来，自己已经很知足了。”

当了三年多李老师的学生，曾经听李老师发过感叹，他说：“眼看着战友一个个倒下，就没想过自己能活着回到家乡。”“在被半埋的坦克里冻得意识模糊那会儿，根本没想过自己还能像今天这样，过着有儿有女一大家人的好日子！”

李老师说的话，我好像听父亲也曾这么对我说过，突然觉得同样为国家为民族，亲历过战场上枪林弹雨的残酷，现役军官与伤残复员军人相比，虽然生活状态很不相同，他们却有着同样的豁达和知足。

寒假已经近了，李老师还没出院。

这些天，“满堂灌”也少了领着我们学习的热情，也许他经常去帮李老师家的忙，就抽不出时间到他姨父家去取经。

教室里没有取暖柴，天又是那么冷。这会儿没有人提“挤油油”取暖的话头，我们蜷缩着身体，懒散得对打闹的事也失去了兴趣。

代课老师来得很突然。

新来的女老师是才嫁到我们村的新媳妇，前几天我们去闹洞房，小男生们斜着肩朝她身边挤，羞得她一直低头不好意思看人。现在她要代替李老师来给我们上课，我们从心里不愿接受这个现实，上课时就一如既往地表现出懒散。

她出嫁前就当过老师，如今看着我们这么薄的学习底子，她急得满脸通红，就像喝醉了酒一样。

我们被她连连喊着“爹呀！娘呀！”，弄得不知道东西南北了。觉得她是对我们去闹洞房的事实施报复，现在要给我们下马威。

“娘呀！都快上五年级了，面积、体积你们不会算，就连分数、小数也是一脑袋糨子，让我怎么教下去？”

我们先还不明白自己怎么就很差了，也不清楚她怎么会对我们这帮学生直摇头，直到她按着教课进程，讲万吨水压机上几根柱子的体积时，她讲得口干舌燥，抓挠着头皮，继而把“钢”字口误成了“糠”，我们还是听不明白。

计算万吨水压机上几根柱子的体积，这事与我们无关，听到老师有了口误，我们哄笑得直拍桌子，气得她丢下我们就跑出了教室。

民办小学的学生，我们在“急用先学”的前提下学会了用“步弓法、割补法”丈量土地面积，也学会了用“上底加下底，乘高除以二”的公式来测算土石堆、粪土堆的立方量。评估土地面积和计算土石方体积，是小学生必须掌握的有用知识，至于万吨水压机上几根立柱的体积，对于我们来说没什么用。

她觉得给我们讲课是对牛弹琴，我们觉得她是拿着鸡毛当令箭。

我们无所谓能不能学会更多东西，气跑了新媳妇老师，就是对李老师的忠诚，留着这个空缺，李老师出院后还能回到我们的教室里来。

然而，事情并没按我们希望的方向发展，新老师再次出现了。这次是校长陪着她一起来的，校长说冯老师会一直教我们这个班，如果李老师返回学校，在工作上也会另行安排。

这是我们不愿听到的消息，也是我们不得不接受的现实。

冯老师看着我们对学习上抱着无所谓的态度，她是真为我们的无知感到着急了。

她不朝我们弹粉笔头，却能步履稳健地走下讲台用教鞭敲学生面前的桌面。那时我和惠兰正交头接耳说悄悄话，面前突然出现的教鞭猛敲桌面，吓得我俩闭着眼一动也不敢动。

冯老师不允许我们在课堂上注意力涣散、打闹玩笑，还以作业量来剥夺我们的快乐，甚至还冷着脸说：“咱管不着是不是有些地方在停课，你们能坐在这儿学习，对于有些同学来说，也许就是这辈子再难有的念书机会。”她脸上没有新媳妇的矜持和羞涩，严肃的表情里透出诚恳和关切。

此时，教室里出奇的安静，仿佛我们上学这三年多，才第一次感觉到了被纪律所约束。

李老师回村了。

他原本高高大大的身躯，这回连双拐也用不上了，失去了两条腿的李老师，出院后没再到学校里来。

我们结伴到他家去，见到了连单腿站立也成奢望的李老师，我们心里感到悲凉。想到他用双拐强撑着残体、忍着病痛来到学校，坚持带了我们近四年时间，男女生同学一起掉了泪。

李老师微笑着说："还好，无论怎样，我还有手、有眼睛。有过舍生忘死的经历，见过太多生死场面的人自然明白，自己能侥幸活下来，这就是福气，何况我还当过你们几年的老师，这就更应该感到满足了。"

也许李老师真的庆幸他自己还活着，也很在乎当过我们的老师，我们这会儿还是觉得李老师很可怜，没多一会儿，就有两个同学哭出了声。

看着失去双腿的李老师，我们除了掉泪，也说不出别的什么话。到了这会儿，师娘才说："他仅有的半只脚，近两年还经常闹毛病，只要脚稍好点他也要忍着疼到学校去。我找过村里，村里管事的人不同意换人，还说'咱是农村，顶着没让学校停课就不赖了。'也是幸好有你们，要不是这样，你们李老师这条腿头半年前就被锯下来了。"

回到学校，狗蛋说："李老师成了……"

狗蛋咬住后面的几个字没再往下说，这句以往会是调侃、笑料的话，这会儿突然就变了味，狗蛋说不下去，我们也不想听他说下去。一想到李老师再也不能杵着双拐，单腿立在讲台上讲课，大家就会觉得心里酸楚欲哭。

几年来，我们这群学生一直保持着看点笑话、凑份热闹的劣根性，看望了失去双腿的李老师，我们突然都表现出了深沉。

也许李老师忍着伤痛到学校来教了这几年书，是源自报效家乡的好意，而我们这个班是他带过的唯一一个班，三年多时间里，他豁达地包容了我们的淘气，放任我们更多地去享受无忧无虑，我们却是他教过、爱护过的，仅有的一批学生。

第四章

回望

采撷青涩果实，串起昨日回忆。

一盘石磨半尊佛

外婆家前院有间磨坊。

箩面的是女人，围着石磨打转的是半大孩子，偶尔也会是一头小毛驴儿。

据史料《世本》所载，鲁班用两块比较坚硬的圆石，各凿出密布的浅槽，合在一起，用人力或者畜力使它转动，就把米面磨成了。如果史料可信，家乡人敬重石磨的历史就有二千多年漫长的悠悠岁月。

石磨，磨粮食，也磨自己。

近了年关，是磨坊最为忙碌的时候，也是石磨最显地位的时候。忙过这几天，家乡人就会给石磨设供、放假。一年忙到了头，石磨在春节也要好好歇上几天。

腊月二十八，家乡有在这一天贴春联的习俗，不只是所有的门框上都会被贴上对联，米面瓦罐、木箱、水缸上也得贴上写着表达其功用文字的红纸条，就连小院土墙上也得贴上写着“满院春光”的红纸条。腊月二十八，写着美好寄语的红色纸条全部粘贴就绪，唯独对石磨的表达却得推迟到大年三十。这是怕有些人家到了要包过年饺子时，才意识到还差着点小麦面、荞麦面，还得使用石磨。

除夕夜，把写着“尊位供奉”的红纸条贴到石磨上，上下两扇磨盘就被连到了一起，这算是封磨，不到过完正月初七，说什么也不能给石磨解封。磨子除了有这七天假期，正月初一中午，石磨还能和家里的神位、祖宗位接受同样的香火、祭祀。也就是在这种时候，我才感觉出家里人对一盘石磨的敬畏。

我想起无论多调皮的孩子都不敢攀爬到磨子上玩，但凡哪个孩子有了类似举动，绝对难免一顿棍棒管教，仿佛敬畏石磨，是孩子们小小年纪就该懂的规矩。

自古以来，工匠精神就是“中国气质”，鲁班这样伟大的工匠，在老百姓心目中更是神灵般的存在。

借供奉石磨来感恩鲁班，尊位供奉里却绝口不提鲁班，也许是顾及着怕打扰了木匠祖师爷。磨坊里不只是磨面这么简单，也是闲言碎语的集散地，还是传播世俗故事、鬼怪传说的地方。人们在这里推着磨，口无遮拦、百无禁忌地胡说八道，这显然与伟大工匠的气场不合，更何况磨坊里不仅闲言碎语多，卫生环境也差，只有大肚弥勒佛才能容下眼皮子底下的这般纷扰。家乡人便请弥勒佛屈尊代为接受磨坊里的供奉、歆享石磨上的这柱香火，企望弥勒佛保佑磨坊里诸事平顺。

围着石磨打转的一般是女人和半大孩子。

如果把壮劳力叫来推磨，就有驴钉马掌——小题（蹄）大作之嫌。当然了，牛是耕种田地的大牲口，农田里拉犁、牵耙、拉土、运肥的大事情也都靠着牛来做，把牛牵进磨道也算是大材小用。女人急着磨点什么的时候，偶尔会把小毛驴牵进磨道。

无论咀嚼干草的小毛驴，还是喝稀粥的女人、孩子，在视众生平等的弥勒佛的眼里，也许没什么区别，就算小毛驴边走边排出粪便，也最多是应了“懒驴拉磨屎尿多”的俗语。大肚弥勒佛能容我们难容之事，我却很讨厌从磨坊经过时，闻到毛驴转着圈留下的屎臭、尿骚味。

我喜欢推磨子的是女人或者半大孩子，我还会执着地关注磨坊里筛面的老女人，留意她们所讲的故事。

村头刘姓人家有个识文断字的老妇人，我见到她时，她已经是个白发稀疏、佝偻着瘦小的身躯、耷拉着眼皮的老妇人了。从她身上显出的衰老迹象，让我联想到秋天的枯叶。听说她是村里最会讲故事的长者时，我真的吃了一惊。

外婆说，早些年听过刘家老太太讲《红楼梦》《隋唐演义》。

如今刘老太太真的很老了，除了到磨坊来，她几乎不怎么出门。她来用磨子，半大孩子都会前来帮着推磨，每每遇到这种情况，就得再加上一根推磨的杆子，有些孩子使不上力，仅仅只够搭一只手在磨杆上，也会跟着在磨道里一圈圈地转。

刘老太太现在已经不再讲《红楼梦》《隋唐演义》那样的大本故事，就从《二十四孝》《聊斋》和《喻世明言》里择出些小故事来讲。

磨坊里一旦亮着刘老太太家的灯，我就知道又有精彩的故事可听。

在土墙一人高的地方留着一个空位，这是放灯的灯窝，晚饭后谁家来用磨子，总是先带着灯前来约下用磨的事，把点亮了的灯留下，这就是已经占下了磨。灯窝留在进门的这面墙上，开门、关门或是有风、无风，这盏灯丝毫不会受到影响，灯火依然能够高照低明。后到的人看到磨坊里有灯光，就知道已经有人占了磨。

放进灯窝的，有时候是有罩或无罩的灯，有时候是油里探进棉条的碗式灯盏。

灯窝旁贴着年年更新的红纸条，条上“小心火烛”的内容却从未改变过，灯花升起的一缕细烟，早在灯窝上空的土墙上，薰燎出了半尺高的浓黑印迹。

推磨，往往是在晚饭之后。

晚饭后，当家女人才完成了一日三餐的做饭差事，孩子们也结束了当天的课程和割草、拾柴，这时候张罗推磨的事，不只是自己家的孩子有空闲，孩子还能叫上几个关系好的伙伴一起来帮着推磨。孩子们结伙抱团互帮着推磨，也是有心要凑磨坊里的热闹。

亮起的一盏油灯，做不到使磨坊里明亮得纤丝毕现，却能使一间磨坊暖意充盈。

很多个这样的灯下夜晚，我安静地坐在磨坊，眼前转着推磨人的腿脚，耳朵里听着悠悠讲述，即使困乏了，也依然强睁着眼不舍得回屋上床。

这天是刘老太太的孙子留下了灯、占了磨。我情急难耐地在堂屋里听着磨坊里的动静，听到磨坊里有人声和推磨声就赶紧冲出二门跑到了磨坊。

刘老太太说：“人老之后，不只是腿脚不中用，也坏了记性，平常啥啥事儿也是扭脸就忘”。她边说边摆好笸箩和箩床，一边等着箩面，一边像说书人讲定场诗一样，说：“天上有神明，地上有因果，善恶自己种，报应有早迟！”

听到她的话落了音，我赶紧正了正身子，做出了洗耳恭听之态。

刘老太太真的是上了年纪的老人了，尽管从头到脚都收拾得干净利落，毕竟岁月不饶人，她不仅是腰身不像我外婆那样还能保持溜直，她脸上的皱纹也很多，多得就连鼻梁上也有了些细纹。

外婆没说过刘老太太的身世背景，只说过她能识文断字，有过目不忘的好记性。我这会儿真的很相信刘老太太有着好记性，她已经老成了这样，还依然能把心中故事慢慢地讲述出来。

那是一种悠然而从容的讲述，没有说书人讲故事时所需要的小鼓、鸳鸯板和二胡的乐声衬托，刘老太太依然能把故事讲得跌宕起伏、丝丝入扣、引人入胜。

我清晰地记得那是个冬夜，刘老太太已经讲了好几个故事，这会儿磨子已经停了，她家的几升小麦已经磨成了面粉，大伙儿放下了磨杆，却还意犹未尽地守在磨坊不肯散去。刘老太太抬起眼皮虚看了周围一眼，缓缓地往袋子里收装着笸箩里的白面，在人们的围观中讲完了《蒋兴哥重会珍珠衫》，才被簇拥着离开了磨坊。

刘老太太再次来用磨是一个下午，她身后还跟着一头小毛驴。

“推点碴子应急。”她说着，从驴背上卸下布袋子，缓缓地把小半袋玉米倒在石磨上。

外婆帮她把小驴牵进磨道套好，给毛驴系上了遮眼罩，顺势回头往大门口打量了一眼。

“这本是上碾子的活，俺怕碾子那边一会儿起风，就拿这儿来磨。”刘老太太说着，尴尬地笑了笑，接着又说：“儿媳妇身子不自在，这阵儿，猛一下子说想喝玉米糁子粥。”

今天没有人来帮忙推磨，如果毛驴偷懒，刘老太太独自照应起来多少还是有些吃力。

这是收棉花的农忙季节，全劳力和半劳力都到地里干活去了，学校也放了几天农忙假，让学生们下地去帮着收棉花。我这会儿留在家里，是因为我不喜欢干摘棉花这样的农活。事情就这么凑巧，两位老人都知道我只喜欢听故事，不喜欢在磨道里转圈，可眼下能搭把手的人也只有我。

“俺这会儿正要做一大家人的饭。”外婆说着推动了磨杆，小毛驴慢悠悠地起了步，外婆又说：“叫憨憨帮你照看一会儿，反正也不用一直跟着驴屁股后边转。”没容我推脱，小毛驴已经走得有了模样。外婆这才微笑着对我说：“只要牲口不偷懒，也就没你啥事。”

外婆回了正院，前院的磨坊里剩下了我和刘老太太，还有缓步拉磨的小毛驴。磨玉米糁不像磨面粉那样得一遍遍过箩筛，刘老太太闲下手脚的时候就多了些，见我还站在磨道边，就说：“不怕慢，只怕站，它不停下你就坐下歇着吧。”

她自己是坐着的，她这会儿说的“只怕站”，也许是担心我会随时抬脚离开磨坊。

以往我常坐在墙角的石凳上听故事，我坐回了老位置，却不知道刘老太太这会儿是否有讲故事的兴致。

石磨转动发出的轰轰声，像从遥远的地方持续传来的雷鸣，毛驴脖铃节奏平稳地发着清脆的“叮当”声，听久了也觉得若有似无，我看着土墙上一长、一短两道屋漏痕，寂寞中觉得自己眼皮沉重。

“你知不知道，谁是第一个造出石磨的人？”

听到刘老太太发问，我提了提精神，随即摇了摇头。

“鲁班，是祖师爷鲁班发明的第一盘石磨。”

我听过鲁班发明锯子的故事，也知道鲁班是木匠的祖师爷，不由得回了句："鲁班又不是石匠。"

"匠人都有灵气，啥都能悟出个道道，这叫触类旁通。鲁班师傅还用石头造了赵州桥。"刘老太太见我不再吭声，接着又说："你是学生，你说说是谁创造的字？"

"一直都有字，不用谁创造。总不会又是鲁班吧？"我回答得很笃定。

"再磨一遍就好了。"刘老太太说着起了身，跟在小毛驴屁股后边走了圈，把磨成半颗烂状的玉米捧回到了磨顶，坐下之后又问："往洛河里撒尿眼会瞎，这话你信不信？"

我知道村里的孩子都不敢往洛河里撒尿，也听说过"往洛河里撒尿，早晚会变成瞎子"这话。听着刘老太太语速从容地变了话题，我傻愣愣地看着她，一时有些摸不着头脑。何况刘老太太讲故事的时候，往往要以"生而为人，务必善良"作为故事的引言，而当下她抛出了一个问题，凭着直觉，我知道她这会儿不是要讲故事给我听。

"以前没有字，是仓颉在洛河上看到了流动的天书，那是有着帝王之气的人才能看到的天书。仓颉看到了天书，而且还在洛河与黄河的交汇口，看到了'河图'，仓颉当上了帝王之后，'洛书''河图'的事便传开了，人世间这才有了咱们这种文字。人们爱惜文字，也就爱护着这条发源文字的洛河。"刘老太太说着，还慈爱地对我笑了笑。

小毛驴没有偷懒，我坐在墙角也就一直没离开过。刘老太太卸下驴，把磨好的粮食搭在驴背上，临出门又对我说："你是早晚要离开村儿的人，多认点字，今后都能用上。"

那天，我难得懂事了一回，牵着毛驴送了刘老太太一程。

有了这次与刘老太太的接触，我对自己外婆的崇拜就打了折扣。

外婆会熬膏药，也常讲出些高深的道理，而这些，远不及刘老太太的故事更能打动我。看来外婆高估了我的悟性，对我说什么往往是只言片语，以为不用多说我就懂，事实上我经常是只记住了外婆说的话，并不明白话里话外的意思。相比而言，我更喜欢听刘老太太说的这种有头有尾的故事，也喜欢听刘老太太讲这种闪着智慧之光的道理。

我甚至还幻想过，如果自己是刘老太太的外孙女，晚饭后还可以守着听她讲故事，吹灯入睡时，就能在她娓娓道来的讲述中，伴着那些故事和道理进入梦乡。

筛面的女人都会讲点故事，以讲鬼怪之类的传说为主，所讲的故事也是多次重复。

我不大参与推磨，坐在角落里似睡非睡，反正闲着也是闲着，蜷缩起身体，对那些听过多遍的鬼怪故事也能不厌其烦地听了又听。

我不帮着推磨，外婆也从不怪我懒，并且还会打圆场说“憨憨胃窝浅，转磨道会吐食儿。”我知道自己是厌恶推磨，在推磨拉碾这样的事情上，我是真的很懒，跟着在磨道里转几圈，我就会觉得腿沉乏力。

没有里程，看不到终点的推磨，肯定是件枯燥难耐的苦差事，坐着筛面的活就相对悠闲些，讲故事说笑话就成了筛面者打发时间的最好方式。平常都会嫌“人老话多”，这些话挪到磨坊里慢慢道来，却有了别样意趣。

乡邻们都会来外婆家用磨子，这盘石磨却是外婆家的私有财产，而这样的“财产”却需要拥有者时常往里搭钱。小到给笸箩、箩筛换底，大到磨齿修錾、翻新、换磨芯，这都是要花钱请工匠的事，何况石磨在这一次次修錾中会变得越来越薄。

自己家的石磨，除了自家使用，更多的是无偿方便了乡邻磨面，外婆说磨坊是个修功德的地方。

外婆所说的“修功德”，在我看来她是修“心”不修“言”，只要听到磨子有点空转声，不管是正在灶房做饭，还是已经上床躺下，她都会扯开嗓子喊：“甭再推了！再咋缺粮，也不能亏了磨子！”外婆心痛石磨，说话也就重了些。听到磨子停转了，她还会不依不饶地补充说：“石磨子通人性嘞，多少也往磨子牙缝里留点。”

借磨子的人心痛剩在磨齿缝里的麦麸，似乎有心抬起石磨上片扫净磨齿里所有的残余，但只能无奈地遵守“留磨”的规矩。遇到个别计较人，不能抬开石磨扫磨齿缝，就会半研着磨子多推几圈，让磨齿缝里再漏下些麦麸。

上下磨片的磨齿相对，只有磨齿里还留着麸皮，上下磨片才不至于咬死，下一次用磨子的时候，也不用推着空磨等粮食慢慢往下漏，有了这个衔接，就能使磨齿变钝的事得到延缓。

留磨，这事看着有些不经意，外婆却能通过乡邻的留磨行为掂量出人心。

外婆说：“宅心仁厚的人家，哪怕家里粮食不富裕，也会留着半磨眼麸皮就停了磨；眼窝浅薄的人家，把磨子推空到轰轰隆隆响也不肯停下。人啊，怎么能忍心让石磨自己磨自己？也不想想研平了磨齿，主人家能不心痛吗？这种秉性的人，推碾子也得趁着旁人先碾了，才紧赶着去用干净碾子。”

外婆家不远处就有一盘安置在露天的碾子，不属于谁家，平时也无须管理。石碾盘上安着石滚子，这种滚动碾压能使谷子去皮成为小米，能使玉米去皮成为玉米糁子，碾盘上的东西一目了然，用过碾子后扫净碾盘，什么也不用剩下。

露天的碾子，自然会经风见雨，也会有小鸟落上石碾寻食嬉戏，头天用过的碾子只要隔上一夜，碾子上就会有尘土、枯叶以及鸟粪，再有人用碾子时，就得提桶清水擦洗好一阵。有些“聪明”的妇人，到了没米下锅的时候，哪怕到邻居家借上一碗粮食，也要等有人在用碾子时才扛上要碾的东西去排队，这样自然就省去了擦洗碾子的麻烦事。

村里总会有三五个爱占小便宜的“聪明”妇人，常年邻里住着，人们背地里对这些人说长道短，说她们从不会在石碾空闲着的时候去洗碾推米，还说某个“聪明”人在家里待客时借了邻家几个鸡蛋，还的时候会等到凑齐同等数量的小鸡蛋才拿去还。借大还小，在数量上没赖账，却在重量上会有一两或半两的甜头可占。人人心里都有杆秤，只是有些人天生马虎，把那些好一点或者差一点、多一点或者少一点的事不往心里去，有些人看破不说破而已。

这种占小便宜成为秉性的人，也许永远不会去洗一次碾子，借磨子也总会推到磨盘空响，她们的很多行为令人不齿。好在家乡人普遍都很厚道，不会与爱占小便宜的人计较，也不会当面给谁难堪，祖祖辈辈久居于此，比亲人还亲昵。

人会老，石磨也会老，我离开老家前的那两年，磨片已经变薄了，推磨的事变得轻巧，从磨眼里漏进磨盘里的小麦，有些会以囫囵个的方式被收到箩筛里来。

石磨老了。石匠可以把磨钝的磨齿修錾锋利，却无法弥补磨盘的耗损。

磨盘上片变薄之后，磨子就轻得像浮在麦粒上，推磨就会省力不省功，通常情况下磨四五遍就能结束的工作，变成了得磨六七遍。无奈之下，外婆就在石磨顶加上了两块大石头来增加重量。外婆想着再用两年，等这盘石磨实在不顶事的时候，就换一套新磨子。

石磨子渐渐老去，乡亲们的日子却突然好了起来，突然得像是一阵春风吹绿柳梢。

家家户户粮食富足，手里有粮有钱，村村都通了电。邻村有了电钢磨，男人抽空把一袋麦子送到电钢磨坊，当即就能换回面粉。

用麦子换面粉的人占多数，只有极个别的“聪明人”会觉得只有自己家的麦子才是颗粒最为饱满、不染尘土的上好麦子，就会守在粉尘飞扬的电钢磨坊里亲眼看着加工，并扛回自己家小麦磨成的面粉。

电钢磨加工粮食，磨子的工作原理没有变，只是电力取代了人力。虽然得花点钱、面粉的质量也差了些，但省下了辛苦的人工，这是乡亲们能够接受的代价。

偶尔还会有人来使用石磨，不是为了省钱，而是想要些最好的白面。同样是居家过日子，有些女人就能往粗茶淡饭的生活中添上几许精致。她们会动员两三个人来推石磨，自己则亲手把推第二遍时的面粉另收起来，用这最好的面粉蒸出花样繁多、看相精美的面食。

家里保留着这盘老旧石磨，既是对石磨有着浓得化不开的情结，也是因为它能临时应急。石磨还有着电钢磨无法替代的用途，那就是村里人还得用这盘石磨推出大人孩子都爱吃的“碾转儿”。

碾转儿美味，不仅在于是青麦本身的味道，更在于这种食物的珍稀程度。

冬小麦的生长期虽然很长，在草木凋零、百虫蛰伏的寒冷中，麦苗发达的根系蓄积着能量，待开春麦苗返青后，小麦就能一天一个样地快速成长。

颗粒饱满后的麦穗，只在几个艳阳天、几缕暖风抚过，就会由青转黄。

采集青麦穗做碾转儿的时机很难把握，若早几天，麦粒里水分重，颗粒软得搓不下壳；若晚几天，麦粒硬得失去黏性，上了石磨也推不出条状的碾转儿。一年之中能做碾转儿的时机，真可谓是稍纵即逝。

女人们张罗做碾转儿，也得有点自讨苦吃的勇气。

她们剪下青麦穗过水清洗一阵，放进大笼里蒸熟，冒着烫手的高温把麦粒儿从麦芒刺手的麦穗里搓出来，捡掉空穗、簸出芒刺和空壳，这才算备好了做碾转儿的重要材料。这时还得赶紧叫上孩子，趁着麦粒在余热中还保有黏性，将其倒在事先清洗过的洁净石磨上。

推不上几圈，一条条碾转儿就如飞天落瀑般从磨缝中旋转着垂挂而下，孩子们欢天喜地地抓起碾转儿就往嘴里塞。

孩子们边吃边推着磨，磨子不歇他们也不停嘴。

推碾转儿，这是石磨接触到当年的第一茬粮食，也是在开春入夏后，人们当年从庄稼里收获的第一口鲜。

女人看着眼前的一切，再看看自己有些红肿的手掌，把磨台上的碾转儿收进瓷盆，加以香油、柿子醋和食盐调和，这清香可口的碾转儿就成了全家人饭桌上的一道美食。

一盘年代久远的石磨，在这些于平凡中追求美好、精致生活的女人眼里，依然是不可或缺的存在。

我在家乡上过几年小学，回想起来，就觉得头脑里能称得上“文化”的东西，竟然紧密地联系着外婆家的那盘石磨，给我带来想象空间的，多是在磨坊里听到的故事。

我觉得自己是通过从磨坊里听来的故事增加了对人情冷暖的判断力，拓宽了我对“大千世界”的认知。

工匠发明了石磨，女人们发展了石磨的用途。一盘石磨在历次修錾变薄中，像人的生命一样，随着时光的打磨而损耗老去。

无论石磨的发明人是不是鲁班，也不论供奉石磨是出于规矩也好，传说也罢，老辈人怎么说，孩子们就怎么听。工匠发明了石磨，而擅长用石磨的女人，箩着面讲故事的老妇，还有推石磨听故事的半大孩子，才使得磨坊有了勃勃生机。

每逢除夕，家乡人照样会一如既往地给石磨贴上“尊位供奉”的红纸封条，正月初一依然还会往磨盘上虔诚设香、摆供以拜弥勒佛。

石磨，磨粮食，也磨自己。

虔诚供奉石磨，不仅是延续传统习俗的方式，也是延伸对工匠精神的敬畏。

原载《攀枝花文学》

童谣·乡韵

辛亥腊月。

乘坐几十个小时火车后，已经靠近了成都站。

窗外不见冰雪的影子，随处可见的都是常青树木，以及田野里绿油油的庄稼。我喜欢这里有着严冬中的绿色，也想起从故乡人哄孩子的童谣里，我早听到过“成都”这个词：

白马嘟嘟嘟，
骑着上成都。
成都有个啥？
买两大西瓜。

成都，是这趟列车的终点站，外婆居住的小村庄就此成了故乡。

听着广播里的乐声，看着站台上的人头攒动，我和姐姐挤在窗口，在人群里寻找爸爸妈妈的身影。这里是成都，是我听过却不记得自己来没来过的成都。

这是个很大的火车站，我和姐姐没盼到接站的爸爸妈妈，我们却又不能一直赖在车上。

上车前舅舅反复叮嘱过的，“下车时不要离开车厢，你爹在信上写了会进站来接”。这会儿车进站了，人也快要走空了，我们站在车厢门口翘首以盼，盼来的却是不相识的两个军人。

我们还以为马上就能到家，就能见到爸妈。接站的人把我们带上了吉普车，才说是首长让他们来接站。

吉普车停下了，我们满心以为到了家，结果却被安排在招待所住下。

扫兴之余，我想到身上还揣着两块钱，在军区招待所里就有些坐不住了，一定要让姐姐带我到街上转转，就算这不是吃大西瓜的季节，出去看看成都也算是开开眼界。

走出军区招待所的这点距离，一而再地看到了军人们相互立正、敬礼，出大门远离了门岗的视线，我绷紧的神经才松弛下来。

前天我和姐姐还在静谧于冰天雪地里的小村庄，现在已是置身人声鼎沸的大城市。

我生活在村里，偶尔能跟着外婆去一趟乡镇，那就算是开了眼界、见了世面。虽然听过“马儿嘟嘟嘟，骑着上成都”的童谣，却从未想象过成都会是个什么样的地方。

眼前潮水般流动的自行车队伍，足以令我目瞪口呆，自行车清脆的铃铛声更是不绝于耳。置身这样的环境，曾以为空洞的词“车水马龙”“川流不息”，此时竟是现实中的真实写照。我兴奋地想，如果这会儿自己还是在校的小学生，一定要把眼前所见写进作文，让老师再好好表扬我一回。

离开了熟悉的课堂，故乡已经远在千里之外，我带着乡音来到这陌生之地，感觉上却没有乡亲们说的那么可怕。

在这陌生的环境里，身边有着姐姐陪伴，除了新鲜感还有几分踏实。

缓步走着，体会着与故乡不一样的风景。这里最夸张的除了浩荡的自行车群之外，还有卖吃食的挑担，一根扁担就能把冒着热气的锅灶以及碗筷、调料全都担在了肩上，忽闪着挑担沿街叫卖。

我认识挑担底箱上写的字，毫不迟疑地认出那上边写着的是“担担面”。

“多认点字，出门在外就不会当睁眼瞎。”是啊，家乡人说的没有错，多认识点字，到了陌生的地方，看路牌也知道自己从哪儿出发又走到了什么地方。

姐姐带着我，一路走来并不敢轻易转弯。姐姐还会不时地看看商家门牌，辨识道路，我只管目不暇接地看热闹。不知不觉在平坦的大道上，我们从“人民中路”走到了“人民南路”。正是认识字，才使我们姐俩在这人地生疏的大城市里，悠闲地走过了好几个公交车站。返回招待所的时候，沿途已是华灯初放，夜色下的成都更显出了城市所特有的繁华景象。

拐进招待所的这条街，眼睛忙着看，鼻子也一会儿都不得空闲。沿街两边的饭馆和小吃店，腾起的热浪白烟、窜出的扑鼻的香辣，一次次勾起我的食欲，虽然肚子不饿，可还是想吃点什么，最终我们在一家小吃店门口停了下来。我看着门口的牌子，向姐姐指了指，说：“我不知道清汤抄手好不好吃。”

姐姐看了看价格，说：“在招待所不是吃过饭了吗？”

这真是一家小店，吸引我进到这家店的，不是店里飘出的香味特别，而是坐在门口竹椅上，哄孩子的老女人让我感到了亲和。他们都在路灯的光亮里，老人、孩子都和我一样穿着棉衣棉裤，老人拉着孩子的双手，唱着：

胖娃胖嘟嘟
骑马上成都
成都又好耍
胖娃骑白马
白马跳得高
胖娃耍关刀
关刀耍得圆
胖娃坐轮船
轮船倒个拐
胖娃绊下海

我在离那对婆孙最近的位置坐下。听着老女人的歌谣，打量着这家店面，我看到这里的墙完全是由柱子和板子做的，这种不带土的墙也令我很好奇，感觉这里离故乡既很近，又很遥远。老人唱的歌谣重复着，使我想到了外婆，也提醒我已经远离了外婆。

这家小店供应的有“钟水饺”“担担面”“红油抄手”“清汤抄手”，我选择了“清汤抄手”，这的确是我没吃过的东西，我也留意过价格，在这些供应里边，清汤抄手的价格最便宜。我知道姐姐不愿乱花钱，她迟疑了一下还是进店付了一碗清汤抄手的钱。

一碗漂着葱花和几滴油珠的面食，我从中吃出了家乡宽面叶的味道。那是我受风寒发着烧的时候，外婆特意为我擀的薄面片，宽汤漂着油珠、葱花，调进了少量的柿子醋，外婆会守在我身边，看我把一大碗宽汤面片吃得见了碗底，随即给我裹上厚被子，让我发一身汗。

姐姐在不远处等着我，近处还是那个老女人一直唱着那首

“胖娃胖嘟嘟，骑马上成都”的歌谣。

听着这异地语言的歌谣，我却从中感受到了乡音。我觉得成都是我该停留的地方，也许我早就来过这里。

回到招待所，看着被电灯照得通亮的床桌陈设，我和姐姐突然有些坐立不安。

以为能在招待所等到爸妈来接我们，可来的“首长”并不是我爸。到车站接我们的那个年轻战士，向我们介绍说“首长”是爸爸的战友李叔叔。

“你好！你好！”李叔叔说着向我伸出了手。

我伸出了手，不知所措地回应说：“我好，我好！”

姐姐比我有出息些，握手之后还说了句：“李叔叔，请坐！”

李叔叔坐下来说了些他家和我们的关系，还说了些我和姐姐小时候的事情，那都是我们还很小的时候发生的生活趣事，听起来遥远得我和姐姐谁也想不起来，却又兴致勃勃地认真听着。

我比姐姐在父亲身边多待了一年，这一年里，有时会被父亲带到操场上玩，更多的时候是被单独关在家里。我记不得自己被留在家里时是怎么度过的那段漫长时光，也不记得随着部队有过多次的搬迁辗转。我的记忆是从爸爸把我送回老家的那个秋天开始的，这之前所有的事情在我的记忆里一片空白，就算当年李叔叔和我家是邻居，我听了也依然毫无印象。

李叔叔说明天上午带我们到春熙路转转，下午送我们上车。

姐姐说：“李叔叔如果方便，带我们到杜甫草堂去看看吧。”

李叔叔意外地看着姐姐，姐姐赶紧说：“这是从同学的书上看到的，同学的哥哥在成都工作。我觉得杜甫写的‘国破山河在，城春草木深’挺有意思，我妹妹也喜欢诗词。”

李叔叔微笑着说：“还真没想到，你们回农村这么多年，知识上却不输在部队上长大的孩子，我女儿一到成都，就只想去春熙路买东西凑热闹。铁道兵就是四海为家，部队到崇山峻岭安营扎寨，孩子们跟着随时搬家转学校，上学读书的事一直都很麻烦，子女跟着我们也吃了不少苦。我女儿这次和你们一批去上班，到时候你们就知道有没有差距了。”

姐姐礼貌地把李叔叔送到了楼梯口，我心里却有些恍惚。在村里看电影的时候，放映前《新闻简报》里说的“铁道兵战士志在四方”，到了这会儿我才明白了这句话的意思。村里的娱乐形式是以听说书为主，偶尔看看电影，正片开始前会放映好几个编号的短新闻。我们生活在农村，偶尔也能从那些新闻简报里了解些小村之外的世界。

我觉得姐姐在李叔叔面前的表现，可能就是从电影里学到的礼节。等姐姐进了房间，我凑上去了问：“姐姐像大人了，还会握手、说请坐！这些都是从电影里学的吧？”

姐姐打趣说：“还是你厉害，敢回答‘我好，我好！’架子够大呀。”

我知道自己刚才的举动有些冒傻气，笑了笑，说：“在村里没见谁这么握手问好，让客人坐也只是拍拍凳子。”

姐姐搂着我的肩一起坐到了床上，这才说：“离开了老家，咱们就得有大人的样儿了。刚才你也听清楚了，到米易和爸妈见面，这之后还得赶车去渡口，明天李叔叔能送咱们上车，也肯定会给咱们买票，在车上吃饭可都还得自己花钱，咱们身上也没带多少钱，一路上还是得省着花。”

我不知道“米易”“渡口”是什么样，听到姐姐这么说，突然想起刚才在路边小店，我要吃清汤抄手，姐姐说她不想吃我也就相信了，我还想着反正要在成都住下，今后随时想吃就能吃，这会儿才明白姐姐是担心钱不够用，可还是让我吃了那碗抄手，原来我和姐姐这趟出来，并不像外婆想的那样，到了成都就是到了家。

我喜欢成都，喜欢成都冬天里的绿色，喜欢成都宽阔的马路和街边的小吃。在这里，我甚至有了家乡的感觉，说起来有些不可思议。细想之下，以前就听说我小时候跟着爹娘，在四川住过，在云南住过，也在石家庄住过。现在我觉得，可能自己在牙牙学语的阶段，恰好接触最多的就是四川人，也许那时候我就生活在成都。

明天就要坐火车离开成都了，我却觉得自己与成都有着未了的缘分。

说来也是巧，我在攀枝花工作，所嫁的工友是成都人，我们退休后的养老地也选择了成都，我们在成都已经居住了十年，感受到的是叶落归根般的踏实。工作生活了四十年的攀枝花市，与外婆家的小村庄，都是我人生的底色，都是我念念不忘的故乡。

小村风景

意识到家乡美丽的时候，我已再次成为异乡客，回想起来依然有身在其中的亲近感觉。

外婆的村庄在平原上，村里可耕种的土地也在平原上，村子南边有伏牛山的分支熊耳山，北边是深具文化渊源的一条河流——洛河。

南山下有条水渠，水的流向和洛河一样是自西向东。所不同的是除了雨季和灌溉时节之外，水渠就是条两岸丛生着灌木和杂草的干沟，一道青石拱桥是连接平原与山区的唯一通道。这道渠是山和平川的分界线，越过了渠便是进南山。尽管山里山外仅仅几步之遥，但山里山外在植物的品种上却有着很大不同。

南山上有很多野韭菜和野酸枣。

中秋时节，韭菜花染白了山坡，远远望去，像是经年未消的残雪，进山才会看到红艳艳的小枣陪伴着韭菜花，一起到了成熟的采摘季。水渠北边却难找到野韭菜。黄连、细莘、柴胡这样的中药材只生长在渠南边的山上，渠这边的平原野地里是见不到草药的。

无论渠里有水没水，孩子们都很少越过那道渠。山里有大黄蜂，也有猫豹和狼，这是大人们对孩子常说的话。

山根下的渠坎上长满了野生植物，渠的这一面却如同沿着渠沟结成的一道篱笆一样，栽满了密匝匝的山槐。春酣时，渠边的山槐花能招引十里的蜂蝶。野山菊却是没分山里山外，深秋时，山里山外的野菊都争相绽放。

一条黄土国道纵贯南渠、小村之间，如果不是水渠就着山根随弯就弯，国道就能和水渠成为平行的两条直线。国道两边种植着清一色的大叶杨，微风拂过，杨叶便会发出连片的“哗哗”声响，仿佛在欢迎随时有可能出现的过往车辆。两天能有一趟班车往返，偶尔有绿色的“大解放”牌汽车露面，就会遇到一辆接着一辆的车队。这种“大解放”是真正的军车，听说比我们离洛阳更远的西边，长年驻扎着军队，孩子们喜欢看军车，每每看到一辆接一辆的军车经过就会高兴得飞奔而来，跟随军车追赶好长一段路程。

村庄在洛河和南山之间。河边沿线有着杨柳树林，河滩上还有品种繁多的水生野菜。我们喜欢往村南去看军车，也喜欢到村北的河滩上玩耍和采野菜。假如没有南山、北河的存在，我对家乡的喜爱一定大打折扣。

村庄依山傍水。南山连绵起伏，北河柳林如阵，这样的小村风景真是美如图画。然而，那时候我和小伙伴们并无欣赏景色的雅兴，野外奔跑玩耍时，他们乐此不疲地教我分辨哪种植物可以生食、哪种植物可以熟吃，山川河流之美不在我们的认知范围之内。

然而，家乡的风景是美丽的，尽管我们视而不见，山河之美却是真实地存在着。

童年，有饥饿更有快乐。

孩提时代，我和村庄里的小朋友们一样——心里常想着吃点什么。

放下粥碗后还想找些别的东西填进肚子，我们心里没有美丑，只分辨东西能不能吃。

田野里不只是生长庄稼，也生长野草野菜，还有既是菜又是草还是药材的植物。

冬小麦还枯黄着叶尖等着返青，野菜就抢先登了场。

蒲公英的嫩苗就是众多野菜中的重要角色，如果等到小麦抽穗，蒲公英就老得不能称其为野菜，而成了大地上的野草，但蒲公英无论是新鲜嫩苗还是晾晒成干品，其整株皆可入药。

我们抽空就往田地里跑，蒲公英的花蕾刚从叶柄的顶端冒头的时候，就可以成为我们的零食了，虽然只有半截葵花籽大的花蕾不足以果腹，但嘴里嚼着东西时，我们会很夸张地做上几个吞咽的动作，好像这样做真能哄骗得肠胃不那么闹腾。

尽管我们像梳子、篦子一般在田野里找来寻去，有些野菜还是会成为漏网之鱼。

野菜不被剜进菜篮子，也就是野草，还会和普遍意义上的野草一样保持着顽强的生命力。躲过我们视线的蒲公英苗仿佛能在一夜之间让花蕾高过麦苗，继而绽放出金灿灿的花朵，在广阔大地上绿草如茵的麦田里，繁星般点缀着灿烂的黄花。

我们扑向大地，眼里的黄花不代表美丽，只代表美食。

刚绽开的花朵还勉强能吃，多开一会儿的花朵吃起来就苦得难以下咽。

我们奔向绽放着的花朵，先是希望那朵花还可以吃，然后顺着花茎察看根叶间是否有才冒头的小蕾。

我们直眼勾勾地寻找可吃的东西，眼前繁花的美丽，在我们看来却不成为风景。

野麻也开花，盛花期是在桃花、李花、杏花落幕之后，而且野麻是一岁一枯荣的草本植物。

小麦正吐着刺手的麦芒，蒲公英整个儿被麦棵子淹没，那些有幸没有成为我们食物的花蕾，早已成为如轻盈柳絮般的种子。我们不再关注蒲公英，而关注起野麻，花蒂上结出的“麻栓儿”也能吃。

田坎、荒地上，年年都长出很多野生麻，有的能长到一米多高，我们不关心采麻的事，看中的是嫩麻栓儿。

野麻开出来的花有白、有紫，朵儿也很大。夏天，野麻的大叶片摇摇曳曳，枝头上薄如蝉翼的花瓣也迎风起舞。

我们眼里，精彩的不是绿色世界里的这些或白、或紫的花朵，而是花开之后花蒂上结出的种子——麻栓儿。嫩麻栓儿和蒲公英的花蕾一样，能吃，能生吃，但只能在它们很嫩的时候。麻栓儿里小米粒大的白色种子，吃起来才最为清香可口。

还有一种东西能引起我们的关注，那是一种并不构成风景的植物，到现在我也叫不出那种植物的名字，只记得那种植物生长在沟渠和田坎边，像趴地草一样贴着地皮生长，细细的枝蔓盘根错节，叶很绿，叶形很像草莓的叶子，也许这是一种“蛇莓”。这种植物生长起来墨绿墨绿地铺满好大一片地面，它也开花，粉白粉白的四片花瓣相对而生，花蕊金黄。这种植物的花期很长，从春到夏至秋，花朵都能开放得此起彼伏。

我们寻花，却不赏花，如同猎人察看野兽留下的蛛丝马迹一样，察看只是为下一步的猎取做出判断。

我们也算是狩猎者，我们能从花朵开放的好坏判断出这株植物的根系是否足够发达，只有发育良好的根系，才不会只长须根不长肉质根，而能吃的只有它的肉质根。

那个时期，孩子们都把这种植物的肉质根叫作“鸡大腿”。说是鸡大腿，实际上只是在繁多的须根中夹杂着这么一两条肉质根，这些肉质根也并不是很粗壮，一般只比木质牙签略粗一点点，最壮实的也就只有老鼠尾巴那么粗，人们不把这种肉质根比作鼠尾，而叫作鸡大腿，可能是吃这种并没有香味的东西时，尽量让你往好处想，如果联想到的是鼠尾，吞进肚子里的东西恐怕也会恶心得要吐出来。

嘴里咀嚼着穿了褐色外衣的草根，想象着鸡大腿，好像真的能使嘴里这淡淡的青涩幻化成鸡肉的浓浓香味。

我们小心翼翼地清理掉植物根部的泥土，摘下那肉质根，再把泥土做个回填，植物的叶子还是那样绿，花朵还是那样白得水灵，十天、半月之后，还会有新的肉质根长成。一年之中，土被挖开再回填的事也不知道要经历多少次。我扑过空，也引导别人去扑空，正是这样的来之不易，这细瘦的肉质根才使我们吃出了鸡大腿的香味。

我们只想着吃，对家乡的美景视而不见，那景致却并没因为无人观赏而逊色。

我的故乡很美，无论是在梦里，还是在现实当中。故乡的美，是由诸多具体的美好要素有机构成的。南有大山，这山虽算不上雄伟，却也是连绵起伏、郁郁葱葱；北有河流，河水是那么清澈、欢快，而且河岸边的杨柳林犹如一条绿色的长蛇巨阵，横陈在小村与河水之间，宽阔的河滩上、杨柳林下，野花、小草绿茵如毯，春天里是满河床的碧绿，春夏交替时节各色野花会开得灿灿漫漫，引得各色粉蝶翩翩起舞。

笔直的国道，连接起了田亩间的阡陌交通和远方，田间、地头，又有三五成行的榆树、柿子树。榆树似乎难成风景，而品种繁多的柿子树却有着点景的天姿，春夏时节，树冠如盖；深秋时节，柿子如繁星般缀满枝头，由青转黄，最终成为一片火红；霜降之后，留在树上的柿子会红得耀人眼目、红得让人心醉。

每到深秋时节，人们大多会进山去捋韭菜花、打野枣、拾苦杏、捡橡壳。他们腰里掖着粗布袋子，肩上挎着篓，整天忙乎的仅仅是收获能卖钱的、能食用的东西，谁也不会停下来观赏枫叶的红、山菊花的黄。

苦杏仁是药材，橡壳是染料，乡亲们一年之中除了等着鸡屁股能出仨俩油盐钱，卖苦杏仁、橡壳是他们能做的重要副业。漫山遍野开着梨花那阵，人们能看到山上连片的洁白，就像看到迟迟不肯消融的冬雪。人们心里清楚，山上那一片片白色，正是野生梨树、杏树绽放出的花朵，等到深秋，山里就有成熟的苦杏。

深秋时节，年轻力壮的男女社员带着干粮，天不亮就结队上山，不是为了登高望远，而是为了摘苦杏，卖苦杏仁是村民眼里价值可观的副业。

秋天——收获的季节，我们眼巴巴地等待着大人们的满载而归。期待着他们能带回来一些让人意想不到的东西，比如谁家逮回来缩成团的刺猬、硬鳞片满身的穿山甲，或者是通体花纹的豹猫幼仔。我们还盼着大人带回山核桃和野板栗。

秋天，山里还有几种水果，不是那种能让人酸掉下巴的山楂，而是我们熊耳山所特有的美味鲜果，这些香甜浓郁的野果稀少难觅，家乡人给这些难得采到的美味水果取了个很清脆的名字“牛铃儿”。

壮劳力们并不经常进山，采山货时顺便给孩子们捎回些野果或者一两样耍玩意儿，不用花什么钱，却能让孩子们高兴一阵子。

习惯于身处那样的自然环境中，便不会觉得眼前所见皆为风景。

我们这群小孩子不赏景而只知道吃，大人们比我们更甚，他们想着孩子们要吃，也顾着自己要吃和家里人要穿，他们无论是在山上或者山下，只会关注那些有实在用价值的事物。

美景当不得饭、当不得衣。从这一点上讲，大人们没有什么错。嗜吃如饕餮的我们在当时也不算错。如果要说错，那是家乡风景美丽得不是时候、不是地方。没有知音，美丽风景也只好年复一年地重复着大自然编排的一出出戏码，我们又是年复一年的对此视而不见。

童年是多梦的季节，刚沾枕头就能入睡，脑子里却以另一种方式活跃着，那就是梦。

梦里要么被什么追赶着，怎么跑也摆脱不了，要么急着撒尿却又偏偏找不到一个隐避之处。这是怎样一些不堪的梦境啊，经常会是在尿急时跳下高坎，四顾无人，终于有了可以撒尿的地方，结果要么是尿了床，要么是在即将尿床的最后时刻被尿憋醒。

还有一种梦，那是一种与飞翔有关的梦。梦中的自己没有羽翼，张开手臂却能如老鹰一般在高空盘旋，还能在高空鸟瞰着家乡的村庄、田野、高山、流水，无论飞得多么不知疲倦，其结果还是毫无悬念地在坠落中急着撒尿。

大人们说："小孩子做梦坠落，是正在长身体、长骨节。"我们自己知道，粥薄，就怪不得夜尿恼人。

无论怎样，童年生活里的点点滴滴成了我们身上不会褪去的人生底色。我们曾经视而不见的那些小村景致会时常出现在我们的梦境中。

小村内也有很多种能够构成美景的元素，只是与村外的景致相比，村里的美景就显得小气。

早春的桃花、仲春的槐花和春夏之交的泡桐花，这些花朵陪衬着青灰瓦舍，高台古井上的辘轳架，更有缕缕炊烟摇曳出袅袅婷婷的意境。

只可惜村内景色被村外那有山有水的景色包围着，村内这小家碧玉般的美好往往会被我们忽略。似乎只在回想的时候，才忆起大自然已经把小村景色装扮到了美的极致。

藏在户口里的情感

每个人，会在某本户口簿上占着一页。

我的户口是一页漂泊的纸片，户口落脚之处便是归属之所。我几度把他乡作故乡，除了年少懵懂，多少也源于户口，我把户口的落脚点视为“家”。

小小年纪，就被户口的事在心里留下阴影，这似乎有些不该，却是我和姐姐从小就不得不接受的现实。几十年来，我们这页户口跟随着我们的落脚点，经历了多次迁移，户口见证了我们的成长过程，也承载着我们对这些落户处的铭心记忆。

父亲的户口就是漂泊的，军籍户口本身就注定了漂泊。而这漂泊的过程中增加了“家”的容量，随军家属的户口簿上户主是我娘，接着添加了姐姐和我。

铁道兵四海为家，铁道兵的家属们也四海相随。我们一家四口，人跟着部队移，户口也跟着部队迁，四口之家，其乐融融。虽然我们没在什么繁华的都市长期居住过，但也算走南闯北。

家庭幸福感，换地方居住的新鲜感，曾是那个时期充盈着我们的家。

突然间娘撒手而去，我和姐姐就成了断线的风筝。

家里有了如此天塌地陷般的变故，爹只能把姐姐留到了外婆家，把我带在了他的身边。没到两年，爹也把我送到了外婆身边。爹没理会户口的事，没给娘办销户，也没给我和姐姐办迁移。真是“十个男儿九粗心”，若不然家乡人怎么会说：“宁舍当官的爹，不离讨饭的娘。”

外婆家村庄里的人很善良，以“村里一人省一口，就能把这俩闺女喂大”的无私，给我和姐姐补落户口，落户登记中“出生年月”只有年是准确的，月份只是个大概。

外婆说姐姐是“五月份出生在宝鸡”。我二姨说：“姐姐回来生的憨憨，那天我抱着宝儿出门转了一圈，邻居家给了宝儿一个柿子。”依着她们依稀的记忆，姐姐的出生日期写在了五月初的某一天，我的出生日期写在了九月底。

我和姐姐有了农村户口，与此同时，拥军优属的政策光辉也照亮了外婆家的院子，全家人享受到光荣之家的待遇。我和姐姐丢掉了城市户口，得到了村里的一份平均口粮。

我们端起碗，知道吃的是自己的一份口粮，虽然还是在外婆家吃闲饭，因为有着一份口粮，也就免去了脸面上的尴尬。

“村里一人省一口，就能把这俩闺女喂大。”村长这话讲得草率，军属就得全家人都吃平均口粮，也许是因为这个，河对岸我的奶奶对我爹才有些看法，外婆家与奶奶家仅仅隔着一条洛河，亲家关系却疏远到鲜有往来。

爹是军人，部队又离家乡有上千里地，他照顾不了我和姐姐，更没有给村里带来任何福利。而我们在外婆的村庄里有了户口，久而久之，竟忘了自己原本并不属于这里。

我们知道早晚会离开村子，却没想到这一天来得这么快、这么突然。

外婆没给我们准备多少行李，以为我们是往优越的家庭条件里归位，她还对乡邻说：“到了新妈那边，她们啥也缺不了。”外婆在我们出发前反复叮嘱：“上了班，也就没谁还拿你们当孩子看，今后说话办事都得有个大人的样儿了。心眼一定要好，学会善待旁人。人善良，到哪儿都能遇到好心人。”

我和姐姐出发了，我们带着空空的行囊，准备以善良之心去接纳小村以外的世界。

腊八节要到了。

我们从家乡出发时，村里的妇女们已经开始凑做腊八粥所需的各色豆子。腊八粥好喝，腊八节也拉开了过年的序幕。歌谣里唱：“小孩儿，小孩儿你别馋，过了腊八就是年。”事实上也的确如此，大人在采办年货的过程中，孩子们总能得到些平时难以得到的小零碎。我觉得和姐姐一起离开了老家，远离的不仅是故乡人，也远离了故乡的年节氛围和乡俗。

从成都再次出发，沿途气温逐渐升高。

腊月，大西南的田野上铺着绿色，就连气温也没踏进冰天雪地的寒冷里。

我和姐姐在米易站下了车，穿着棉袄棉裤来到爸妈身边，由里及外的温暖，我已无法消受得起这身厚厚冬衣的恩惠。

妈妈找衣服给我们应急，才发现除了几套军装，自己并没有多余的衣服。

我和姐姐换上军装后就拆开棉衣往外掏棉花，不大一会儿时间，棉衣裤变成了夹袄、夹裤。

新的家庭，户主是我三岁的小妹妹。

我和姐姐到爹妈身边只是参加工作前的过渡，我们的户口待在小妹妹的户口簿上也只是过渡。爹妈是军人，他们的户口在军队名册上。家里小妹妹是户主，我和姐姐的户口也只能在户口簿上陪伴小妹妹十来天。上户口和粮食关系时，妈妈才发现我们没带粮食关系证明来，随户口证明一起带来的是封信，解释粮食关系的事。信上，外婆的意思是“来年麦收下来，分配口粮之前失去转粮食关系，就不用往粮库返还分到手的秋粮。”

妈妈是城里人，半天也想不明白这层道理。我爹就解释说：“老家按两茬收成分粮食，秋天分到手的口粮，要等到分夏粮时，才算结束了这几个月的口粮。中途转粮食关系，就得把这几个月的口粮退给公家。要不然，就是同时吃着农业粮和商品粮。”

妈妈听明白了，也气恼了。她瞪着眼说：“也不想想，俩闺女这会儿是城市户口、农村口粮。户口和粮食这么掰开着，参加工作的手续怎么办理？”

爹说：“只好明天去发封电报了，这可是燃眉之急。”

妈妈没吭声。

爹小声抱怨道：“就为心痛那几十斤粗粮，眼看要耽误孩子们的前途，也不知这是咋想的！”

参加工作的事，后天就要去体检了，突然在粮食关系的手续上出现了漏洞，爹妈都着起急来。尽管这样，听到爹对外婆有所抱怨，我还是听不下去。

姐姐收了几件要洗的衣服刚出门，我带着小妹妹就跟着往外走。这趟平房两头都有自来水龙头，姐姐洗着衣服，我带小妹妹玩，把粮食关系的难题丢给爹妈去想办法处理。

我们没带来口粮，妈妈也不能让我们饿着。我们没带来布票和换洗衣服，妈妈又不能让我们姐俩穿成这样去炎热的渡口报到。

这时候，家里这两位步伐稳健的军人，被突如其来的麻烦弄得焦头烂额。

妈妈下班后就忙着借粮票、借布票，忙着买布料、缝纫衣裤。爸爸不擅长买菜做饭，这几天也不得不参与家务了。

时隔近九年，耳边再次响起嘹亮的军号声，我心里感到了久违的踏实。

家里只剩下我们姐妹仨的时候，我和姐姐也没闲着。我到房头锯短了板皮，劈成烧柴，姐姐坐在我不远处守着针线盒，完成妈妈吩咐的任务。不曾想，姐姐做起锁扣眼、钉扣子、缝裤绊这样的针线活，还真的有些像模像样。刚满三岁的小妹妹赖着不肯去幼儿园，血缘亲情使我们有着天然的亲近，她兴奋地在两个姐姐之间跑来跑去，小嘴不停地问东问西，好像无论什么问题，姐姐们都该知道答案。

房头上的高音喇叭里响起军号声，小妹妹一听就懂，高兴地大声对我说："爸爸妈妈下班了。"

小妹妹奔向小公路，去迎接父母下班归来，我紧撵几步，生怕妹妹跌倒。

爸爸是一米八几、腰板笔直的大高个，妈妈肩膀微斜、手里总提着八磅重的暖水瓶，下班时顺便提回来一瓶开水。父母有着这样的特征，两人走在下班的人群中，即使离得远远的，我们都能一眼认出来。看到妹妹扑向爸妈怀抱时，那熟悉而温馨的场面顿时唤醒了我脑海里的一些记忆片段，而父亲高高举起的小姑娘，已经不再是我。

一盒午餐肉罐头，中午煮面时用了点来打卤，留下的一些在晚饭时做了午餐肉小白菜汤。看着妈妈做了好几样菜，我觉得最好吃的就是午餐肉和红烧肉。

我们和新的家庭相处了十来天，这中间只有一个休息日。

爸妈带着我们到县城照相馆照了张全家福。接下来，爸爸还去借了部小照相机，带着我们在家附近取景拍照。

一排排营房，一丛丛香蕉，再远处是铁道线和隧道及钢架桥梁。

我被眼前的景色陶醉，忘乎所以地大声说："爹，照下这片香蕉，也得留住那架桥和铁道，后边这些好景别让我挡住了，我全都想留下来。"

爸爸笑着说："别动，全都给你照下来。"

我和姐姐一起把小妹妹捧在我们中间，等爸爸按下了快门，妈妈才笑着说："照你们姐仨，还想啥景都不挡，这难题，也就咱家二闺女能想得出来。"小妹妹像是发现新大陆，接下来的两天，见了父亲就一连声地叫："爹、爹、爹……"

妈妈连着忙了几天，终于完成了缝纫机上的活。她没想到姐姐如此的心灵手巧，也没想到我会这么喜欢吃肉。

炒菜摆上了圆桌，妈妈微笑着说："溜肩膀，细长脖，好吃肉，不干活，就是说的你这号人。"从文字上我觉得这话应该是贬低我，看着妈妈眼里和蔼的笑意，品味着她轻快的语音，想想我劈的那一垛柴，我觉得这话不是嫌我不干活，虽然我明显有些溜肩，但脖子还说不上是细长。

妈妈是天津人，天津是相声的发源地之一，那里的人从娘胎里一出生，就自带着几分幽默。我在河南长大，听过一点相声，更多却是听河南坠子和河南大鼓书，我身上拥有的幽默感还带着范围的区域性，面对"溜肩膀，细长脖"这样的调侃，也就无声地笑了笑，算是一个回应。

幸福时光总是快得稍纵即逝。

故乡有洛河，新家有安宁河。同样是有山有水的大环境，新家米易，却是有着与故乡不一样的风景。

夕阳下，安宁河的波光泛着夕阳的金色，炊烟在丛竹上空氤氲出一片片轻雾。

几天前，我还在故乡的秃树下眼望雪景皑皑。此时，伫立营房外，眼前是绿油油的甘蔗地，还有竹林簇拥着农户人家。

我喜欢农舍、田园和泥土的芬芳，我在米易却只是短暂停留，这段停留的意义，在于这里是我的身份由孩子到成人的转折点。

再次出发已成定局，和家人生活在一起的时间，分分秒秒都显得无比珍贵。

小妹妹长着胖嘟嘟的脸，只要不是睡着了，话多得难有片刻安宁。跑跳起来，她头顶的两只羊角辫像小鸟扇动的翅膀。她蹦跳着围在爸爸面前叫“爹”的时候，妈妈眼角湿润了，叹息了一声，说：“这是与河南老家的缘分吧。”

我只当着妹妹的面叫过一声“爹”，小妹妹模仿起来却一直兴趣不减。

爸妈所在的这支铁道兵部队正在做成昆铁道线上的最后收尾工作，过不了多久，他们所在的部队会再次开拔，将到更为艰苦的新疆地区修筑南疆铁路。

这几天，从爹妈的话语中，我听出了他们的动摇。爹妈权衡着把我小妹安置到哪个亲戚的家里去，其中也提到了河南老家，他们在权衡利弊，也为即将的分离而焦虑。铁道兵部队总是这样，再次出发前就得先把家属、孩子做个安顿，等新的驻扎地有条件接纳家眷时再接回来，这种分离也许是一年两年，更多的是因子女上学的缘故，孩子只能长期与父母脱离。我和姐姐去渡口参加工作，同行的还有十几个人，这也是部队临行前对子女的安置。

人们常说："铁打的营盘，流水的兵。"肩负着修建铁路的铁道兵，却没有铁打的营盘。他们唱着"铁道兵战士最听党的话，哪里需要哪里去，哪里建设哪安家。"历次奔赴新的建设地，总得官兵一起在艰苦的条件下风餐露宿。

我回老家时已经五岁，妹妹只有三岁，就不得不送到亲戚家寄养。想到这里，我突然有些理解爹妈这些年的难处了。

米易，妹妹出生在这里，我和姐姐在这片土地上有过快乐幸福的时光，我们的户口也在这里有了短暂的停留。

三辆军用吉普车，把铁道兵这十几个子弟送往工作单位。

从米易至渡口，乘车也仅两三个小时的路程。沿途我看到了江河交汇的壮观，也看到了横跨金沙江的大桥，及至眼前多次出现席棚，我惊喜地看到了车行前方的大片厂房。

被爹妈送上车时我们觉得自己还是孩子，下车后由工人师傅帮着安顿到了宿舍，我们这帮小年轻，从此不再是孩子，而是工人阶级队伍里的一分子了。

我和姐姐加入了三线建设中的职工队伍。我们的户口落到了单位的集体户口簿上，我们与自己的户口一起进入了上千人的大家庭，在集体购粮证上，我们也有了每月三十五斤的粮食定量指标。

单身宿舍是竣工不久的筒子楼，一上班就住进楼房，这在当时可以说是很奢侈的事，更不得了的是楼里住有几位清华大学和哈工大的毕业生，中专技校毕业的也有不少。住着四百多人的单身楼里，户籍的来处一定统揽了全国各个省份。

外婆眼里的"憨憨"，如今被工友们称呼成了"小河南"。

我和姐姐的户口落在了同一个集体户口簿上。

数千人的大厂，没有军号声，用的却是军队“团、营、连、班”的编制。我和姐姐在同一个营，我们这个营不仅有宿舍楼，也有独立的食堂。更可喜的是，我和姐姐虽然被分在了不同的连队，却被分到了同一间集体宿舍。

新的生活，新的开始。

在青工教育培训班的讲解课上，我听懂了“学徒工，三年内没有探亲假，学徒的第一年，每人每月的生活费是十七块五”。

每月有十七块五的收入、有三十五斤购饭票的指标，我对新生活充满了期待。

三年学徒，除了想念爹妈、思念故乡，我依然还能被姐姐照顾着，我就有理由把宿舍当成家。

快乐中，时光飞逝。

住了八年单身楼，我心里暗自佩服过几个人，也把一些人作为学习的榜样。读书、写字、打球、拉提琴，在单身楼里见到的这些，我都兴致勃勃地做了尝试。

在不知不觉中，单身楼里的女工搬出得所剩无几，我和姐姐此时也到了晚婚年龄。我们各自的结婚对象也都在这个单身宿舍楼里住过，一幢单身宿舍楼，成就了好几对这样的缘分。

结婚成家，我和姐姐都有了自己的小家庭，也有了自己小家庭的户口簿。

户口簿、购粮证、购煤证全部办齐之后，我体会着家的惬意，才发现自己还不会做饭，而且对张罗油盐酱醋这类事务全无半点头绪。

煮饭、炒菜、摆弄蜂窝煤炉子，不是我这笨拙的头脑所能应对的事，从小我就缺乏这方面的智慧，万幸的是家里有顶梁柱，他做饭，我只管吃。这还应了妈妈说的我，“溜肩膀，细长脖，好吃肉，不干活”。

单位给分了福利房，我们小家庭的户口落在这幢红砖楼里，我们一家三口住在红砖楼里的这十五年，正是企业效益稳步攀升的大好时期，凭着单位里的住房登记加上对应的户口簿，陆续领回来了免费的桌椅橱柜，就连在市场很紧俏的冰箱、彩电，也是以优惠价配置到各家各户。

一对夫妻和一个孩儿组成一个小家庭，幸福生活里加入乐器弹奏和读书声。和睦的小家里也少不了玩笑打趣，女儿说：“爸爸晚点下班吧，妈妈会开罐头。”我不知道她是怎么总结出来的这个经验，打开罐头总要先往她嘴里喂一勺，竟然培养出了她对罐头的喜爱。

尽量简化家务事，留出更多的时间看书也好、画画也好、弹琴也罢，我们仨各自做自己感兴趣的事，成了我们家那个时期的生活方式。这也是女儿年龄稍长后，不准我处理掉那套两居室的原因，她想要以保留那处房子的方式，寄托对故乡的情感。

女儿上大学要迁走户口，这是女儿的户口第一次与这个小家脱离，这处工厂家属区成了她的故乡。

怅然着时光匆匆，突然就回想起了自己的成长，想起了自己户口的几经辗转，不由得泛起了杂陈于心的感慨：“户口如同一棵树，无论有过多少次移栽，总会有些根须留在扎过根的地方。”

这使我觉得无论多少生活情节被淡化、被遗忘，心里对出生的地方、户籍停留过的地方、暂住生活过的地方，依然会刻着难以磨灭的情感记忆。循着这根情感线追忆往事，就会提纲挈领一般，忆起某个事件、某些值得感恩的亲人、朋友，想起某段学习、成长经历和情感。

一茬庄稼一茬人

多年后，又一个春天。

桃叶间零星地夹杂着残红，麦苗返了青，大地已经回暖了。

脱离了春荒之忧，在这昔日青黄不接的季节里，我不再是只想着吃点什么的乡村小姑娘，大地上一望无际的绿色，就成了故乡迷人的风景和丰收在望的喜悦。

离开故土已经过去了三十个寒暑，地里的庄稼也经过了三十个夏秋轮回。故土就是这样，让你想起的不仅是地里庄稼一茬接一茬的播种、收割，也能记起一些人的出生、一些人的死亡。然而，人的生命不同于庄稼的播种、收割，不能像田野里的庄稼那样周而复始，失去了某个亲人，便永远地失去了。新生命的诞生和生命轮回，永远也无法替代在你生命中走过的某个亲人、某段亲情。

我在这个季节里回到故乡，已经完全不用再为食物担心，望着车外扑面而来的故乡景色，陈年往事仿佛历历于眼前。

我离开家乡，第一次领到预付工资的时候是腊月底，尽管南方不像老家那么寒冷，终究还不是穿凉鞋的季节。但我迫不及待地花了两块七角二分，买了一双完全属于自己的透风鞋。工友说："这凉鞋是男式款。"我却很坚决地回答了句："俺愿意！”我终于有了梦里的那双透风鞋，尽管那是冬天，尽管那是一双我不好意思穿的三十四码男式鞋。可是，有了这双透风鞋，就圆了自己的一个梦。在买下这双透风鞋的同时，我和姐姐还买了两盒午餐肉罐头，寄给了远在千里之外的外婆，虽然邮寄费已经超过了罐头本身的价钱，但我们还是这么做了。因为当时想着如果我们寄几块钱回去，外婆一定不会舍得用来买午餐肉罐头。此时想来，当年那样做的确是做对了。

孔子说：“三十而立，四十而不惑，五十耳顺，六十知天命，七十古稀。”外婆早就过了古稀之年，四世同堂也有几年了。

外婆享受着子孙满堂其乐融融的同时，也眼看着她自己的同龄人越来越少。珍惜生命，成了外婆这段时光的主题。

在这衣食无忧的美好生活面前，外婆觉出每个日出日落都快得仿佛稍纵即逝。“咋着，这一天天眨眼就过了？”这是外婆重复最多的一句话。上次我带着女儿回去，外婆对我说：“憨憨，下回可不能三年五载才回来一回啊，往后可是见一面儿，少一面儿。”

熟悉的院落，熟悉的乡邻妇女，还有一群我不曾谋过面的小孩子。

家乡人好客，孩子也爱看热闹，我和表弟走在街上，身边总跑前跑后地跟着群半大孩子。从他们脸上我却找不出一张脸熟悉的面孔。孩子们变化太快，几年不见就变成了另一个模样，大人们也有变化，而这种变化不是模样儿的改变，而是这次相见，对方已经比上一次见面时更加明显地有了衰老的迹象，或者是老者老得更加不成了样子。当年的壮劳力们现在都老了，有的已经入了黄土。就连洛河上过去那汹涌的河面，如今都变成了溪沟般的细流，谁还能指望人能够几十年如一日呢？

河对岸有叔叔、姑姑家，河这边有姨家、舅家，以往回乡必定会去探望的亲戚，哪怕只是去打个照面就走，落下了哪家没去，便会被看成同为一种亲戚关系，自己在感情上分了远近亲疏，有了这个照面礼节，就能避免是非挑剔。

我旋风一样到几户亲戚家打了照面，回院子时已经近了黄昏。

家里都认为外婆最疼爱的人是我，没想到外婆把对我的疼爱延伸到了我女儿，在我外出走亲戚的工夫，外婆翻找出了压箱底的珍藏，我熟悉这只挂着长命锁的银项圈，我小时候戴过的这只长命锁，这会儿已经吊在了我女儿的胸前。

都说隔代亲，外婆用这家传的银项圈表达着“四世同堂”的喜悦，我女儿却说：“祖祖，为什么我要戴狗圈？”

“说的啥，这小小的四川人儿，可真是个小憨憨。”外婆说着就笑得眼含泪花。

二舅接着说：“平时，老人说得最多的就是你们姐俩，她说日子困难的时候你们在家一起吃苦，过上了吃喝不愁的好日子，你们俩又抽不出空常回来。”

二舅说话的声音有些伤感，我心里也跟着沉重。

想起离开家后进厂当了学徒工，三年学徒期内没有探亲假，这之后的几年里，探望父母时都特意拐回老家，却也只能有三五天的短聚。在单位上组建了自己的小家庭之后，每四年才有一次探亲假。

由小到大，我都是外婆说的“憨憨”，乡亲们放任我的顽皮，即便我到地里偷瓜、摘豆也从未受到过责罚。家里亲人们对我的管束也非常宽松，使我在处理人情世故和做家务上笨得像块冥顽不化的石头，任谁教多少遍，我也开不了窍。而家乡人在对我的宽容上，仿佛把我当成了一枚在佛面前“开过光”的小石头，我说话做事可以百无禁忌。

那次带女儿回来，女儿说话如同我在童年时一样，百无禁忌，把我外婆珍藏的银项圈直接说成了“狗圈”。

女儿比我二舅的长子只小半岁，却是这个家里的第四代人，她跟着我回来一趟，把外婆辈分上升到了“老祖”的高位。

上次临别时，外婆含泪说抽空就带孩子回来吧，别再三年五载才能打个照面。她也许不知道年轻人也有身不由己的无奈。有工作、学习、小家庭牵扯着，哪能是想回趟老家能拔腿就回的事儿。

我这次回到故乡，外婆已经入土为安。

跟随二舅到了外婆坟前，我悲伤的情绪由默默流泪发展成了小声的哽咽。二舅没制止我掉泪。他把脸别到一边，好一会儿都没吭声。

我又要离开故乡了，这一走，不知道哪年哪月才会再回来。

我猜想，此时此刻，二舅一定是想起了我们共同忍受饥饿的那些岁月，他心里一定有着另一番感受和凄惶。

二妗子看着我，说：“甭管你在哪儿，咱都还是一家人嘞。你在四川，俺们啥时候听到一星半点的地震消息都在担心着你们。”

“现在的日子可好着嘞，天天都有细粮，不愁吃喝。不管啥时候这儿都是你们的家，抽空就回来多住些日子。”二舅说这话的时候，使我想起外婆说的话：“有粮也当没粮过，细水长流!"

时间，真是个残忍的东西。不但能使河水的流量小得几乎断流，也能使曾经鲜活的生命成为一堆封土。

候着车，我不时会看向田野，也只有当你回到故乡，你才会感受到什么是人亲土也亲。

我想起那些"一人省一口"养活了我八年的老乡亲，心里的怅然若失堵得我有些喘不过气。

儿时的玩伴们已经过了不惑之年，看热闹的小孩子们却吵吵嚷嚷地跟在我们身后。看到他们，我就想起了从前的光景，不知不觉感悟到了外婆说的"一茬庄稼一茬人"这句话的含义。身后这群孩子中，有几个和我初到这里吃军属照顾粮时年纪相仿，从前我伙同小朋友们也这么看过别人家的热闹，现在孩子们围在我身边，他们是在看外来的人和别人家的事。

一时间，我对眼前的故乡竟然又是那么熟悉。

故乡里除了少了外婆，好像一切都没有改变。

思念起魂牵梦绕的故乡，我心里还会漾起一波波真切的亲情。故乡，仿佛总还有那一茬接一茬的庄稼，还有那些熟悉的音容笑貌。

回忆，是再一次成长

办理了退休手续，突然间有些无所适从。

我不用再去上班，每一天也都成了休息日。电话、微信成了我和姐姐之间重要的联系方式，沟通方式的便捷是一回事，主要是退休后我们都有了大把的空闲时间。

隔空三千里，思念也能瞬间抵达。

我和姐姐在农村待了八年，在渡口的三线建设中，又在同一个厂工作了九年。我们姐妹朝夕相处了这么多年，两人没想到该照张合影，直到姐姐和姐夫调往东北，我们也没想起照相留念的事。我们回忆在农村那段岁月，姐姐说："我们俩都有些犯傻，谁也没想起约同学好友去照张相。"

我们没留下一张在农村时的照片，也没有一张和童年、少年朋友的照片。往事不断地在心头翻起时，那些与之朝夕相处过的年少面孔早已模糊得足以张冠李戴，当年的中老年人，大多已经作古，唯有那些曾经的亲密，曾经的浓浓乡情依然挥之不去，共同回忆中，时常还会令我们感动。姐姐鼓励我，让我用文字把那些经历记录下来。

缺乏影像留念，需要以文字来填补。这是我与文学的缘起。

回想自己的文化来源，学堂、书场、磨坊，看似风马牛不相及的这三个地方，曾是我年少时在乡村文化开蒙、性格塑造的几个重要环境。

“世外皆高人，入世则俗。”家乡人嘴上这么说，却没有谁把自己放逐到世事之外去。可见人们敬重高人，却自认自己不是高人。俗人就不会处身世事之外，俗人就可以理所当然地人云亦云。孩童时代，在看热闹的事上，我总是争先恐后，成年了也仍然习惯于随波逐流，也就是乡邻们说的“合群”。

洛河流域，是中华文化的发源之地。

中华民族是文明古国，从“结绳记事”很快发展成了“图画表义”的时代，我们的祖先从图画所表达的单纯意义中做了组合，就出现了偏旁、部首，加以组合形成了文字，有着原义、引申义的文字又点缀进了乡俗里，成了地域上的方言土语，正可谓十里八乡，风俗各异。文化传播依赖于学校，也得以其他方式。

我生活在故乡的那段时间，恰逢长身体、学知识的重要时期。家里细粮很少，粗粮也不算太多，吸收知识的渠道却俯拾即可。

学校有一片很大的两进四合院。第一重院供关公，听说过去整个院子曾经都是关帝庙的庙产，解放初期和尚们就还了俗，他们的起居屋也交给了学校。现在关老爷之位的正堂还是学校的教室，另几间住过方丈、和尚们的房间，其中有两间是教室，还剩两间是校长和老师们的办公室。神龛上没了香火，关老爷还是威风凛凛地盘踞在神坛之上，一对泥耳朵听到的不是诵经，而是学生们的读书声。

第二重院里曾经是供孔子的文庙，最早时候办有私塾，学子们就在孔子脚下读书，到了现在，这里成了学校的一部分。

泥塑的关帝爷和孔夫子都消失了，学校里前武后文的格局就彻底被消灭了，留下来的旧物仅是关帝庙正堂飞檐下的一块青石碑。

这是一块石质细腻得类似墨玉的青石碑，听说这座庙落成时，就同期立下了这座碑，那些犯了教规的小沙弥手心吃了戒尺的苦头，会把被打得红肿的手贴上去冰冰，石碑上的凉气能消肿、祛痛。文庙里的学生们手心上吃了教鞭、戒尺之苦，也会跑到前院来冰冰手。这块石碑即使在三伏天里，摸上去依然是冰冰凉的感觉，凉得人心里头都清爽。仿佛这墨玉通人性，能化解这些人手上的疼痛，也能安抚挨打者的心灵。

现时的学生不懂得什么是墨玉，手心也不会再吃教鞭、戒尺的苦头，老师不再名正言顺地打学生，而是用教鞭很随意地敲一下你的胳膊，或者捅一下你的肩，反正只要老师觉得顺手，又不至于把人捅出个什么伤痕。

老师不专门打学生的手，那块青石碑却比以往任何时候都更忙。我们围着石碑玩耍，偶尔也盯着看石碑上的刻文，把那上面的繁体小楷半通不通地读上几行，接着就在上面比试谁能在石碑上哈出更大的一片水气。我们靠近石碑的时候，心情是快乐的，早就没有了当初那些学生们围石碑冰手时的难堪。

青石碑有接近成年人的高度，碑额、碑颌历经千年还保留着刀凿的痕迹，碑身却是通体黑亮。

盛夏，我们把两只手按在碑上去火；阴雨天，碑上自有层薄薄的水气，我们把自己的硬币或者铜钱往石碑上贴，比赛着看谁贴上去的东西能停留更长的时间。

曾经我跟在姐姐身边踏进教室，关老爷的泥塑还在佛龛里威严地坐着，我成为正式学生时，那个位置只留下空空的佛龛。

我读书不是从“人之初，性本善”开始，也没从“b、p、m、f”的汉语拼音入手。老师先教我们背诵了“天高云淡，望断南飞雁……”接着教我们写乡村常用到的字。

我们拿到姗姗来迟的课本时，已经在学校里度过了小半个学期，而且已经能熟背几十首诗词。能以中国伟人大气磅礴的诗词作为文化启蒙，也算是我的幸运了。

更幸运的是，三年学徒期间，每天都有以班组为单位的政治学习，读报纸、学著作、写批判文章、写学习心得。班组的学习内容里还有《读点鲁迅》，工作中有了空闲，我就会坐在工具箱的角落里看鲁迅写的文章，这样的反复阅读，由打发无聊到成为习惯。

阅读环境好起来时，我抱着对鲁迅文学风格的偏好，顺着这条线追溯到俄国作家陀思妥耶夫斯基和爱尔兰作家詹姆斯·乔伊斯，或购买或借阅，读了《罪与罚》《尤利西斯》，也许正是有了这凭着兴趣的阅读，所读作品在我的身体里转化成了文学营养。

回忆，是再一次成长。

这本散文集，是在选取已发表作品的基础上，又加入了一些往事，比如《俊妞》《故乡的田野四季》和《童谣·乡韵》等，都是近期的增写，使得“炊烟”成了一个系列。

行文间，以故乡情结为主旋律，某些片段如同交响曲中的主题乐句，引领出对生活多角度的呈示，亲情、乡情、师生情，以及对大自然的情感，这些情感交织得如此密不可分。

也许，重复就是力量。

乡井于心，这是游子永恒的话题。

回望流逝的岁月，感恩自己曾经得到的帮助，感激自己遇到的善良之人。“择善良之光照亮前面的日子，以平常之心留下身后的影子。”这可能是我集起这本册子的动因吧。

2021 年 6 月 14 日于雀鸣居